明智小五郎事件簿　戦後編 Ⅱ

「化人幻戯」「月と手袋」

江戸川乱歩

集英社文庫

目次

＊コラム・年代記《クロニクル》は 平山雄一 著述

明智小五郎事件簿　戦後編　Ⅱ

化人幻戯

１９４９年11月３日～
12月21日

大貴族

庄司武彦《しょうじたけひこ》は二十五歳の独身の青年で、父は銀座《ぎんざ》に店を持っている京丸《きょうまる》株式会社の重役であった。京丸というのは戦後台頭した美術骨董《こっとう》商だが、経営の便宜上会社組織になっていた。武彦の父はそこの出資社員なのである。武彦は昨年大学の文科を出たが、別に職業に就《つ》くでもなく、父の会社にはいることも好まず、放蕩《ほうとう》をするでもなく、家にとじこもって、読書に日を暮らしていた。いわば文学青年なのだが、彼は一般文学をも愛したけれども、ミステリ文学に異常の興味を持っていた。つまり、文学青年には珍らしい探偵小説マニアだったのである。

彼の父が元侯爵の大河原《おおがわら》家へ商売上のお出入りをしている関係から、武彦にその秘書役を勧めてみる気はないかと勧めたとき、彼は二日ばかり考えて、勧めてみると答えた。

大河原義明《よしあき》元侯爵は、戦前には三十代の弱冠にして貴族院議員に選ばれ、政治に深い興味を持っていたが、敗戦の際パージにかかり、その後はまったく政界から遠ざかって、今では幾つかの産業会社の社長や重役を兼ね、実業界の一角に特殊の地位を築いていた。

大河原家は北陸の大大名の末であった。戦前の貴族は殆《ほと》んど没落してしまった中に、この大貴族のみは不思議に生き残った。生き残ったばかりでなく、物質上の家運は戦前以上の勢いを見せていた。これは当主義明の珍らしい才幹によることはもちろんだが、昔流に言えば同家重代の家令、今では支配人と呼ばれている黒岩源蔵《くろいわげんぞう》老人の財政的手腕もあずかって力があった。敗戦直後何十分の一に削られた財産が、数年のあいだに、逆に何百倍に膨脹《ぼうちょう》していた。

今の港区《みなと》、元の麻布《あざぶ》区にある宏壮《こうそう》な本邸は、暫《しばら》く占領軍に使用されていたが、今では元に戻って、昔ながらに修復せられ、東京にも珍らしい古風な落ちつきのある大貴族邸のおもかげを取り返していた。

しかし、庄司武彦がこの人の秘書役なら勤めてみようと考えたのは、それらの点に惹《ひ》かれたからではない。実業家としての大河原氏には殆んど興味を持たなかった。彼はこの五十六歳の大貴族が、イギリス風に探偵小説の愛好家であることを知っていたからである。

元侯爵大河原義明が探偵小説好きであることは、広く世間に知られていた。ある時、著名の探偵作家が大河原家を訪ねて、義明とさし向かいで、数時間に亘《わた》って探偵小説談を交わしたという記事が、新聞に大きくのったこともある。それによると、大河原氏は、その著名の探偵作家さえ知らなかったような、西洋犯罪史や古典探偵小説の話を持ち出して、彼を瞠目《どうもく》せしめたということであった。

武彦は父につれられて出席した或《あ》る宴会で、大河原氏に引き合わされ、一《ひ》とこと二《ふ》たこと口を利いたことがある。その時、大河原氏の方でも、この美術商の息子が探偵小説マニアであることを知り、秘書にしてみようという気を起こしたのだと、武彦の父は彼に話して聞かせた。それが彼の興味をそそったのである。

この元侯爵はまた、素人《しろうと》奇術クラブの会長でもあった。年に一度の大会には、大河原氏自身、舞台にのぼって、大仕掛《おおじかけ》な奇術を演じて見せることさえあった。もう一つ、彼の道楽として知られているのは、顕微鏡と望遠鏡をのぞくことであった。つまり、レンズの持つ魔術性を愛好したのである。庄司武彦は大貴族のこれらの子供らしい性癖にも、大いに引きつけられていた。

武彦の父は大河原氏の人物に深く心酔していた。そして、口癖のように言い言いしたものである。

「殿様らしい殿様というものはもうまったく無くなってしまった。宮様がたでさえ、えらく平民的におなりになってしまった。そこへ行くと、大河原の御前《ごぜん》は昔ながらの殿様だよ。今の人は大貴族というもののありがた味を知らない。殿様の見識とか、気品とか、鷹揚《おうよう》さとかいうものは、実になんとも言えないところがある。封建的なものはなんでもかんでも悪いことになっているが、封建でなければ、ああいう特別あつらえの人間は生れてこないね。絵や彫刻だって同じことだよ。昔の大名や西洋の王様にかかえられていて、商売でなく描いた絵というものには、実におおらかな気品がある。彫刻だってその通りだ。それと同じに、人間も封建時代に万人の上に立った家柄の人というものは、等しなみの庶民にはまねのできない味があるよ。大河原の御前はそういう別あつらえの人間の最後のお方だ。御前なんていうと、お前などは笑うだろうが、あのかたはいかにも御前と呼ばれるにふさわしいおかただよ。

それに奥方がまた、実に鷹揚で、気品がおありになって、やっぱり貴族のお姫様というお人柄だね。今の奥方は後添《のちぞ》いでいらっしゃるから、御前とお年が随分ちがうけれども、実にお似合いのご夫婦だ。御前はお仕合わせだよ。おまえも、ああいうおやしきに住み込ませていただいたら、人柄がよくなるだろう。おまえの将来にとって決して損にはならないよ」

しかし、あとになって考えてみると、武彦の父のこの予想はまったく当たらなかった。武彦は大河原氏の秘書役になったばっかりに、異様の犯罪の渦中の人となり、名状しがたい恐怖を味《あじわ》わねばならなかったのだから。

秋のはじめのある日、庄司武彦は秘書役就任の話がきまって、大河原家の人となるために、その宏大な棟門をくぐった。建物は日本建築と西洋館とにわかれていて、客は先《ま》ず日本建ての方の、昔風な式台のある広い玄関で、案内を乞うようになっていた。

武彦はその式台の前に立って、柱のベルを押すと、新らしい紺の詰襟服を着た十四、五歳の少年が、玄関の障子をひらき、行儀よく両手をついて「どなたさまでございますか」とこちらを見上げた。武彦が父からの手紙を渡して名を告げると、少年は「ちょっとお待ちくださいませ」と言って奥へ引き込んで行ったが、しばらくすると戻ってきて、「どうかこちらへ」と、先に立った。

靴をぬいで式台に上がり、少年のあとについて、廊下を二た曲がりすると、広い陰気な洋室に通された。一方の壁が天井まで本棚になっていて、洋書がぎっしりつまっている。ここは応接間ではなくて、主人の書斎らしく感じられた。

長椅子の片隅に腰かけて待っていると、結城紬《ゆうきつむぎ》の袷《あわせ》の着流しに兵児帯《へこおび》をしめた大河原氏がはいってきた。武彦が立ち上がって挨拶するのを、主人は「そのまま、そのまま」と手で制しながら、自分もアームチェアにゆったりと腰をおろした。

「君とは初対面じゃないし、君のことはお父さんからよく聞いている。そこで用件を先にすませてしまうが、秘書といっても、たいしてむずかしい仕事じゃない。うちの家族の一員になったつもりで、わたしの雑用をやってくだされぱよいのだ。手紙も書いてもらうだろうし、いろいろな書類の整理、そとへの使い、まあそんなところだね。それから、客が来たら、わたしのそばにいて、いっしょに接待してもらう。わたしが外出するときも、いっしょに来てもらう。時には妻《さい》も君に用事をたのむかもしれない」

大河原氏は中肉中背のガッシリした体格であった。色白で艶《つや》がよく、眼《め》も口も鼻も、顔の道具が凡《すべ》て大きく、顔そのものも大きかった。髪はオールバックにしていたが、目立つほど白いものが混《まじ》っていた。武彦は、口ひげのない、よく剃《そ》りのあたった上唇と顎《あご》が、放胆《ほうたん》に動くのを見ながら、なるほど殿様の顔だなと感じていた。言葉遣いも、命令だけに慣れた人の鷹揚な口調であった。

「あとで、うちの支配人に引き合わせるが、黒岩という頑固な爺《じい》さんだ。これが君の部屋だとか一切のことをきめてくれる。君、荷物は？」

「あとから運送屋が届けることにしてあります。それから、父もご挨拶にうかがうと申しておりました」

「ああ、そう。それで用件はすんだね」

大河原氏はそう言って、テーブルの上の銀の煙草《たばこ》セットの紙巻をとり、そこに並べてあったライターで火をつけた。そして、武彦の顔を見て、何か意味ありげにニヤリとした。

「ハハア、来たな」と思っていると、果たして探偵小説の話であった。

「わたしは江戸川乱歩君《えどがわらんぽ》とは、何かの会で二、三度会ったことがある。いや、乱歩君はこのうちへも一度やってきたことがある。どちらかと言えば平凡な男だね。もっとも彼の内部には、何かちょっと興味のある性格が隠されているようだがね。君はあの男に会ったことはないの？」

「ありません。読んではいますが……先生は」武彦は主人をなんと呼べばよいのかわからなかったので、先生と呼んでみたが、別に変な顔もされなかった。「先生は私立探偵の明智小五郎《あけちこごろう》を御存知でいらっしゃいますか」

「名前は知っている。会ったことはない。君は？」

「よく訪ねます。懇意といってもよいかもしれません。たしかこの前、父といっしょに宴会でお目にかかったとき、そのことをお話し申し上げたと思いますが……」

「ああ、そうだったかねえ。忘れている。で、あの有名な私立探偵はどんな男だね」

「江戸川乱歩はむやみに明智探偵の手柄話を書きましたが、半分は作り話だそうです。しかし、風采や性格は、まあ乱歩が書いているような人です。痩せ型で、背が高く、頭をモジャモジャにした好男子です」

「もう五十を越しているんだね」

「そうです。でも、非常に若く見えます。たいへんなお洒落《しゃれ》です。きざなお洒落ではありませんけれど。それから乱歩は明智さんがいつもニコニコしているように書きますが、たしかにニコニコはしていますが、なんだか薄気味のわるいような笑顔です。いくらうまくうそを言っても、すぐに見抜かれてしまいそうな薄気味わるさです」

「フーン、なかなか興味のある男だ。一度会ってみたいね」

大河原氏はそのままだまりこんで、タバコをふかしていたが、またニヤリとして話し出した。

「君は乱歩君の作った『トリック集成』というものを読んだろうね」

この大貴族はあんなものまで読んでいるのかと驚きながら、

「読みました。よく集めてありますが、分類の仕方は、あのほかにもいろいろありそうに思います」

「そりゃあ、いろいろあるさ。トリックそのものにしても、あれに書いてない方法が、いくらも考えられる。わたしは仕事に疲れたときに、頭を休めるために探偵小説を読むんだが、読むばかりでなく、自分でトリックを考えてみることもある。頭の按《あん》摩《ま》法《ほう》として至極よろしい。乱歩君のトリック表にないようなものも、思いつくことがあるね。大方はその場限りで、あすになると忘れてしまっているがね。

それから、あのトリック表では、変わった犯罪動機の集めてある章が、わたしには面白いのだが、この動機にしても、まだあるね。誰も考えつかないようなやつがあるね。探偵小説家の視野は案外せまいものだね」

武彦は、この殿様の不思議な趣味に驚嘆して、相手の色白の大柄な顔を眺めた。

「それはすばらしいですね。西洋でも日本でも、探偵作家たちは、トリックの種が尽きて困っているのだから……先生のお考えになったトリックを、いつかおひまの時にうかがいたいと思います」

「うん、いつかね。君とは今後、探偵小説について、たびたび話をする機会があるだろう。じゃあ、いま支配人の黒岩をここへよこすから、そのあいだに、この本棚を見ておきたまえ、西洋の古い探偵小説や犯罪史関係の本が、いくらか揃《そろ》えてあるつもりだ」

大貴族はそう言いすてて立ち上がると、一方の入口から姿を消してしまった。

武彦は烈《はげ》しい好奇心をもって、本棚の前に立ち、本の背文字を次々と見て行った。羨ましい本が無数にあった。ミステリ小説関係の古典ではウォルポールからラドクリフ、ルイス、マチューリンなどのゴシック・ロマンスの古色愛すべき諸冊、ディケンズ、ポー、クーパー、コリンズなどの古版の全集が見事に揃っていた。

犯罪学関係では、ハンス・グロースの「予審判事必携」「犯罪心理学」、ウルフェンの「犯罪心理学」、レンツの「犯罪生物学」、ロンブローゾの「犯罪人論」、ビルンバウムの「犯罪心理学」、フェルリの「犯罪社会学」、クラフト・エビングの「犯罪心理学」、ハヴロック・エリスの「犯罪者」に至るまで、英、独、仏、伊の原本がずらりと並び、犯罪史では、デューマの「著名犯罪物語集」、イギリスの「ニューゲイト・カレンダー全書」から、近年の英、独の訟廷《しょうてい》記録叢書《そうしょ》が揃っていて、ヴァン・ダインが「グリーン家殺人事件」の「閉め切り書庫にて」の章の脚註《きゃくちゅう》に列記しているあのペダンチックな犯罪関係書目を思い出させた。

そのほかにも、武彦が思わず唾を呑《の》みこむような珍本がいろいろあった。例えばW・A・ウイスロウという僧侶の著《あら》わした「ローマのカタコム」、W・H・マシューズという人の「迷路の歴史」の大冊、ウイッチクラフトと悪魔学の諸冊、西洋奇術史、奇術者伝の諸冊などである。

日本の本も諸権威の法医学書、犯罪学書のほかに、向軍治《むこうぐんじ》が訳したグロースの「採証学」、花井卓蔵《はないたくぞう》の「訟廷論叢」の揃い、南波杢三郎《なんばもくさぶろう》の「犯罪捜査法」正続、江口治《えぐちおさむ》の「探偵学大系」、恒岡恒《つねおかひさし》の「探偵術」などが交《まじ》っていた。江戸川乱歩の随筆評論集六冊が真新らしい本で揃えてあるのも頰笑《ほほえ》ましかった。金にあかせばどんな本だって手にはいるんだなあと、ため息をつくばかりであった。

本棚に夢中になっていて、少しも気づかなかったが、ふと人のけはいを感じて振り向くと、茶無地の着物に仙台平《せんだいひら》の袴《はかま》をはいた、いかめしい老人が、そこに突っ立っていた。しみだらけの浅黒い角ばった顔、くぼんだ眼が鋭く光り、太い眉毛が恐ろしく長くのびて、八字ひげのように額から飛び出し、六十を越した老人のくせに、頭の髪が黒々としているのが無気味である。それが、侯爵家の元家令、今の支配人黒岩源蔵老人であった。

秘密結社

あの最初の奇妙な殺人事件が起こったのは、庄司武彦が大河原家の人となってから一ヵ月あまり後であった。その一と月《ひ》のあいだに、彼は大河原家の家族や、来客の中の定連ともいうべき人々や、その他邸内の空気一般について、あらかた通じることができた。大河原家の純粋の家族というのは、主人の元侯爵と、その後添いの若い夫人と二人だけであった。先妻は子なくして病死したし、今の夫人は結婚してから三年になるけれども、まだ後嗣《こうし》に恵まれていなかった。元侯爵の親族で食客となっているような人もなかった。支配人の黒岩老人は別に家を持って通勤していた。それから、若い夫人の実家から付添ってきている元乳母《うば》の老婦人がいて、この二人だけが生涯解雇されることのない準家族ともいうべき人たちであった。そのほかに二人の小間使い、少年の玄関番、自動車運転手夫妻、料理女と女中数名、庭番の老人、これが邸内に住む全員であった。

若い夫人は由美子《ゆみこ》と言い、戦争のために没落した元大名華族のお姫様であった。両親は戦争直後の心痛のため相ついで病死し、兄とただ二人取り残されていたのを、大河原氏が求婚して、その一家の再興を計ってやることになったのである。そのため今は由美子の兄も妻をめとって、裕福な生活に戻っていた。

由美子は二十七歳という、大河原氏の半分にも足らぬ若さであった。武彦はこの夫人にはじめて会ったとき、その美しさに顔を赤くしたほどである。戦後派風とは無論ちがっていたが、しかし、内気な世間知らずのお姫様でもなく、適当にほがらかで、社交的で、その美貌には産毛《うぶげ》の目立つ、眉の濃い、どこか美少年めいた美しさがあった。夫人は大河原氏を父のように敬愛していたし、主人はこの美しい夫人を力強く庇護《ひご》し、その甘え気味のわがままにも、この上もない魅力を感じているらしく見えた。

由美子にも主人のレンズ嗜好症《しこうしょう》が伝染していた。彼女は、洋館の二階に据えつけてある簡単な天体望遠鏡を、覗《のぞ》くことを好んだし、日本間の縁側に、三脚つきの倍率の大きい望遠鏡をおいて、庭の草花や、蟻《あり》などの虫けらを、数十倍に拡大して見るという妙な趣味を持っていた。これは人に教えられたのではなく、由美子自身が発明した遊戯のようであった。

「あなた、のぞいてごらんなさい。あの砂地の蟻地獄が面白いのよ。蟻がすべりおちるでしょう。這《は》いあがろうとしてもどうしてもあがれないの。すると、砂の中から、恐ろしい怪物がピョンと飛び出してきて、大きな鋏《はさみ》で蟻をつかまえて砂の中に引きずりこむのよ」

武彦は夫人からそんな言葉をかけられるほど親しくなっていた。彼は夫人の皮膚で生温かくなっている接眼レンズに眼を当ててみた。

一匹の蟻が、度の弱い顕微鏡で見るほどの大きさに写っていた。肉眼では真黒な蟻が、こうして見ると、首や胴のくびれ、脚の関節が赤っぽくて、大きなお尻には、ジラフのような縞《しま》があった。そして脚にはとげのような太い毛が生えていた。砂の中から、ニューッと飛び出してくる怪物の巨大な鋏は、史前の原始動物を連想させた。

武彦が眼をはなすと、夫人がまた望遠鏡をのぞいた。角度を変えて、庭のあちこちを眺めていたが、突然、夫人の可愛《かわい》らしい口から、アッという低い叫び声がもれた。とっさに接眼レンズから眼をはなしたが、彼女の顔には血の気がなくなっていた。

武彦がいそいで覗いてみると、そこにはまっ青《さお》な巨獣が、三角の顔で、石鹼《せっけん》の泡を集めたような無気味な複眼で、じっとこちらを睨《にら》んでいた。ギョッとしたが、考えてみるとそれは一匹のカマキリの頭部にすぎなかった。

「わたし、あれが大嫌いなのです。ゾッとするほど怖いのです。殺して……追っただけではだめよ。また飛んできますわ」

武彦は庭下駄《げた》をつっかけて、カマキリを踏みつけるためにそこへ走っていったが、間に合わなかった。青い笹《ささ》っ葉のような虫は、いきなり翅《はね》で飛び立って、逆に縁側の方へ突き進んできた。夫人がどんなにおびえるかと、武彦は夢中になって縁側に引き返した。虫がガラス戸にあたって地面に落ちるのと、武彦がいきおいあまって縁側に手をつくのと、同時であった。彼は慌てて庭下駄で虫を踏みつけたが、その時、夫人の温かいからだが、彼の肩にすがりついているのを感じた。一瞬間、えも言えぬ芳香と、柔かい肌触りに包まれたことが、彼に悪寒に近い衝撃を与えた。

「まあ、ごめんなさいね。わたし臆病なのね。でも、あの虫だけは、ほんとうに怖いのです。蛇やなんか、なんともおもっていませんけれど……」

夫人はいそいで身を引きながら、恥かしそうに笑った。美しい顔に、もう血の気が戻っていた。武彦は、土に埋めた胞衣《えな》の上を真先に這った虫が、生涯怖いのだという言い伝えを思い出していた。彼自身の苦手はクモであった。中にも古い壁の上を霞《かすみ》のように見分けがたく這いまわる、平べったい灰色の巨大なやつが、何よりも恐ろしかった。

大河原邸に出入りする客は驚くほど多種多様であった。主人は社長や重役を勤めていても、毎日会社へ出勤するというのではなく、自邸でそれぞれの社員から報告を受けることが多かった。そういう社用の客のほかに、政治家、宗教家、社会事業家、画商、茶の湯の宗匠、箏曲《そうきよく》の大家、それに実業界の多くの知人など、種々雑多の客があり、秘書役の武彦は僅かの期間に、実に多方面の世間に接し、急におとなになったように感じたものである。

これらの来客のほかに、別段の用事もなく、三日にあげず遊びにくる数人の男女の客があったが、その中に特別に武彦の注意を惹いた二人の人物がある。いずれも大河原氏が重役を勤めている会社の少壮社員で、何かのきっかけから、大河原邸へ遊びにくるようになり、今では家族同様の取り扱いを受けていた。

その一人は姫田吾郎《ひめだごろう》という日東《にっとう》製紙会社のいわゆる模範社員で、二十七、八歳の好男子、女のように睫毛《まつげ》が長く、化粧でもしたような眼をしていて、性格にもどこか女性的な感じがあり、快活な人なつっこい陽性の男であった。

今一人は村越均《むらこしひとし》という城北《じようほく》製薬会社の、これも優秀社員で、年配も同じくらい、しかしこちらは姫田に比べると無口な人づきの悪い性格で、青白い理智《りち》的な、ひきしまった顔をしていた。いずれもまだ独身であった。

この二人はそれぞれの特徴によって、大河原氏の寵《ちよう》を得ていた。元侯爵はこの二青年のどちらかを、常に身辺に引きつけておきたいようなふうが見え、秘書役の武彦は嫉妬を感じるほどであった。姫田と村越とは非常に親密とは言えなかった。大河原邸へ出入りしはじめたのは、姫田のほうが半年ほど早く、村越が現われるまでは、大河原氏の寵をほしいままにしていたのだが、つい二ヵ月ほど前から、村越が頻繁に出入りしはじめ、主人はこの無口な青年を愛するようになったので、姫田は暗に彼を嫉視《しつし》し、それが反映して村越の方でも姫田を敵視しているという関係らしく感じられた。

武彦が秘書役を拝命して十日ほどたったある日、彼は自分の事務室と定められた洋館の小部屋で、机に向かっていたとき、窓のそとの庭園で妙なことが起こっているのを見た。

大河原邸の庭園は、明治時代に醍醐三宝院《だいごさんぼういん》の林泉《りんせん》を小規模に模したもので、実に美しく雄大な風景であった。武彦の事務室の窓からは、その庭園の一部しか見えなかったが、窓から二十メートルほど隔《へだ》った正面に、楠《くすのき》の大木があり、その二《ふ》た抱えもある幹を背にして、姫田と村越が向かい合って立っているのが見えた。もう薄暗くなった夕方のことで、先方からは窓の中の武彦には気がつかぬらしく、何かしきりに言い争っていた。言葉の内容はわからなかったが、ときどき甲高い声が武彦のところまで響いてきた。

議論では青白い村越の方が優勢に見えた。彼は相手を軽蔑しきった冷酷な表情で、グングン迫っているらしかった。姫田の血色のよい顔からも、血の気が引いてドス黒く見え、日頃の人なつっこさはまったく消えうせていた。そして、村越の舌鋒《ぜっぽう》におされてタジタジとあとじさりしていた。まったく旗色がわるかった。

ところが、アッと見るまに主客転倒した。劣勢の姫田の方が、いきなり前へ足を踏み出したかと思うと、右手が恐ろしい勢《いきおい》ではねあがり、ピューッと空を切った。村越は片手で頰をおさえて尻餅をついた。姫田の鉄拳をまともに受けたらしく、急に起き上がる力もなかった。姫田はそのままどこかへ立ち去ってしまった。

しばらくして立ち上がった村越の奇妙な表情を、武彦は長く忘れることができなかった。そこに現われていたのは悪魔の嘲笑《ちょうしょう》であった。薄い唇が、いまだかつて人間の顔に見ることができなかったような、無残な曲線を描いてねじまがっていた。その唇が徐々にめくれあがり、黒い穴がひらいた。夕闇の中に青白く浮き上がった彼の顔は、さもおかしそうに哄笑《こうしょう》していたのである。

武彦が再度ふしぎな経験を持ったのはそれから十二、三日後のことであった。そのあいだに、村越と姫田とが大河原邸で顔を合わせる機会は、さして多くはなかったが、しかし、もし二人が同席すれば、表面はさりげない風を装いながら、烈しい憎悪を隠すことができなかった。庭園での活劇を見ていた武彦にはそれがよくわかったが、同席した大河原氏や由美子夫人は、この暗黙の敵意にまったく気づいていないように見えた。

いま言った庭園の活劇から十二、三日たった或る晩、武彦は夕食後、実家に用事があって、大河原邸の門を出ると、その暗闇に姫田がたたずんでいて、彼と一緒に歩き出した。

「僕はいま帰るところですが、君も都電にのるのでしょう」

「そうです」

「それじゃあ、停留所までご一緒しましょう」

都電の停留所までには、生垣や塀のつづいた淋《さび》しい町が七、八丁あった。二人は殆んど人通りのない暗い通りを、ボツボツ話しながら歩いた。

「秘書のつとめはどうです。面白いですか」

「思ったほどむずかしい仕事ではありませんね。それに、御主人と一緒に、いろんな方面の有名な人たちに会えるのが、今のところ、たいへん興味があります」

「君は探偵小説が好きだったんですね。それが、同じ趣味を持っている侯爵の気に入ったのですね」姫田は大河原氏を侯爵と呼んでいた。「探偵小説には秘密結社を扱ったものも多いでしょうね。たとえばコナン・ドイルの『五粒のオレンジの種』ですか、あれは僕、中学時代に英語の教科書で読みましたよ」

「あることはありますが、秘密結社というような題材は、僕はあまり好みません。事実としては面白いが、探偵小説としてはどうも面白くないのが多いのですね。アメリカのK・K・K、クー・クルックス・クランですね、あれなんか今でも残党がいるようですが、例の眼と口だけをくり抜いた白い三角のトンガリ帽子のような覆面に、白いガウンを着て、結社員相互の顔をまったくわからないようにして、秘密の地下室かなんかに集まって、人殺しの会議をひらくやつですね。ああいうものは探偵小説としては面白くないのですよ」

「そうかなあ。しかし、もしこの日本に、そういう秘密結社があるとしたら、恐ろしいとは思いませんか。その恐ろしさには小説なんかの遠く及ばない、しびれるような興味があるとは思いませんか」

その言い方が何かしら異様だったので、武彦はびっくりして、闇の中に浮き上がっている相手の横顔を見つめた。

「君は、何かそういう結社のことを知っているのですか」

「知っているわけではありません。なんとなく感じるのです。君はどう思います。日本にそういう人殺しの秘密結社があるかないか」

「噂《うわさ》を聞いたことはあります。左翼にも右翼にもあるというのです。都合の悪い人物を、この世から消してしまうのですね。ソヴィエトでは、政府の秘密警察が大がかりなやり方で、都合の悪い高官たちを消してしまいますね。それのごく小規模のやつは、秘密結社の形で、どこの国にもあるという噂です。そういう噂を、まことしやかに言いふらす者がいるのです。ほんとうかどうか知りません。しかし世の中には思いもよらない意表外なことが、実際にあるものですからね。

　人殺しの秘密結社ではないが、フリーメイソンの秘密会合は、日本でもひそかに行なわれていたことを、僕は知っています。その会合はひどく宗教めいたもので、黒い布に立派な金の刺繍《ししゅう》をして、彫刻のある金の薄い板さえ貼りつけた、きらびやかな袈裟《けさ》のようなものを着て、会議をするのですね。会場には七本の枝のある燭台《しょくだい》にロウソクを立てて、多くは地下室などで集まるのだそうです。その袈裟のようなものには、会員の階級によって、いろいろの種類があり、その国の支部長というような地位の人は、実に大僧正のような立派な袈裟を身につけるということです。僕は或る人から、その黒地に金ぴかの袈裟のようなものを貰《もら》って、今でも持っていますが、それはたいして位の高い人のではなく、まあ中位の袈裟なのですが、それでも実にきらびやかなものですよ。フリーメイソンの秘密会合が日本で行なわれていたことなど、多くの人は知らないでしょう。しかし、ちゃんとそれがあったのですからね。僕の持っている袈裟が何よりの証拠です。ですから、人殺しのテロの結社だって、絶対にないとは言いきれませんよ」

そこまで話したとき、もう電車の停留所の近くまで来ていたが、二人ともそのまま別れる気にはなれなかった。姫田は停留所の向こうにある小公園を指さした。

「ね、あすこに腰かけて、もう少し話しましょう」

そこは公園とはいえないほどの小規模な緑地帯で、まばらな立ち木にかこまれて二つ三つのベンチが並び、高い鉄柱の上の街灯が、その辺一帯をほのかに照らしていた。二人はそのベンチの一つに、肩をならべて腰かけた。

「庄司君、君に見せるものがあるんです。これ、なんだと思います？」

姫田はそういって、ポケットから一通の封書をとり出し、武彦に手渡した。

「中のものを出してごらんなさい」

街灯のほの暗い光にかざしてみると、封筒の表には姫田の住所姓名が書いてあり、裏は差出人の名がなくて空白になっていた。封筒の中には、紙ではなくて、何かグニャグニャした細長いものがはいっているような手触りだ。ちょっと気味が悪かったが、指を入れて引き出してみると、それは白い鳥の羽根であった。昔、物を書くのに使われた鵞《が》ペンのような形で、鶩鳥の羽根ではないかと想像された。封筒にはそのほかに何もはいっていなかった。

「これだけがはいっていたのですか」

「そうです。手紙も何もないのです。差出人もまったくわかりません。消印は日本橋《にほんばし》局です。君はこれをどう解釈しますか。ただのいたずらでしょうか。それとも……」

「たぶん誰かのいたずらでしょう。こんないたずらをする人の心当たりはないのですか」

「僕の友だちには、こんなばかなまねをするやつは絶対にありません。だから薄気味がわるいのですよ。ドイルの『五粒のオレンジの種』を思い出したのですよ」

「人身御供《ひとみごくう》の白羽の矢ですね」

「そういう意味としかとれません。僕は侯爵のやしきで、右翼の人にも左翼の人にもよく会います。そして議論なんかしたこともあります。僕はどうもおしゃべりでいけません。自分では気づかなくても、何か具合の悪いことを口走ったかもしれません。また、僕たちが聞いてはならない秘密というようなものを、聞いてしまったのかもしれません。考えてみてもまったく心当たりはないのだけれど……」

「まさかそんなわけではありますまい。大河原邸で、それほどだいじな秘密を口走る人もないでしょうから」

「僕もそうは思うんだけれど、ほかに解釈のしようがないのです……ただのいたずらならばいいのだが、どうも変な予感がするんですよ。正直にいうと、僕は怖いのです」

街灯の薄暗い光を受けて、姫田の顔はまるで別人のようにドス黒く見えた。恐怖におののく人の姿であった。

そのとき、武彦は、ふとある事に気づいたので、思いきって言ってみた。

「村越君のいたずらじゃないでしょうね。なんだか君と村越君とは仲たがいしているように見えるから……」

「ええ、僕は村越に恨まれていることがないではありません。しかし、村越というやつは、こんな子供だましのいたずらっけは、爪の垢《あか》ほども持ち合わせていませんよ。あの哲学者先生がこんなまねをするなんて、まったく考えられないことです」

庄司武彦はその時、妙なことを思い出していた。大河原氏のところへ、或る右翼の政客が訪ねてきたとき、国の現状を憂える話がつづいたあとで、大河原氏が声をはげましてどなったことがある。

「ヒトラーだ。一人のヒトラーが出てこなければ、どうにもならん。もっとも、世界を敵に廻《まわ》して戦争するヒトラーではいけない。そんなことをしないでもピッタリ国論を統一できるような、ヒトラー以上のヒトラーが出てこなくちゃ、どうにもならんと、わたしは思うね」

この時の大河原氏の激越した調子が、ふと白羽の矢と結びついた。そして、武彦の眼底に、眼と口だけをくり抜いた奇怪な覆面姿の大河原氏が、おどろおどろと浮き上がってきた。それは滑稽な妄想であった。そんなバカなことがあるはずはなかった。それにもかかわらず、白いトンガリ帽子型の覆面と、白いガウンに隠れて、どこかの陰惨な地下室で、赤茶けたロウソクのチロチロする光に照らし出されている光景が、映画の一こまのように、彼の網膜に写った……もし姫田が大河原氏の恐ろしい秘密の片鱗《へんりん》をでも知ったとすれば、彼に白羽の矢が送られるのは当然ではないか。姫田が秘密結社のことなど言い出したのも、彼自身、うすうすそういうことを勘づいているからではないのか。突飛《とっぴ》すぎる妄想ゆえに、この考えには一種の魅惑があった。

「庄司君、そんな怖い顔をして、いったい何を考えているんです」

姫田がおびえたように尋ねた。

「いや、なんでもありません。実にばかばかしい妄想です。僕は探偵小説に毒されているのかもしれません。ときどき、途方もない妄想にとらわれることがあるのですよ。気にしないでください。なんでもないのです。なんでもないのです」

「いやだなあ。おどかしっこなしですよ……それはそうと、君は素人探偵の明智小五郎さんと知合いだそうですね」

「ええ、ときどきあの人を訪ねることがあります」

「じゃあ一つ、君から明智さんの智恵《ちえ》を借りてください。この封筒と羽根を見せれば、あの名探偵なら何かの手掛かりを摑《つか》んでくれるかもしれませんからね。こんなことを警察に届けたって、どうせ取り上げてくれるはずはないでしょう。だからやっぱり私立探偵の智恵を借りるほかはないのです」

「なるほど、それはいい考えですね。しかし、明智さんは今関西へ旅行しています。何か事件を頼まれたのでしょう。いつ帰るか知りませんが、帰ったら相談してあげてもいいですよ」

「じゃ頼みます。この封筒と羽根は君に預けますから、明智さんが帰り次第、相談してみてください」

そういうわけで、庄司武彦はこの差出人不明の封筒と羽根を預かったのだが、しかし、それは間に合わなかった。明智小五郎が関西方面の旅行から帰る前に、あの異様な惨事が起こってしまったのである。

胎内願望

庄司武彦は、姫田吾郎から預かった差出人不明の封筒と白い羽根のことを、忘れるともなく忘れていた。秘書の仕事は存外いそがしくて、慣れぬ商業上の書類の整理や、手紙の返事には、随分気を使わねばならなかったし、主人と同道して外出することも多く、なんとなくあわただしい日を送っていた。

そういう実務のほかに、もう一つ彼を悩ますものがあった。少しでも隙があると、そのものが彼の心を占領していた。姫田の「白羽の矢」も好奇心をそそる事柄には違いなかったが、そのもう一つのものは、それさえ忘れさせるほどの不思議な力を持っていた。主人の大河原氏の若い夫人由美子が、初対面以来、彼の心の中で、日に日にその美しい姿を大きくしていた。彼のまっ暗な円形の意識の片隅に、小さな由美子の像が、こびりついていたが、それがたちまち成長しはじめ、意識の円形の殆んどなかばをしめるほどの巨人となり、その美女像は彼の意識の中にありながら、しかも、彼の全身を、そと側から包もうとして、うちふるえていたのである。

庄司武彦は対象を包むよりも、対象に包まれることを好む性癖を持っていた。彼は幼少のころ、自分の所有に属するあらゆる玩具や箱の類を、部屋の片隅に円形にならべて、その丸い垣の中に坐《すわ》っていることを好んだ。そうして二次元的にだけでも外界と遮断していれば、心がおちつき、暖かく安らかであった。少年時代にはよく病気をして、蒲団《ふとん》の中に包まれていることが好きであった。包まれた状態に居たいために、しいて病気になる傾きがあった。青年時代には一室にとじこもって読書することを愛した。部屋は狭いほどよかった。汽車の客車を地上に固定して住居にしている西洋人の写真などを見ると、うらやましくて仕方がなかった。サーカスのホロ馬車の中の住まいや、和船の船頭一家の狭くるしい生活などにも、なにかしら甘い郷愁があった。

それが、やっぱり郷愁に違いないことを教えられたのは、今から三年ほど前、精神分析の本を読んだときであった。「胎内願望」とか「子宮内幻想」とか書いてあった。赤ん坊が胎内を出ても、手足を縮めて小さくなっている、あれの延長なのである。空漠たる外界に恐怖して元の狭く暗く暖かい胎内に戻りたい願望である。彼はこの「胎内願望」とか「子宮内幻想」とかいう文字に、ゾッとするような嫌悪を感じた。自分の秘密を見すかされた嫌悪である。しかし、嫌悪すればするほど、願望そのものは、いよいよ強くなって行くようであった。それが彼の厭世《えんせい》となり、自己嫌悪の性格となった。

彼の幻想の女性は、いつも彼を包むものとしてであった。ここでは暗い胎内ではなくて、白く暖かく弾力のある肉体に、全身を包まれることであった。彼は少年時代から、空漠たる大空の中に、巨大なる女体《にょたい》を幻想することがあった。そして、彼はいつも、その女体の中にはいりこみたい衝動を感じた。その美しい巨人の口から呑まれて、腹の中にはいりたいのである。

彼にとって、世界の女性は二種類にわかれていた。男性を包む型の女性と、包まない型の女性である。彼は前者のみを愛し、後者には、いかに美しい人であっても、まったく慾望《よくぼう》を感じなかった。

大河原由美子は、その前者に属する典型的な女性であった。武彦は初対面のとき、直覚的にそれを感じて、彼女の美しさばかりでなく、そのことのために赤面したのである。そして、彼の意識の円内で、彼女の像が大きくなればなるほど、彼女そのものは、まったく解きがたい謎となって行った。遥《はる》かなる別世界の異人種となって行った。

「庄司さん、あれを縁側へ出してくださらない」

廊下で行きちがったとき、由美子夫人がニッコリして、彼に言葉をかけてくれた。花がひらくような笑顔であった。彼はからだが固くなって、わきの下から冷たい汗が流れた。

「あれ」というのは、いつかの望遠鏡のことである。カマキリのさわぎがあってからというもの、由美子は望遠鏡を縁側へ持ち出す係りを、武彦にきめてしまったように見えた。武彦の方では、小間使いに命じてもよいことを、わざわざ自分にやらせてくれるのだと思うと、ワクワクするほどうれしかった。

大いそぎで、十五畳の日本間の違い棚に置いてある三脚つき望遠鏡を、縁側に持ち出して、そこに立って待っている美しい人の顔を眺め眺め、無言の指図に従って、三脚の位置をきめると、彼女はそこに坐って、いつものように庭の虫けらをのぞくのである。

自分にものぞけと言ってくれるのではないかと、そばに立っていても、彼女は虫けらに夢中になって、彼のことなど忘れてしまっているように見えた。失望して、しかし、あきらめわるく、阿呆面《あほうづら》をして突っ立っていると、折あしく縁側に重い足音がして、主人の大河原氏が姿をあらわした。

「またはじまったね。君はマニアだよ、望遠鏡の」

「あら、それはあなたのことよ。あなたの方が先生じゃありませんか。ご自分でも、しょっちゅうのぞいていらっしゃるくせに。顕微鏡だとか、天体望遠鏡だとか……」

そして、この恐ろしく年齢のちがう夫妻は、顔見合わせて、さもおかしそうに笑った。年齢はちがっても、実に似合いの夫婦であった。大河原氏の白くて大柄な貴族らしい顔、由美子夫人のけしの花のようなえがお、ふたりとも、武彦などの手も届かぬ別世界の人種であった。

「あら、あなたまだそこにいらしったの？　もうよろしいのよ」

武彦が立っているのに気づくと、由美子は急にえがおを止めて、ひどく他人行儀に言った。楽しいふたりの会話を立ち聞きしていたとでも言わぬばかりに。

武彦はこわばった表情でニヤッと笑って、そのまま立ち去ったが、縁側を歩きながら、冷たい涙が空虚な腹の中へポトリポトリと落ちるような気がした。夫人が好意を持っていてくれると自惚《うぬぼ》れていたのが、身のおきどころもないほど恥かしかった。あの時の自分の顔が、どんなに阿呆に見えただろうと思うと、スーッと頭から血が引いて、フラフラと倒れそうになった。その日は一日、絶望のために仕事が手につかなかった。

武彦が一ばん嫌いなのは、主人夫妻が、夜など、親しい来客と卓を囲んでトランプに興ずるときであった。その来客の中には、多くの場合、姫田か村越のどちらかが混っていた。武彦は勝負事が苦手で、トランプ遊びなどもまったく知らなかったし、たとえ知っていても、姫田や村越は来客であり、彼は一介の雇人《やといにん》にすぎなかった。対等につき合ってはもらえないのである。

そういう時、彼は自室に引きこもって、読書をしようとするのだが、本をひらいて文字をたどっても、意味はわからなかった。羨望と嫉妬に眼もくらみ、由美子夫人の花のえがおが、意識の円内一ぱいにひろがって、彼の心をかきむしるのであった。

だが、時とすると、由美子が彼に好意のある好奇心を示す場合もあった。

「庄司さんは、おとうさまと仲がよろしいの？」

書斎へはいって行くと、偶然そこに由美子夫人が本を読んでいて、顔をあげて彼に話しかけた。

「ええ、まあ仲がいい方です」

武彦はいま自分が夫人の美しい顔を、ばかみたいに見つめていることを意識しながら、間抜けな答え方をした。

「じゃあ、あなたも封建主義ですの？　階級意識を持っていらっしゃるの？」

どう答えていいのか、ちょっとわからなかった。するとつづけて、

「わたしたちを主人、あなたは雇人と考えて、一歩さがっていらっしゃるの？」

いじわるの尋ね方でないことはわかっていたが、これにも答えられなかった。

「わたしはみんなおんなじだと思っています。旦那さまでも、あなたでも、村越さんでも、姫田さんでも、わたしにはおんなじよ。だから、あなた、ちっとも遠慮することないわ」

そういうはすっぱな口をきくくせに、旦那さまなどと古風な呼び方をしていた。しかし、武彦はうれしかった。やっぱり自分に好意を見せているのだと思った。

「あなたこの本お読みになって？」

手にしていたのはグロースの「犯罪心理学」の英訳本であった。

「いいえ、まだ……」

「あなたの好きそうな本よ。旦那さまはすっかり読んで、方々に書き入れがしてありますわ。読んでごらんなさい。やさしい英文ですから」

由美子は二十七歳、武彦は二十五歳であったが、いくらお姫さまでも、夫人の立場になると、すっかりおとなめくものだ。それに、この人にはどこか普通のお姫さまとちがった、わからないものがある。武彦はこの人の前では、自分がまるで子供のような感じがした。

夫人がサアと言わぬばかりに、その本をさし出すので、手を出して受け取ったが、そのとき指がさわった。本と一緒に夫人の細い指を上から握ったので、あわてて持ちかえようとすると、夫人の方でもあわてたらしく、本が落ちそうになった。それをとめるために、もう一度本をつかんだ夫人の指が、今度は武彦の指を、力強く握る結果となった。それはほんの一瞬間で、洋書は武彦の手に渡ったが、その握られた指の感触が、いつまでも残っていた。ゾーッと総毛立つほどの衝撃であった。

今のは無意識にちがいない。だが、夫人がまったくさりげない顔をしているのは、雇人の武彦などは男とも思っていないのかもしれない。それとも、なかば意識しての行為なので、その恥かしさを隠すために、わざとさりげない顔をしているのではなかろうか。

武彦は胸がドキドキして、そのまま相対していては、何をするかもしれないと思ったので、急いで書斎から逃げ出した。自分の部屋に帰っても、まだドキドキしていた。

グロースの本を、胸に抱きしめて、狭い部屋の中を行ったり来たり歩き廻った。心中には百千の妄想が、恐ろしい早さで、現われては消えて行った。

武彦は女というものを、まだよく知らなかった。引っこみ思案で、部屋にばかりとじこもっていた彼は、同年配の青年のように多くの女と交友していなかった。あとにも先にも、たった一度、それも街の女に接した経験を持っているにすぎなかった。

その女の顔とからだのあらゆる部分が映画のフラッシュ・バックのように、妄想の中を去来した。汚ならしい。なんという汚ならしさだ。由美子夫人の指から、こんな連想をするなんて、唾棄すべきことだ。彼はほんとうに吐き気を催した。

しかし、それにもかかわらず、妄想の方では勝手に回顧をつづけていた。

その時彼は二十三歳であった。二年前の晩春であった。夜ふけに、東京の中心の或るガードの下を歩いていた。闇の中から、ほんのりと白いものが浮き出してきた。近よるとその女はまっ赤な服を着ていた。口紅が赤すぎたけれども、嫌いな顔ではなかった。

「ね、いいでしょう」

と幽《かす》かな甘い声で言った。そして、彼により添って歩いてきた。

「どこへ行くの?」

「いいとこがあるの。すぐそこのホテル」

彼はもう誘惑に負けていた。生れて最初の経験をしてみようと心をきめていた。しかし、小遣いをたくさんは持っていなかったので、心配になった。そのことをいうと、それで充分足りることがわかったが、まだもう一つ気がかりがあった。暗闇が彼を大胆にした。

「病気がこわい」

すると女はウフフと笑って、簡単な予防法があることを教えてくれた。女も暗闇であけすけになっていた。

それだけの問答で、もうすっかり興ざめになって、心で吐き気を催していたが、肉体が承知しなかった。彼は泥棒が敷居をまたぐときのようなやけくそな気持になって、女について行った。

薄ぎたないホテルの部屋の、暗い電灯の下にさらけ出された女のからだは、少しも美しくなかった。顔もガードの下の闇で見たのとは違っていた。それに、この女は包む型ではなくて、包まれる型に属していた。それはもう機械的な交渉にすぎなかった。自分の生理の未練らしさが、限りなくおぞましかった。彼は吐き気を催しながらホテルを出た。

それっきりであった。彼は二度とそういう女を猟《あさ》ろうとはしなかった。大河原家にくるまでは、本の虫になっていた。中にも内外の探偵小説を愛読して、空想的犯罪に耽《ふけ》っていた。スポーツぎらいの彼は外出することもまれであった。友人からは変人扱いを受けていた。

由美子夫人は生れてはじめて出会った思慕の人であった。こんな女性がこの世に存在しようとは想像もしていなかった。彼のような内向的な性格が、これほどの思慕を感じうるというのは、一つの驚異でさえあった。

しかし、彼女は高貴の生れのお姫さまであり、大貴族の夫人である。彼の思慕は単なる思慕にとどまって、それ以上に出ることは許されない。封建的な父のもとに育った彼には、理論で説明のできない恐怖があった。封建的タブーへの生得《しょうとく》の畏怖があった。

その人を前にして、彼は殻にとじこもらなければならない。空想の世界に逃避しなければならない。逃避に慣れた彼ではあったが、今度の場合は、それに耐えうるかどうかを、自から危ぶまないではいられなかった。

ちょうどそういう状態にあったとき、大河原氏夫妻は熱海《あたみ》の別荘へ行くことになり、武彦はそのお供を命じられた。そして、そこで彼らは最初の怪事件に出会うことになるのである。

双眼鏡

それは秋もなかばの行楽の季節であった。大河原氏夫妻は日曜と祭日のつづく連休日を中にはさんで、一週間ばかり熱海の別荘へ都塵《とじん》をさけた。

大河原家の別荘は海岸の温泉街を出はずれた、魚見崎《うおみざき》の南方の山腹にあった。その辺は熱海の町からは山一つ隔てているので、人家もまばらに、閑静な景勝の地であった。うしろは緑の山、前は目の下に散在する人家を隔てて深い峡谷となり、その向こうに青い海がひろがって、左手に魚見崎の断崖が見える。

別荘は和洋折衷の七間《ま》ほどの意気な二階建てであった。別荘番の老人夫妻が料理が上手だったし、その娘が女中代りをつとめるので、今度は本邸の小間使いや女中は連れず、秘書の武彦と三人きりで東京駅から電車に乗った。もっとも、自動車は運転手だけで国道を走り、あとから着くことになっていたし、三人きりで一週間は退屈するだろうと、日頃お出入りの若い連中にも遊びにくるように伝えてあった。

別荘の二階の海を見はらす洋室に、二つの双眼鏡が備えてあった。これも大河原氏夫妻のレンズ狂を語るもので、別荘にくれば毎日この双眼鏡で遠望、近望を楽しむ習慣だったのである。武彦は到着匆々《そうそう》その双眼鏡を見せられて、彼もまた夫婦の病癖に幾分感染していたので、早速あちこちをのぞいてみたが、さすがレンズ狂の所持品だけあって、その明かるさと倍率はこれまで一度も見たことがないほどであった。

肉眼ではまったく見えないほどの遠い海面の漁船や、乗り組んでいる漁師の姿などが、手にとるように見えた。遥か向こうの海岸の宿屋の看板の小さな文字まで読みわけられた。レンズを近くに向けると、別荘の前の坂道を、こちらへ歩いてくる女の顔が、すぐ一間《けん》ほどの近さに見え、それがニッコリ笑ったので、覗いているのを見つけられたのかと、ドキンとして眼をはなすと、その顔は肉眼では点のように小さく見え、こちらの双眼鏡など気づくはずのないことがわかった。

別荘についた二日目、武彦がやはりその双眼鏡をのぞいていると、うしろに人のけはいがして、耳のそばで由美子夫人の声がした。

「またのぞいていらっしゃる。あなたもレンズ・マニアがうつったらしいのね」

眼をはずしてふりむくと、湯上がりのつやつやした顔に、浴衣《ゆかた》を着た夫人が、うっとりするような唇と歯で笑っていた。まったく化粧をしていないので、頬《ひ》が一ときわみずみずしく、すべっこく上気していて、世界中にこんなに美しいものがあるだろうかと思うほどであった。

「肉眼でまったく見えないものが、こんなに大きく見えるとは、まるで魔法みたいですね。ことに、下の坂をのぼってくる人の顔が、すぐ目の前に見えて、こわいようです。むこうでは見られていることを少しも知らないで、表情をくずしてしまっています。人目を意識しない、その人まる出しの顔です。それが、こまかい皺《しわ》の一本一本まで見えるのですからね。若い女の人の場合なんか、なんだか見てはいけないものを見ているようで、こわくなりますよ」

武彦は新らしく発見した興味に、多少昂奮《こうふん》していたので、美しい人の前でも、楽々と物が言えた。

「まあ、あなたもレンズ・マニアの堂に入ってきたわね。それなのよ。だから、ほんとうは、ちょっと罪の深い慰《なぐさ》みですわね。昔、お屋敷の櫓《やぐら》の上にのぼって、遠目《とおめ》がねで往来の人を眺めるのが好きなお殿様があったということを、よく祖母が話してくれました。殿様が毎日のように、櫓におのぼりになるので、家来が心配して、おいさめ申したというのです。わたしたちはその殿様の子孫かもしれませんわね」

この美しい人と、なんという楽しい会話であったろう。由美子夫人を知ってから、こんな楽しい一ときは、はじめてのことであった。夫人も興にのったらしく、さらに多弁に話しつづけた。

「いつかここへ来たとき、旦那さまとわたしとが、一つずつ双眼鏡を眼にあてて、ホラ、向こうに見える別荘の窓の中を、毎日見ていたことがありますの。眼で泥棒していたのですわね」

夫人はそういってちょっと浴衣の肩をすぼめるようにして、いたずらっ子のような顔になって、クスリと笑った。武彦は子供のころ、「かくれんぼう」をして、すきな女の子とふたりっきりで、暗い納屋の中に身をひそめていた時の甘い感触を思い出した。

「窓の中の人生というものを見るのよ。誰も見ていないと思って、いろいろな人が、いろいろなことをする、その秘密をすき見するのよ。告白小説を読むのとおんなじですわね。旦那さまもわたしも、夢中になって、窓の中の告白小説のつづきものを、毎日のぞいていましたわ。わたし、悪い女だとお思いになって？」

「そんなことありません。でも、変わったかただと思います。だから、僕は奥さまとお話しするのが好きなんです。僕にも似たような変わった性格があるからです。だから、僕、奥様が好きなんです……」

武彦は何をしゃべっているのか、自分でもわからなかった。しかしまったく理性を失ったのでもない。もっとしゃべりたかった。涙を流してかきくどきたかった。それを喰《く》いとめたのである。夫人がもう二度と言葉もかけてくれないようになることを恐れて、やっと踏みとどまったのである。

「庄司さん、月をごらんになって？」

突然別のことを言い出されたので、はぐらかされたような気がして、ぼんやりしていると、夫人は武彦の手から双眼鏡を奪いとるようにして、それを眼にあてて、空を見上げた。

青空に昼間の月が、薄白い色で、大きく浮かんでいた。

「ちょうど半分だわ。片割れ月ね。月のあばたがハッキリ見えますわ。噴火孔の大きなのが、天体望遠鏡で見るように、見えますわ。ホラ、のぞいてごらんなさい」

武彦は手渡された双眼鏡を握って月を見た。双眼鏡のそと側の夫人の手にあった個所《かしょ》がホンノリと暖かかった。その暖かさは、彼の右の頬のそばにもあった。夫人の湯上がりの頬が、彼の頬と一寸《すん》と離れていなかったのである。

その生暖かさと、温泉のかおりと、香水の残り香と、美しい人の体臭とが、まざりあって、ユラユラと彼の頬のあたりに漂った。

双眼鏡の視野一ぱいに、巨大な片割れ月が銀色に輝いていたけれど、彼は殆んどそれを見ていなかった。生暖かい浴衣越しの夫人の二の腕が、彼の腕にさわっているのを全身で感じていた。それは強烈な電流のように、彼の全神経を衝撃し顚倒《てんとう》せしめた。しかし、それからなんの発展もなかった。やがて、夫人は双眼鏡問答にもあきた様子で、唐突にその部屋から立ち去ってしまった。武彦はまたしても、はぐらかされた感じであった。夫人は腕の接触などまったく意識していなかったのかもしれない。しかし、そういう点では甚だしく敏感な女性が、無意識であったとは、なんとなく考えにくいことだ。夫人は何もかも彼以上に意識していたのではないだろうか。そして、彼女もまた或るおそれを感じたので、あんなに出しぬけに、立ち去ったのではないだろうか。

武彦はその日一日、この実に些細《ささい》な出来事を、女々しく反芻《はんすう》して暮らした。その瞬間の動作をスローモーションにして、あらゆる細部にわたって、くり返し思い出してみた。しかし、なんの結論も得られなかった。由美子夫人というものが、いよいよわからなくなってきた。やっぱり別世界の人であった。彼女の言動には、彼の思考力ではどうしても解けないようなものがあった。

その翌日、姫田吾郎が二日の連休を利用して、東京からやってきた。彼がくることは、あらかじめ電話で連絡があったので、大河原氏夫妻は待ちかまえていて歓待した。女性的で多弁な姫田が加わったので、別荘内は俄《にわ》かに賑《にぎ》やかになった。姫田は大河原氏と付近へ散歩に出たりした。夜になると、武彦の大嫌いなブリッジ遊びがはじまり、主人夫妻と姫田、自動車の運転手までも加わってうち興じた。武彦は一人のけものになって、自室に引きこもり、読書でもするほかはなかったが、そうしていても、由美子夫人が姫田と一緒に笑い興じているのがねたましく、想像に描く夫人の一挙一動が幻となって頁《ページ》の上に浮き上がり、文字も目には写らなかった。

その次の日は、みんな朝寝坊をしたが、おひるごろになると、大河原氏は東京からやってくるゴルフ友だちと、前々から約束してあったので、自分で自動車を運転して、川《か》奈《な》ゴルフ場へ出かけて行った。

運転手はひまができたものだから、どこかへ遊びに行ってしまうし、取り残された由美子夫人は、姫田と武彦を相手にしばらく話していたが、なぜか妙に話のつぎ穂がなくなってきたので、退屈して二階の自分の部屋へ引きこもってしまった。

階下の広間に二人きりになったとき、姫田は何か用事ありげに、武彦のそばによってきた。姫田は昼前から、なんとなく不機嫌で、青ざめた顔をしていた。由美子夫人を退屈させたのも、主として彼のこの不機嫌からであった。いつもは女のようによくしゃべる彼が、きょうは不思議にだまりこんでいた。

彼は意味ありげに武彦に近づくと、あたりを見廻しながら、ささやき声で、

「きょう、また来たのですよ」

といって、ポケットから薄青い二重封筒を取り出した。

それがいつかのと同じ封筒だったので、武彦はたちまち彼の言う意味を悟ることがで

きた。

「あれですか。また白い羽根ですか」

「そうです。しかも、ここの別荘気付で僕あてに配達されたのです」

姫田は封筒の中から、白い羽根を取り出して見せた。いつかのものとまったく同じである。封筒に差出人の名はしるされていない。

「君は明智さんに話してくれましたか」

「いいえ、まだです。わたしたちがこちらへ来る時まで、明智さんはまだ旅行から帰っていなかったのです」

「そうですか。困ったな。僕はどうしていいかわからない。警察にとどけたって結局どうにもならないだろうし、といって、ほかに手段もない。チェッ、誰かのいたずらとしたら、実に悪質ないたずらですよ。僕はなんだか変な予感がする。これを受け取ってから、妙にイライラして、じっとしていられないのですよ」

このあいだは、夜ふけの小公園のベンチで、この白い羽根を見たせいか、ひどく無気味だったが、きょうは昼間の部屋の中なので、姫田の不安に共感できなかった。何者の仕わざにもせよ、こんな子供だましのいたずらが滑稽でさえあった。

「消印はどこですか」

「やっぱり日本橋です」

「お友だちのいたずらじゃありませんか。心当たりはないのですか」

「まったくありません。ずいぶん考えてみたが、どうしても心当たりがないのです。だから、実にいやあな気がするんです。正体がわからないというのは、不愉快なもんですね。いや、不愉快なばかりじゃない。僕はほんとうにこわがっているんです。こんな妙な目にあったのは、まったくはじめてですからね。こわいのです」

それから、姫田は長いあいだだまりこんでいたあとで、突然「ちょっとその辺を歩き廻ってきます」と言いすてて、こちらの返事も待たず、スーッと広間から出て行ってしまった。

あとはヒッソリとして、別荘全体が墓場のように静まり返っていた。広間には手すりつきの西洋階段があって、そこから二階の由美子夫人の部屋のドアの一部分が見えているのだが、そのドアはピッタリしまったまま、ひらくけはいもなかった。しばらく途絶えていたピアノの音が、美しく流れてくる。武彦には洋楽の知識がなかったが、何か長い曲のおさらいをしているらしく、ピアノの音はいつまでもつづいた。

別荘番の老人夫妻は、台所のそばの居間で、さしむかいでお茶でも飲んでいるのであろう。その方角からは、なんの物音も聞こえてこなかった。老人たちの娘はおひるすぎから私用で外出して、まだ帰ってこないらしい。どこかお友だちのうちへでも遊びに行って、話しこんでいるのであろう。娘が帰ってくれば、若いだけに、物音を立てたり、かんだかい声が聞こえてくるはずだ。

時計を見ると、もう三時半をすぎていた。武彦は所在がなかった。白い羽根のことなど、姫田が出て行くと同時に念頭を去ってしまった。それよりも、彼の意識の円内には絶えず美しい人のまぼろしがゆらめいて、甘い悩みをふり払うことができなかった。

ソッと二階へ上がって行って、夫人の部屋のドアを叩《たた》こうかと思った。だが、彼は雇人であった。用もないのに、主人の不在中、若い美しい夫人の部屋をおとずれる勇気はなかった。まだそれほど親しいあいだにはなっていなかった。早くピアノに飽きて、そとへ出てきてくれればいいと、それを待つばかりであった。だが、意地わるく、ピアノの音はいつまでもやまなかった。

本でも読むほかはなかった。彼は美しい人から勧められたグロースの「犯罪心理学」を、さっきから離さず持ち歩いていたので、それを広間の隅の小卓にひろげて読みはじめた。自分の部屋に帰る気はしなかった。階段をへだてて、夫人の部屋の眺められる、この広間を離れたくなかった。

はじめのうちは、美しい人の幻影と、英文の活字とがかさなり合って、読書をさまたげたが、そこに書かれた内容の面白さに、つい引き入れられて、彼はいつしかその本に読み耽っていた。

どのくらい時間がたったのか、ふと気がつくと、玄関の方に別荘番の娘のかんだかい声がして、主人の帰宅を迎えていた。娘はいつの間にか帰っていたのである。やがて広間の入口に、ゴルフズボンをはいた大河原氏の姿が現われ、彼が武彦に呼びかける太い声が二階に届いたのか、夫人も広間へ降りてきた。ゴルフ友だちの話など、賑やかな会話に、別荘の中は俄かに生気を取りもどしたように見えた。

大河原氏は風呂に入り和服に着かえると、夫人をつれて二階の見はらしの部屋にのぼった。二人の日課を果たすためである。レンズ・マニアの夫妻は、別荘滞在中、毎日一度は必《かな》らず一緒に双眼鏡をのぞくことにしていた。きょうはまだ一度ものぞいていないので、日の暮れぬうちにというわけである。主人が帰れば、武彦は秘書なのだから、もうおおっぴらに二人のあとについて行ってもおかしくなかった。

夫人の方が先に双眼鏡を眼にあてて、右側の岬から左側の岬まで、ゆっくりと一と渡り眺め廻したが、左側の岬、すなわち魚見崎の辺に、何か興味ある対象を見つけたのか、双眼鏡の先がその方向に固定したまま動かなくなった。

「あら、あの人なにをしているんでしょう。あんなあぶないがけの上に立って」

夫人のただならぬ声に、大河原氏は急いで、そばのテーブルの上にあった双眼鏡をとり、たもとからハンカチを出して、レンズを拭きはじめた。別にほこりがついているわけでもないのに、この人は、双眼鏡を眼に当てる前に、必らずそのレンズを拭くくせがあった。拭きながら、窓際にのり出して、夫人と肩をかさねるようにして、夫人の指さす方向に眼をやったが、あわてていたので、袂《たもと》へ入れようとしたハンカチが、手をすべって、窓のそとへヒラヒラとおちて行った。

「や、しまった……だが、その人というのは、どこにいるんだ?」

ハンカチどころではなく、急いで双眼鏡を眼に当てた。

「魚見崎のがけの上ですわ。あの松の木の下」

武彦は双眼鏡がないので、二人のうしろから及び腰になって、肉眼でその方を見たが、崖の上から海の方へ枝を張っている一本松は見えるけれども、その下の人までは見えなかった。

「ウン、松の下、いる、いる、あぶないところへ行ったもんだ」

二組の双眼鏡はその松の下を凝視していた。武彦も、見えぬながらも、そこに眼をこらしたが、もう太陽は山の端《は》に近く、海面一帯夕暮れの色に包まれていた。一本松のあたりも、やや薄暗く、見通しは充分でなかった。

そのとき、夫妻の口から、同時に「アッ」という、おそろしい叫び声がもれた。武彦の肉眼もそれを見た。何か黒い豆つぶのようなものが、一本松の下の切り立った断崖を、遥かの海面へと転落して行くのが見えた。

二組の双眼鏡には、その光景が、もっと明瞭に写っていた。ここからは鼠色《ねずみいろ》に見える背広姿の男が、まっさかさまに、出ばった岩角にぶっつかりながら、白波たぎる海面へと落ちて行ったのである。

　魚見崎は飛びこみ自殺の名所であった。ことに一本松のあたりがその場所として選ばれた。そこから飛びこめば、何十メートル下の海面まで殆んど遮ぎるものがなかった。一本松から断崖の三分の一までは、灌木《かんぼく》や雑草に覆われていたが、それから下は直立の岩肌で、海面に接するところに、大洞窟が無気味な黒い口をひらき、その前に群がる岩礁に泡立つ白波がたわむれていた。

　今の男も自殺者の一人であったのだろうか。あの岩壁を転落して、命の助かる見こみは万に一つもない。双眼鏡ではその最後を見届けることはできなかったが、男は岩礁にぶつかり、海中に沈んで絶命したのであろう。

「庄司君、魚見崎から人が飛びこんだのだ。自殺者にちがいない。すぐ熱海署へ電話をかけてくれたまえ。わしたちのほかには、だれも気がついていないかもしれない」

　庄司武彦が熱海警察へ電話をかけてから、その男の死体が崖下の海中から発見されたまでの経路は、くだくだしくしるすには及ばない。熱海警察は、魚見崎の自殺者には慣れていた。月に一度以上そういう事件があった。いつもきまったモーターつきの和船が死体捜索に使われた。船頭も警官も手慣れていたので、自殺者の死体は多くの場合、容易に発見することができた。

　この場合も、まだ暮れ切らぬうちに、その和船が死体を引き上げ、死体は一と先ず熱海警察署の地下室に運ばれた。死体の身元もすぐにわかった。背広の内ポケットに紙入れがそのまま残っていて、その中の名刺によって、自殺者は東京都目黒《めぐろ》区上目黒《かみめぐろ》に住居する日東製紙株式会社社員姫田吾郎と判明した。

所持品を調べていると、背広の一つのポケットから、海水にぬれてベトベトになった封筒が出てきた。封筒の中には白い鷲鳥の羽根がはいっていた。不審に思って、その封筒を板に張りつけて、上書《うわがき》を読むと、魚見崎の向こうに別荘のある大河原元侯爵気付になっていた。電話で自殺者を知らせてきたのも大河原家からであった。すると、この姫田という男は大河原氏の知人に違いない。元侯爵が別荘に滞在中であることもわかっている。そこで、警察では、大河原侯爵に死体の検分を乞うために、わざわざ署長が侯爵の別荘へ自動車を走らせることになった。

大河原氏は秘書の武彦と共に、署長の車に同乗して、熱海署に出頭し、地下室の死体を見て、彼が重役を勤めている日東製紙会社の社員姫田吾郎に違いないことを確認した。

しかし自殺の原因はまったく不明であった。姫田は会社の模範社員で、家庭も至極円満だったし、恋愛問題などの噂もなかった。たった一つの心当たりは、白い羽根のはいった差出人不明の封筒だったが、これについては侯爵の秘書庄司武彦が、知っているだけの事実を証言した。しかし、事実そのものが手掛かりとなるほどの内容を持っていないので、警察でも手のほどこしようがなかった。ただこの白い羽根がもしいたずらでないとすると、姫田は何者かに断崖からつき落とされたのではないかという疑いが生じてくるわけであった。

そこで、警察では大河原氏が帰宅したあとで、係り官が別荘に出向いて、大河原夫妻に、双眼鏡で目撃したときの記憶を根掘り葉掘り尋ねたが、結局はっきりしたことはわからなかった。夫妻とも、その時断崖の上には姫田のほかに人の姿は見えなかったと答えるばかりで、崖の上の茂みに加害者が身を隠していたのではないだろうかという問に対しては、否定も肯定もできなかった。

警察の人たちが帰ってから、大河原氏と由美子夫人とは、不安の眼を見交わしながら、ボソボソと語り合った。

「でも姫田さんが自殺するなんて、どうしても考えられないことですわ」

「それじゃあ、君は、目がねをのぞいていて、誰かが姫田君をつきおとしたらしい感じを受けたというのかね」

「はっきりは言えませんわ。でも、あの落ちかたは、そうとも取れないことはありませんわ」

「ウン、そうとも取れる。落ちかたによって、自分で飛びこんだか、人につきおとされたかを判断するのは、むずかしいことだ。それにアッというまの出来事だから、今ではもう記憶がうすらいでいる。どっちとも言えないね。しかし、姫田君の方に自殺の動機がまったくなければ、他殺と見るほかはないが、それだって断言はできない」

「警察では、崖の上を調べたり、駅員を調べたりするって申しておりましたわね。崖の上に何か手掛かりでも見つかれば……」

「足跡なんか残らない場所だろうから、それもむずかしいね。駅員を調べるとしたって、熱海は大都市だからね。あのたくさんの乗降客の一人一人を見覚えている駅員なんて、あるはずがない」

庄司武彦は二人のそばで、この会話を聞いていたが、彼自身にもむろん判断がつかなかった。ただ、「五粒のオレンジの種」とつぶやいて、おそれおののいていたあの晩の姫田の土気色の顔が、目の前に浮かんでくるばかりであった。

目撃者

姫田吾郎が魚見崎の断崖から墜落死をとげた翌日の午前十一時ごろ、熱海署の主任刑事が大河原別荘を訪ねてきた。

大河原氏は、自分が重役を勤めている会社の有望社員として、姫田を愛していたし、また彼の奇怪な死が探偵小説好きの氏の興味を刺戟《しげき》してもいたので、さっそく刑事を応接間に通して面会した。秘書の庄司武彦も同席を許された。

姫田が墜落したのは前日の夕方の五時十分ごろであった。武彦が大河原氏の命をうけて熱海署に電話したとき、受話器をとりながら、腕時計を見ると五時十分を少しすぎていた。大河原氏も、そのとき部屋の置時計が同じ時間を示していたことを、記憶していた。

だから、警察の捜査はその時間に基づいて進められたのだが、今までのところ、なんの手掛かりもつかめないということであった。

刑事が報告したところによると、魚見崎の国道沿いの高台にある茶店が五時すぎまで店をひらいているので、そこをしらべてみたが、茶店から姫田が墜落したとおぼしい一本松の下の棚のようになった地点は、まったく見通しがきかず、五時すぎごろ、そんな出来事があったのを、茶店のものはもちろん、そこに休んでいた客も、だれも気がつかなかったというのである。

「あの国道はずいぶん人通りがあるようですが」

と、大河原氏がたずねると、刑事はうなずいて、

「そうです。ほとんど絶えまなく人通りがあります。しかし、あの一本松の下の現場は国道からは見えません。道から崖の方へはいって、立ち入り禁止の柵のところまで行かなければ見えないのです。普通の通行者は、めったに柵のところまで、はいりませんからね」

そこは投身自殺の名所になっているほどだから、熱海市では、例の「ちょっと待った」という立て札を立てたり、柵をめぐらして、そこから向こうへは立ち入らないようにしているのだが、柵といっても粗末なもので、はいろうとおもえば、誰でもはいれるようなものであった。

「あの現場へは、茶店の一丁ほど南から、国道をそれて、細道づたいに行けるようになっているのです。子供などが通るので、自然にできた細道ですが、国道から急な坂をくだるようになっているので、木の蔭《かげ》になって、そこを通れば、国道からも見えないのです。ほんとうは、あの細道にも柵を作らなければいけないのですが、土地のものでなければ知らないような間道《かんどう》だものですから、ついそのままになっているのです」

「じゃあ、姫田君は、その細道を通って行ったとおっしゃるのですか」

「おそらく、そうでしょうね。誰にも見とがめられていないとすると」

「で、警察のお考えはどうなのです。姫田君には、自殺するような動機が何もないように思われるし、また、あの怪しげな白い羽根を二度も受け取っている点からも、一応他殺を考えてみなければならないと思うのですが」

「それです。今も署で会議をひらいてきたのですが、これはやっぱり、東京で捜査をするのが近道だと考えます。この事件は警視庁のほうにお願いすることになるでしょう。目撃者もなく、こちらにも容疑者のお心当たりがないとすると、東京で姫田さんの家庭や知人関係を洗ってみるほかに手段はありません。それについて、実は、こちらでおわかりになっている姫田さんの知人関係を、一応お聞きしておきたいと思いましてうかがったのですが」

そこで、大河原氏は、姫田が日東製紙会社の営業課員であること、その仕事の性質、課長の名、大河原邸で親しくしている友人の名（そのうちにはむろん村越均の名もあった）などを告げ、刑事はこれを手帳に書きとめた。

「きのうも署長さんに申しあげておいた通り、姫田君は両親とも健在で、おとうさんは日本橋で呉服屋をやっておる。そのおとうさんが、もうじきここへ着くことになっています。着いたらすぐ署の方へ連絡しますが、姫田君の死体はいつごろお引き渡しくださるのですか」

「夕方にはお渡しできると思います。血液や胃の内容物をしらべたけれども、異状はないということでした。頭を岩かどにぶっつけていますが、おそらくあれが致命傷でしょう。海面についたときには、もう意識がなかったのでしょう」

それから、しばらく話をして、主任刑事は帰って行ったが、彼の意見を要約すると、自殺か他殺かも軽々に断定することはできないが、他殺とすれば、今のところ手掛かり皆無で、今後とも熱海署だけの力では、捜査は進捗《しんちょく》しないだろうというのであった。

それから間もなく、姫田の父親が店の者を一人つれて到着し、警察へ出向いて、いろいろ質問を受け、死体引きとりのことを打ち合わせて帰ってきたのは、午後の三時ごろであった。

そこで少し時間ができたので、大河原氏は秘書の武彦をつれて、変死事件の現場へ行ってみることにした。大河原氏も武彦も、けさから、現場へ行ってみたくてうずうずしていたのだが、そのひまがなかったのである。

二人は先ず魚見崎の茶店へ行ってみた。テーブルについて飲物を注文し、マダムらしい人や女給などをとらえて、いろいろ聞きただしてみたが、さきほど主任刑事が報告して行った以上のことは、何も聞き出せなかった。

しかし、武彦はクロフツの小説のフレンチ探偵の遣《や》り口を思い出して、まだあきらめなかった。眼のクルッとした利口そうな十六、七の女給に目星をつけ、あたりの人に聞かれないように、声を低くして、執念深くたずねてみた。

「そうだね、きのう四時半から五時半までのあいだだよ。そのあいだに、この茶店で休んだ人のうちに、なんとなく様子の変わったような人はなかったかい。君の印象を思い出してみるんだよ。土地の人じゃない。むろん旅行者だ。多分東京からのお客さんだよ」

女給は宙を見つめて、しばらく考えていたが、何か思い出したらしく、顔色が生き生きしてきた。

「ウン、あるわ。そういえば、あの人、変わってたわ。でも、四時半よりもっと早かったのじゃないかしら。時計を見なかったから、わからないけれど、四時か、四時少しすぎぐらいのような気がする。その人ソフトを深くかぶって、目がねをかけて、それから黒いチョビひげが生えていた。鼠色のオーバーを着ていた」

「幾つぐらい？」

「三十前後だわ。背はスラッとして高い方だった」

「その人のどこが変わっていたの？」

「なんとなく変わっていたのよ。のどがかわいたのでしょう、オレンジ・ジュースを二杯も飲んだわ。そして、何度も腕時計を見ていたわ。だれか待ち合わせているのかと思ったけれど、そうじゃなかったのよ。なんて言ったらいいのかしら。待ち合わせるのとは違った感じなのよ。時間をつぶすために休んでいたんだわ。そして、その時間がきたので、あんなに急いで行ってしまったんだわ……それがおかしいのよ。熱海の方じゃなくて、この道を南の方へ歩いて行ったのよ。別荘のお客さんなら、あんな重そうなカバンなんかさげて、歩いたりしないわ。ここから南の方へ行けば、新熱海か網代《あじろ》でしょう。それなら、なおさら、あんな大きなカバン持って歩けやしないわ。そこが変だったのよ」

「カバンて、どんなカバン？」

「トランクみたいなの。ホラ、いまはやるのがあるでしょう。チャックでしめる。四角い皮の大カバンよ」

「重そうだった？」

「ええ、重そうだったわ。あんな立派な風をしてて、あんな重いカバンさげて、自動車にものらないのが、第一変だわ」

「じゃあ、その辺までブラブラ歩いて、また引き返して熱海の町へ帰ったのじゃないのかい」

「あたしたち、五時すぎにこの店をしめるので、そのあとは知らないけれど、それまでは、一度も帰らなかった。わき見しているうちに行ってしまったかもしれないけれど、あたしは見なかった」

「五時すぎって、きのうは何分すぎぐらいにしめたの？」

「お客さんがおそくまでいたので、二十分もすぎてたわ。だから、刑事さんが五時十分に人が飛びこんだの気がつかなかったかって、聞きにきたのよ。きのうは五時十分ごろには、まだ店をしめてなかったわ」

女給の知っていることは、これだけであった。なんの関係もない人物かもしれない。しかし、このかしこそうな小娘が、異様な印象を受けたという事実は、ばかにできない。武彦の心中には、そのカバンの男の想像図が、田舎娘《いなか》のあどけない顔とかさなり合って、いつまでも残っていた。

それ以上の収穫もなさそうなので、大河原氏と武彦とは茶店を出て、国道を一丁ほど南の方へ歩いて行った。刑事に聞いた間道から、一本松の下の現場へ行ってみるためである。

「なるほど、ここからは、一本松の下の棚のように出ばったところは見えないね。自殺者にとっては実におあつらえ向きの場所だ」

感心しながら、刑事の話の細道らしいところへきた。大河原氏はそこに立ちどまって、肩から下げていた皮サックの双眼鏡を取り出して、例のくせで、汚れてもいないレンズを、ハンカチでふいてから、眼に当てて、自分の別荘の方を眺めた。

「ああ、二階の窓に由美子がいる。むこうでも双眼鏡でこちらを見てハンカチをふっている。わたしたちが、ここへくるのを知っていたんだね」

肉眼では見えなかったので、武彦は大河原氏から渡された双眼鏡で、そこを見た。由美子の美しい顔を見わけられないほど小さかったが、姿でそれとわかった。ハンカチのゆれるのもよく見えた。

「さあ、おりてみよう」

それは道といえるような道ではなかった。いたずら小僧どもが冒険を楽しんで、岩と草とを踏みわけたあとにすぎない。自殺者は茶店の裏から柵を越える場合が多く、この道はほとんど利用されたことがないのであろう。

急な細道は、手をつかなければ、おりられなかった。それが灌木のしげみを縫って、人目をさけて、一本松の下側へと通じている。

道ならぬ道が灌木に隠れるところで、大河原氏はまた立ちどまって、双眼鏡を眼にあてたが、そこからはもう別荘の屋根だけしか見えなかった。魚見崎の南方にあるどの住宅も旅館も見えなかった。もし犯人があって、ここを通ったとすれば、彼は実に安全な道を選んだものである。

やがて、一本松の下の棚のようになった五坪ほどの平地に出た。地盤は岩なのだが、その上に土があるので、灌木や草がしげっていた。そこにただ立っていたのでは、断崖そのものは見えない。無限の大洋がひろがっているばかりだ。

大河原氏は、また双眼鏡をのぞいたが、そこからは別荘の窓の一部が僅かに見えた。由美子はもうそこにいなかった。きのうの事件の時、姫田をつき落とした犯人が、ここにいたとしても、その位置によっては、別荘の窓から見えなかったわけである。

「じつにうまくできている。偶然にしてはうますぎる。こういううまい条件があるとすると、やっぱり犯罪の匂いがしてくるね。君は姫田が秘密結社を恐れていたといったが、いかにも秘密結社らしい巧妙な手段だね。いや、もし殺人事件だったとすればだよ」

大河原氏がそんなことをつぶやいていたとき、うしろの細道のしげみが、ゴソゴソ音をたてて、ヌッと人の姿があらわれた。ジャンパーを着た、土地の者らしい青年であった。

青年はこちらの二人に見つめられて、ちょっとはにかむような顔をしたが、何か用事でもあるのか、そのままノソノソと、こちらへ近づいてくる。それを見ると、大河原氏は、ふと思いついて、青年に声をかけた。

「君はこの辺の人らしいね」

「そうです」

青年はぶっきらぼうに答えた。

「きのうの事件を知っているだろうね」

「知っている。だから、またあんなことが起こるといけないと思って、あとをつけてきたんです」

「ハハハハハ、わたしたちが、ここから飛びこむとでも思ってかい？」

「あ、そうか。旦那は大河原別荘の旦那ですね。それで、ここを調べにおいでになったのですか」

青年の言葉づかいが俄かに丁寧になった。

「そうだよ。わたしは大河原だ……君は何か知っているようだね。きのう飛びこんだ姫田というのは、わたしの親しいものだ。何か知っていたら教えてくださらんか」

「知っているとは言えないが、疑っているのです」

「疑っている？　何を？」

「あれは自殺じゃなくて、突きおとされたのかもしれません」

「えっ、なんだって？　いったい君は何を見たんだ。くわしく話したまえ」

大河原氏も武彦も真剣な顔になった。

「ここへくる道の木のしげったうしろに、ほら穴のようになったところがあるのです。そこにはいれば、誰にも見られません。それに、日当たりがいいのです。僕はきのうの夕方、そこにいました」

「若い者にも似合わない日なたぼっこでもしていたのかね。そして、いまもそこから出てきたの？」

「ええ……」

「君は、いつもそこで日なたぼっこしているの？」

「ええ……まあ、そうです」

青年は口ごもって、パッと顔を赤くした。

「君がその穴の中で何をしていたって、それはどうでもいいんだが、きのう、そこにいて、何か見たのかね」

するとと、青年はまだ顔のほてりがさめないまま、てれかくしのように、無理に答えた。

「木がしげっているので、ハッキリは見えなかったが、二人の男が細道をここへ歩いてくるのが見えたのです。その一人が姫田とかいう人にちがいないのです」

こちらの二人は、それを聞くと、ハッと顔を見合わせた。思いもかけぬ重大な手掛かりにぶっつかったからである。

「それが姫田だとどうしてわかった？　君はさっき、ハッキリは見えなかったと言ったじゃないか」

「顔は見えなかったけれど、服の縞がよく見えたのです。モダンな縞だったので、よく覚えているのです。ゆうべ、浜で死骸をあげたとき、人だかりのうしろから、のぞいてみると、そっくり同じ縞の背広だったのです。あんな縞の服を着た人が、二人いるとは思えない。あのとき、僕の前を通った人が、飛びこんだのです。いや、突きおとされたのです」

「で、そのもう一人の男は、どんな風をしていた？」

「鼠色のソフトを、ふかくかぶってました。それから、鼠色のオーバーを着てました。なんだかひどく長いオーバーだった。顔はよく見なかったが、目がねをかけていたようです」

「口ひげはなかった？」

武彦が、さっきの茶店の小娘の話を思い出して、口をはさんだ。

「あったかもしれないが、よく見えなかった」

「そして、その鼠色の男は、カバンを持っていなかった？　大きな四角なカバンだ」

「いや、何も持ってなかった。たしかに何も持ってなかったです」

「まちがいないだろうね」

「二人が並んで行くうしろ姿をチャンと見ていたから、まちがいありません。二人とも何も持ってなかった。小さなカバンも持ってなかった」

カバンはどこかへ置いて、身がるになって現場へきたのかもしれない。その男は茶店に休んだ人物と同一人ではないだろうか。

「それからどうした。君はその二人が争っている声でも聞いたのか」

「それは聞きません。僕のいたところから、ここまでは遠いので、話し声なんかきこえません」

「それで、君はどうしたの？」

「そのまま、うちへ帰ったのです。まさかあんな事が起こるとは知らなかったので……だが、鼠色のオーバーのやつが突きおとしたのだったら、あのときあとをつけて行って、じゃまをしてやればよかったと、あとで後悔したんです」

「だから、きょうは、またあんなことが起こるといけないと思って、わたしたちのあとをつけたというわけだね」

「で、その鼠色のオーバーの男が、ここから立ち去るところを、君は見なかったの？」

「ええ、僕はそれまでに、うちへ帰ってしまったから」

「そうです」

それが何よりも残念であった。

そして、それ以上、この青年からは何も聞き出すことができなかった。

大河原氏はこの青年の身元をただすことを忘れなかった。青年は魚見崎の近くの農家の息子で二十四歳、依田一作《よだいっさく》といい、中学を出ただけで東京の玩具問屋につとめていたが、今は失職中で家に帰り、農家の手伝いなどしているということがわかった。この青年の証言を疑う理由はないように思われた。

大河原氏は話がすむと、棚のようになった出っぱりのとっぱしへ行って、そこに腹這いになり、はるか断崖の下の海面を見おろそうとした。目もくらむほどの高さなので、武彦は思わず駈《か》けよって、その足をおさえた。足をおさえるかわりに、それを持ちあげたら、この大貴族のからだは、まっさかさまに断崖を墜落して、きのうの姫田と同じ運命に陥るのだと思うと、変な気持がした。ヒョイと持ち上げてやろうかという、奇妙な衝動をさえ感じた。

大河原氏は首だけを出して、下をのぞきながら、何か言っているのが、異様に遠くからのように聞こえてきた。

「すばらしい高さだ。目の下になんにもないというのは、すごいもんだね……君ものぞいてごらん。ここからおちたら、ひとたまりもないよ。自殺にしても他殺にしても、絶好の場所だ」

大河原氏はそういって、ムクムクと起きあがった。こんどは武彦が腹這いになって、主人の大河原氏がその足をおさえる番であった。この大貴族にそんなことをさせるのは、ひどく気づまりだったが、大河原氏はなんとも思っていないらしく、その大きな暖かい手の平で、武彦の尻のふくらみをグッとおさえつけた。

目の下は何もない空間であった。そこから下はほとんど垂直の岩肌で、真下に小さく波打際がみえた。崖上から三分の一ぐらいのところに、大きく突き出した岩があり、墜落者は必らずいちどそこへぶつかるのだろうと思われた。姫田の頭部の致命的な打撲傷も、この岩でできたものにちがいない。そこから下は、もう岩の壁は見えず、はるかの底の、ゴツゴツした岩の多い、白波泡だつ海面になっていた。武彦は目の下のあまりの深さに、足の裏が擽《くすぐ》ったくなった。すると、うしろの方で、大河原氏の笑い声がした。

「ウフフフ……きのうの二人も、こんなことをやっていて、一方の男が姫田をここから落としたのかもしれんね。じつにわけのないことだ。こうして足を持ちあげさえすればいいのだからね」

大河原氏が、いまにも足を持ちあげそうな気がしたので、武彦はゾッとして、大いそぎで起きあがった。この殿さまも自分と同じことを考えたのだ。人殺しなんて実にわけのないものだと思うと、クラクラと目まいがしそうになって、思わず崖ぎわからとびさった。

それから二人は、その辺の地面を念を入れて調べてみたが、遺留品も足跡らしいものも発見されなかった。そこから元の国道への帰り道で、武彦は左右に眼をくばって、鼠色のオーバーの男がカバンを隠しておいたのは、どの辺だろうと考えてみたりした。気のせいか、それらしく草の寝た箇所もないではなかった。

依田という青年は、二人のあとについてきたが、国道にもどると、「僕のうちはここから見えます」と言って、遠くの林の中の百姓家をゆびさして、そのまま別れて行った。

その日の夕方、姫田の死体が引き渡され、それを東京へ運ぶ手つづきでゴタゴタしたが、翌朝姫田の父が帰ってしまうと、別荘の中はいやに陰気になって、もうそこに滞在する興味もなくなったので、大河原氏の一行は、そのまた翌日、東京の本邸に引きあげた。姫田の墜落死が起こったのが十一月三日、大河原氏一行が引きあげたのが十一月六日であった。

引き上げる前に、熱海署の主任刑事に会って、魚見崎の茶店の女給と依田青年のことを報告しておくことは忘れなかった。主任刑事はそれを聞くと、ひどく喜んで礼を言ったが、熱海市の無数の泊まり客の中から、その鼠色オーバーの男を探し出すのは、容易なことではないという口ぶりであった。

暗号日記

同じ十一月の下旬の或る夕方、死んだ姫田吾郎の親友であった、日東製紙の同僚の杉《すぎ》本正一《もとしょういち》が、会社が引けて、丸ビルの東側の出口を出ようとすると、そこに見知り越しの簑浦《みのうら》刑事が背広にオーバーの姿で立っていて、声をかけた。

「まっすぐお宅へお帰りですか」

「ええ」

「それじゃあ、お宅までご一緒して、ちょっとお話がうかがいたいのですが……」

この刑事は警視庁捜査一課でも、古顔の警部補であった。四十歳を越していて、日に焼けた武骨な田舎面《づら》をしていたが、いかにも老練の刑事らしく、まっとうな口のきき方をした。事件の直後、一度会社へ訪ねてきたことがあるので、杉本は簑浦刑事をよく知っていた。

「僕のアパートへ来てくださいますか」

「ええ、その方が好都合です。たしか中野《なかの》でしたね」

二人一緒に電車にのったが、簑浦はアパートに着くまでは、事件には一《ひ》とことも触れず、さしさわりのない世間話を、適当な間をおいて話しかけた。

そこは中野駅から十分ほどの距離にある、外観は洋館、内部は和室の小綺麗《こぎれい》なアパートであった。十二号室のドアをひらくと、狭い板の間があって、その奥に六畳の部屋が、きちんと取りかたづけてあった。

杉本は簑浦刑事を机の横の座蒲団に坐らせて、押入れのようになった炊事場の戸をひらき、コーヒー沸かしをガスにかけておいて、自分も洋服のまま机の前に坐った。煙草を吸って、世間話のつづきをやっているうちに、コーヒーが沸いた。杉本は立って行って、それを手際よく二つのコーヒー茶碗《ぢやわん》に入れて、席にもどった。

杉本は姫田よりは後輩で、まだ二十五歳の、去年大学を出たばかりの青年であった。やさしい顔立ちで、銀縁のしゃれた近眼鏡《きんがんきよう》をかけているのが、どこか女性めいて見えた。アパート住まいも新らしく、客のためにコーヒーを入れるということに、まだ興味を持っているらしかった。

「じつはわたしは姫田さんのおとうさんから、姫田さんの日記帳を拝借して、要所要所を写しとったのです」

簑浦刑事は、熱いコーヒーを、おいしそうにすすりながら、本題にはいって行った。

「その日記を見ても、杉本さん、あなたは姫田さんの一ばん親しい友だちだったことがわかります。ですから、きょうは、うちわったお話をして、あなたのご意見を聞くために、やってきたのです。そこで先ず、わたしの仕事ぶりからして、説明しておきたいのですが……この頃の犯罪捜査は合議制になっております。事件ごとに捜査会議をひらいて、そこで決定した方針によって、銘々の分担した仕事をするというやり方で、小説にあるような個人の名探偵の抜けがけの功名は許されておりません。

これが原則ですが、しかし、今の安《やす》井《い》捜査一課長は、もう一つ別の考えを持っておられます。この頃は大事件が続出しますので、多人数の動く件数には限度があります。それで、自殺か他殺か不明だというような事件は、ことに地方で起こった事件を東京で調べる場合などは、ほかの大きな事件に追われて、ついお留守になりがちなのです。そこで、そういう地味な事件は、一人の刑事に専門に当たらせ、まったくその刑事の自由裁量に任せ、二《ふ》た月でも三つきでも、気ながにコツコツと調べさせるということを、はじめておられます。これはなにも小事件に限ったことではなく、迷宮入りの大事件にも応用されるわけで、普通なら投げてしまうような場合にも、一人か二人だけは、それの専任者を作って、執念深く捜査をつづけさせるわけです。その場合は合議制でなく、まったく個人の才能に任せて、自由にやらせるところに特徴があります。わたしはそういう事件を、今三つほど持っているのですが、その中では、この姫田さんの事件が（そういってはなんですが）一ばん面白いのです。

わたしは、これは他殺にちがいないと思っております。犯人はおそらく、魚見崎の茶店の女と、依田という村の青年が見たという、鼠色のオーバーの男でしょうが、これがその後少しもわかりません。わたしの考えでは、この男は変装をしていたと思います。目がねと口ひげが怪しいのです。それをとってしまえば、まるで人相が変わり、目撃者の茶店の女給にも見分けられないかもしれません。まして、あのたくさんな熱海の温泉客のなかから、その人物を探し出すことは、藁束《わらたば》の中におちた一本の針を探すようなものです。

あなたには、何もかも打ちわってお話ししますが、この事件の捜査には三つの線があります。第一は熱海の現地の線です。これは今でも熱海署がやってくれていますが、こう日がたっては、おそらく見込みがないでしょう。第二は姫田さんが口にしていた例の白い羽根の送り主の秘密結社の線です。これはわたしどもの別の課がその方面にさぐりを入れていますが、こちらも、まだ何も出てきません。第三は姫田さんの家族や親戚や知人の線です。これをわたしがやっているわけですよ。

わたしはこれまでに二十何人の人を訪問して、いろいろお尋ねしました。姫田さんのおとうさんやおかあさんとも幾度も話をしました。それから親戚友人です。それには、さっきもいった通り、なくなった姫田さんの日記帳を写しとったので、あの人の友人関係がよくわかり、それらの人を一人一人訪問したのです。そのほかに大河原さんや夫人にもお目にかかりました。また有名な民間探偵の明智小五郎さんとは、長年のおつき合いなので、あの先生の御意見も聞きました。明智さんは実に鋭く頭の働く人で、われわれは教えられることが多いのです。わたしの方の安井課長も明智先生とは懇意にしております。

足の探偵という悪口がありますね。わたしはその足の探偵なのですよ。保険の勧誘員みたいなものです。ただそれが長年犯罪者を扱っているので、その方の判断力がいくらかすぐれているというだけのことですよ。しかし、明智先生は『君のような探偵が、結局最後の勝利を占めるのだ』と、よく言われます。あの人とはまるで逆のやり方なので、かえって、そんな風に感じられるのでしょうね」

この人の辛抱強い性格をそのまま現わしているような、実に長々とした話し方であった。しかし、杉本は退屈しなかった。日頃は縁遠い探偵談というものが珍らしかったからだ。また簑浦警部補の話し方には、どこか飴《あめ》のようにネチネチしたあまい味があった。

「ところで、わたしが今までに訪ねた人たちには、全部アリバイがあります。つまり、誰もあの十一月三日の午後から夕方にかけて、東京を離れた人がないのです。熱海でなにかやって帰るためには、少なくとも五、六時間を要します。それだけの時間、東京を離れた人が一人もないのです。しかし、その方《ほう》はその方で、今後のやりかたがありますが、それとは別に、あなたのお智恵を拝借したいことがあるのですよ。それは姫田さんの日記なのですが」

簑浦刑事はポケットから小型の手帳を取り出して、指に唾をつけて、一枚一枚めくって行った。

「ああ、これです。ここにその写しがあります。姫田さんの日記帳には、ことしの五月のはじめ頃から、つい最近まで、或る日数《ひかず》を置いて、ところどころに、妙な暗号のようなものが書いてあるのです。それをまとめて、日付の順にここへ書きとめておきました」

そういって、さし出された手帳の頁には、次のような表（次頁）がしるしてあった。

「この数字は金額やなんかではなさそうです。どうも時間らしいのです。二桁以下は大部分零《ゼロ》で、ときどき30があるばかりですが、これは三十分を現わしていると考えるのが、どうも適切のようです。そうすると、この表では一時から七時までありますが、おそらく午前ではありますまい。午後と見るのが穏当です。ところで、英語の頭文字の方ですが、一方を時間とすれば、これは人の名か場所の頭文字らしく思われます。そうすると、これらの時間にどこかで誰かと秘密の会合をする心覚えだったのではないかという疑いが起こります。その相手は秘密結社のようなものだったかもしれません。そのほうは別に調べさせていますが、家族の人や友人の話から想像すると、姫田さんは、危険な秘密結社に関係するような性格ではなかったようですね」

「むろん、そういうことはないと思います。姫田君は左にしろ右にしろ、過激思想などは少しも持っていなかったと信じます」

杉本はわかり切ったことのように答えた。

「そうでないとすると、情事関係になりますね。よく情事に関する秘密クラブなどがあります。しかし、この頭文字をそういうクラブの会合の場所と仮定すると、時間の方が変になってきます。昼間の二時や三時に、そんな会合があるとも思われません。夜なかの二時、三時としても、やっぱりおかしいのです。

そこで、これをランデヴーの時間と仮定してみましょう。そうすると、頭文字は相手

月　日	記　号
5．　6	K．300
5．10	O．200
5．23	M．230
6．　2	K．700
6．　8	S．200
6．17	E．700
7．　5	K．300
7．13	O．200
7．17	Y．200
7．24	Y．200
7．31	Y．300
8．　7	R．130
8．14	R．200
8．21	R．100
9．　5	K．300
9．　9	G．200
9．13	O．300
10．10	K．200

の女性の名を現わしていることになりますが、ここにはちがった頭文字が八つもあります。姫田さんは、そんなに多勢の相手を操るような、その道の大家だったでしょうか」

「それもちがいます。彼は恋愛については、僕にも打ちあけませんでしたが、もし恋愛をすれば相手は一人のはずです。姫田君はそんなドン・ファンじゃありませんよ」

「そうでしょうね。ほかの友人のかたも、そういう見方をしておられます。すると、これは相手の名の頭文字じゃなくて、ランデヴーの場所の頭文字かもしれません。八つのちがった場所で待ち合わせたことになります。電車の駅の名でしょうか。わたしは、それをいろいろあてはめてみましたが、どうもうまくいきません。これは駅の名ではないのです。宿屋とかホテルの名かもしれません。だが、それにしては、一時二時三時という時間が多いのですから、午前にしても午後にしても、なんとなく変ですね……ところで、話は変わりますが、あなたの会社は、長い夏休みなどないのでしょうね」

「ありません。日曜祝日のほかに、一年を通じて十日間の休暇がとれるだけです。夏休みの制度はありません」

「そうでしょうね。そこで、この表の日付の方を見てみましょう。これを今年の七曜表と照らし合わせますと、面白いことがわかってくるのですよ……最初の五月六日から七月十三日までと、九月五日から最後の十月十日までは、どの日も皆週日に当たります。日曜祝日は一つもないのです。ところが、その中間の七月十七日から八月二十一日までの日付は、全部日曜日です。これには何か意味がありそうですね。暑い頃なので遠出をしたとでもいうのでしょうか。遠出は日曜でなければできませんからね」

「しかし、遠出をしたにしては、二時三時という時間が変ですね。折角休日を利用するなら、もっと早く出発しそうなものじゃありませんか」

「そこですて。そこがわたしにも腑《ふ》におちないのです。じつはこの記号の判定は、わたしにもまだついていないのです。ですから、あなたの御意見をうかがいにきたわけですが。今までお話ししたほかに、何かお心当たりのことはないでしょうか」

「どうも僕にもわかりませんね。しかし、これがランデヴーかなんかの時間だとすれば、そして、午後だとすれば、その日のその時間に、姫田君が会社にいたかどうかを確かめてみるという手はありそうですね」

「それですよ。じつはそれがお願いしたかったのです。この表をごらんになって、あなたのご記憶で、この日のこの時間には、姫田さんが会社にいなかったことはたしかだというようなのはないでしょうか」

　簑浦刑事は、そこでポケットから「ひかり」の箱を出して、丁寧にパイプにつめて、火をつけた。そして、スパッと吸った煙を、鼻からゆっくり吐き出しながら、眼を細くして杉本の顔を眺めた。

　杉本は手帳の表を見ながら、しばらく考えていたが、ふと思い出したように、

「ああ、この日はたしかにいなかった。この最後の十月十日ですよ。この日は会社の用件で、二人が一緒に外出したのです。そして、そとで食事をしてから、あれは一時半ごろだったでしょう、姫田君が、これからちょっと用事があるからといって、僕と別れてどこかへ行ったのです。社へ帰ってきたのは四時ごろでした。つまり二時間あまり、どこかへ雲がくれしていたわけですね。もっとも、僕の知らない社用があったのかもしれませんがね」

「なるほど、なるほど、それで一つだけわかったわけですな。そのお別れになったという場所はどこだったのでしょう」

「新橋《しんばし》駅の近くです。その辺で食事をしたものですから」

簑浦刑事は杉本の手から手帳をとりもどして、何か書きつけていたが、それを終ると、また手帳を返して、「もうほかには思い出せませんか」と促した。しかし杉本はしばらく考えていても、答えることができなかった。

「あす会社へ行ったら、みんなにそれとなく聞いてみましょう。姫田君はそとの用事が多くて、よく外出しましたから、おそらく、この表にある時間には、外出していたことが多いでしょうね。とすると、それが社用であったか、ランデヴーであったかは、今からでは、なかなか調べにくいと思いますが、まあ一つできるだけやってみましょう。そして、わかっただけを、あなたにお知らせしますよ」

「そうしてくだされればありがたいです。では、この表を写して、おいて行きますから、何分《なにぶん》よろしく願います」

刑事はそういって、手帳の紙を一枚やぶり、杉本のペンを借りて、丁寧に表を写しとった。それからポケットの名刺入れから名刺をとり出して、今写した表の紙といっしょに、杉本にわたしながら、

「この名刺の警視庁の電話番号のところへ、内線の番号を書いておきましたから、よろしく願います……それでこの件はすんだのですが、じつはもう一つお聞きしたいことがあるのです」

簑浦刑事は「御迷惑でしょうが」という恐縮の顔をして坐り直した。

「やはりこの表の日付なのですが、これをランデヴーだとしますと、五月六日からはじまっているということが一つ。それから、毎月の回数をかぞえてみますと、五月、六月は三回、七月は五回、八月、九月が三回、十月は一回と減っています。一ばん頻繁だったのは七月ですね。九月の十三日から十月十日までは、ほとんど一と月近くとだえているし、それから姫田さんがなくなった十一月三日までも、長いあいだとだえている。この回数は、愛情の度合を示しているのではないでしょうか。もしこれが愛人とのランデヴーの日付だったとすると、親友であったあなたは、姫田さんの言動や顔色から、何かお気づきになっていてもいいはずだと思うのですが」

箕浦刑事は、ここでまたタバコを出して、パイプにはさみ、ゆっくり火をつけた。

「なるほど、そういえば、この表と一致するようなことがないでもありません」

杉本は、こんな簡単な表から、じつにいろいろなことが考え出せるものだと驚きながら、記憶をたどってみた。

「姫田君が、何かソワソワと落ちつきがなくなった感じを受けたのは、たしか五月のはじめ頃でした。この表に合います。そして数ヵ月のあいだ、何かに憑《つ》かれたように夢中になっている時期があったのです。僕は恋愛をしているなと思いました。そして、たびたびそれをうちあけるように誘いをかけてみましたが、実に口が固かった。真剣な恋愛をしているなということがよくわかりました。ところが、この表を見ると思いだしますが、九月の末頃から、イライラしてきたのです。ボンヤリと空間を見つめて放心しているようなことが、たびたびありました。失意の人の顔つきでした。僕は恋愛がうまく行っていないなと想像しました。そして、慰めてやろうとしたのですが、姫田君はそれを受けつけません。独りで悩んでいたのです」

杉本はそこまで話してきたとき、やっと気づいたようにハッとなった。

「あ、そうなのか。そこでこの表が犯罪に結びついてくるのですね。姫田君の変死は、この恋愛が動機なのですね。あなたは、はじめから、そこへ気がついていたのですね。すると三角関係でしょうか。そして、新らしい恋人が彼を殺したのでしょうか。しかし、おかしいですね、失恋していた彼の方が殺されるというのは。何か手違いがあって、殺そうとした彼の方が、逆に殺されたとでもいうのでしょうか。わからない。かえって失恋自殺という考えかたのほうが、本当らしくも思われる。いったい、この事件はたしかに他殺なのでしょうか」

老練な簑浦刑事は杉本の混乱を見て、深くうなずいていたが、ボッボッ帰り支度をしながら、結びの言葉を述べるのであった。

「わたしは他殺説に傾いています。しかし、動機はまだわかりません。犯人がどの方面にあるのかも、少しもわかりません。これから一歩一歩、そこへ近づいて行くのです。あなたにはおわかりにならないでしょうが、探偵という仕事は実に楽しいものですよ。犯罪なれば必らず犯人がいるはずです。それはもう確かなのです。その犯人を中心にして、一歩一歩輪をせばめて行くのです。いそいでは仕損じます。直感はいけません。その輪に一分一厘でも切れ目がないようにして、せばめて行かないと、スルリと抜けられてしまいます。

わたしは、この表の頭文字を仮りに宿屋やホテルの名前として、足の探偵をはじめるつもりです。天才探偵なら、もっと空想的な急所を狙うでしょう。しかし、足の探偵は、ともかく歩いてみるのです。そして、だめとわかったら、また別の道を歩くのです。迷路のすべての道を歩きつくせば、いやでも奥の院に達します。わたしにはそういうやりかたが、実に楽しいのですよ。隠れんぼうをしていて、鬼になったとき、ここではないか、あすこではないかと、怪しい場所を一つ一つ探して行く、あのドキドキする楽しさですね。こういう頭文字の宿屋やホテルは東京中に何十軒あるかわかりません。しかし、わたしはそれを探すのです。それにはまた、多年の慣れで、いろいろ便法もありますから、思ったほどむずかしい仕事でもないのですよ。

では、きょうはこれでおいとまします。またお智恵を借りにくるかもしれませんよ。それに、この日付の時間に、姫田さんが会社にいなかったかどうか、いなかったとすれば、どこへ出かけたのかということを、できるだけ調べていただきたいものですね。あなたからの電話を楽しみにしてお待ちします。わたしがいなかったら、交換手にあなたの名をおっしゃっておいてくだされば、あとでわたしのほうからおかけしますからね」

簑浦刑事はそういって、やっと腰をあげた。もう夕食の時間をすぎていたので、どんぶりでも取りましょうと勧めたが、彼はそれを固く辞退して、いとまをつげるのであった。

容疑者

私立探偵明智小五郎の住宅兼事務所は、千代田《ちよだ》区采女町《うねめちょう》の純洋式「麴町《こうじまち》アパート」

の二階のフラットであった。明智夫人は高原療養所で病を養っているので、今は少年助手の小林《こばやし》とただ二人の暮らしである。食事は同じ建物にあるレストランからとり、小林少年がコーヒーもいれれば、お給仕もした。

明智は五十歳になっていたが、肥《ふと》りもしないで、昔のままの痩せ型のキリッとした顔をしていた。明かるいところでよく見ると、凹凸《おうとつ》のクッキリした顔に、こまかい皺ができていたし、こめかみから頬のあたりに、褐色の小さいシミが、いくつも出ていたが、それがかえって彼の理智的な魅力を増すアクセサリの作用をした。

十二月上旬の或る日、明智のフラットの広い応接間に、主人の小五郎と、警視庁捜査一課の簑浦警部補とが対坐《たいざ》していた。

「例の姫田の日記帳の五月六日から、十月十日までに、十八回あらわれている妙な符号を、ホテルとか喫茶店とかで、誰かと出会った時間を示すものと仮定して、できるだけ当たってみました」

簑浦刑事は、まるで上官に報告でもするような口調で、なんの隠すところもなく、彼の捜査の結果を、この私立探偵の前にぶちまけていた。

「君がいつか訪ねてきてから、もう半月たっているからね。相当資料が集まったでしょう。こういうことでは、警視庁でも、君にくらべる人はいないね」

明智も心易《こころやす》い口をきいた。安井捜査一課長とも懇意なのだし、その部下の簑浦刑事は数年来の知り合いで、まるで明智の弟子のような関係になっている。課長もそれを諒承《りようしよう》していた。

明智は若い頃からの好みの、まっ黒な背広を着ていた。ピッタリと身に合ったイギリス風の仕立てで、アームチェアにもたれて、長い足を組んだ恰好《かつこう》は、いかにもその人らしい感じであった。まだ目がねはかけず、昔のままのモジャモジャの頭髪が、なかば白くなっている。半白のモジャモジャ頭に、言うに言えないおもむきがあった。

四十歳を越した老練簑浦刑事は、明智にほめられても、嬉《うれ》しそうな顔もしなければ、はにかみもしなかった。彼はポケットから手帳をとり出し、例の日付と記号の書き入れてある頁をひらいて、諄々《じゆんじゆん》として報告をはじめる。年は下だけれど、明智よりも一層おとなのような、おちつきはらった人柄である。

「ホテル、旅館、レストラン、喫茶店などの詳細な名簿から、この表のK、O、Mなどの頭文字にあてはまる名前を探して書き出してみましたが、それが実に多いのですね。全体では千以上という数です。そのうちからランデヴーにふさわしくないようなものを省いて、所轄警察によって分類した上、各署の知り合いにたのんで、電話のあるうちは電話で、ないうちは、わざわざ足をはこんで、日記帳の日付のこの時間に、姫田らしい人物が来なかったかどうかを調べてもらったのです。

そうしますと、日と時間と姫田らしい男という条件があるのですから、疑わしいうちの数はグッと減ってしまいます。わたし自身で調べなければならないうちは、百軒あまりに範囲が縮小されました。わたしはそれを一軒一軒しらべたのです。

日記の七月十七日から八月二十一日までの六回は、どうも都外への遠出らしいので、これは一応省いて、残る十二回の分を調べたのですが、結局、五軒だけそれらしいうちをつきとめました。十二回のうちには同じ頭文字の重複《ちょうふく》しているのが幾つもあり、Kなどは五度も重複していますが、調べてみると、姫田らしい男が出入りしたのは、谷中《やなか》初音町《はつねちょう》の安宿の『清水《きよみず》』に二回、それから港区今井町《いまいちょう》の妙な外人向きの安ホテル『キング』に二回、あとの一回はまだ確定的にはわかりませんけれども、そういうふうに、一軒のうちを二度使っている場合があるのですから、五軒といっても、回数では八回分がわかったわけです。十二回のうちの八回を確かめたのですから、まずこれで一応の資料にはなるとおもいます。

ところで、その五軒のうちは皆、ごく目立たない町にある古い汚ない安宿ばかりでした。あのしゃれものの姫田にふさわしい宿ではありません。そうかといって、近頃はやりの温泉マークでもないのです。撰《よ》りに撰って、古風な旅人宿《りょじんやど》といった、みすぼらしい、取り残されたようなうちばかりを使っているのです。ここに一つの大きな特徴がありま す。

わたしは、姫田の写真と、ほかの同年配の男の写真数枚をまぜて持って行き、宿の女中や番頭に、その日のその時間にきた若い男の客は、この中のどれだとたずね、先方に姫田を探し出させたのですから、まず間違いありません。その五軒の宿へ、あわせて八回行っていることは、たしかなのです。

その八回は全部、女と二人づれでした。静かな部屋をという注文で、一時間から二時間ほど、二人で部屋にとじこもって、帰っています。そして、その都度、昼間でも蒲団を敷かせているのです」

「君の話し方は、なかなかうまいね。サスペンスがある。で、その相手の女は?」

明智は組んでいた足をといて、テーブルの上のタバコを取りながら、可愛らしい顔で笑った。その笑い顔は、いつか庄司武彦が大河原氏に言ったように、取りようによっては、薄気味わるくも見えるのである。

「それがどうも、うまくないのです。まったく正体がわかりません。姫田との交友のあった若い女は大体掴んでいますので、それと引きあわせて考えてみるのですが、一つも該当者がないのです。また、八回が八回とも、同じ女であったかどうかもよくわかりません。女の風体《ふうてい》が、その都度ちがっているのです。洋装の女事務員といった場合もありますが、多くは地味な和服の、あまり豊かでない未亡人という感じの女で、それが服装も、頭の恰好も、顔の特徴も、その都度ちがっているのですよ。

ところが、姫田はそんなドン・ファンではないと、姫田の親友が太鼓判をおしているのです。杉本という姫田の会社の同僚なのですが、わたしは、先月の末に、その杉本君を訪ねて、この表の日の問題の時間に、姫田が外出していたかどうかを調べてくれるようにたのみ、その結果が数日前にわかったのですが、七月から八月にかけての六回は、みな日曜日に当たりますので、これはのけて、そのほかの日だけですが、十二回のうち、三回はハッキリしたことがわかりませんけれども、あとの九回は、表の時間よりも前に、社用で外出してその時間よりも二時間以上おくれて社に帰るか、或《あるい》は自宅へ帰っていることが、大体確かめられました。その調べをやってくれた杉本君が、姫田が恋愛をしていたとすれば相手は一人にきまっている、幾人もの女を手玉にとるような多情者ではないと、断言しているのです」

「謎の女だね。もしそれが一人だとすれば、その女はその都度変装して、ランデヴーにやってきたのかもしれない。実に手数のかかる逢引《あいび》きだ。そうまでしなければならない女を考えてみるんだね。君には心当たりがないのかね」

明智が意味ありげな目遣いで尋ねた。

「それがないのです。どうも弱りました」

簑浦刑事は、さして困ってもいないような顔で、鈍重に答える。

「君は綿密な現実捜査にかけては、第一流の探偵だが、想像力は皆無だね」

「いや、わたしは想像とか直感とかいうものを自分で禁じているのです。単なる想像で、もし間違った相手にとびついて行ったら、思いもよらぬ廻り道になることがあります。急がば廻れです。迂遠《うえん》なようでも、現実の捜査の輪を、確実にジリジリせばめて行くのが、結局、最上最短の道だと考えております」

「そこが君の偉いところだ。しかし、現実主義にも程があるよ。まったく想像を禁じられた捜査なんてできるもんじゃない。現実捜査の出発点は、いつも想像なんだよ。姫田の日記帳の符号の例でも、KとかOとかいう頭文字を、宿屋だろうと見当をつけたのは想像力じゃないか。ところで、君は、その姫田のランデヴーの相手を、まったく想像できないというの？」

「ハイ」

簑浦は平然としている。時として彼は頑迷度しがたい男に見えることがある。

「ハハハハ、頑固なもんだね。それじゃあ僕の考えを言ってみよう。君はそれを聞きにきたんだからね。僕はあの表の写しを君からもらったときに、すぐそれを考えた。これは非常に秘密なランデヴーだという感じを受けた。時間が昼間の場合が多い点にも特徴がある。主人の留守を狙ってというようなことが連想される。すると、僕の知っている範囲では、そういう人は、大河原夫人のほかにはない。むろん断定はしないが、一応あたってみる方がいいと思ったので、大河原家の秘書の庄司武彦という青年が、ぼくのところへ来たおりに、この表を写させて、ここに書いてある日と時間に、大河原夫妻が家にいたかどうかを調べるように頼んだ。

庄司君は一週間ばかりかかって、調べられるだけ調べた。主人の大河原氏のことは、玄関番の少年が、丁寧に日記をつけていたので、毎日の外出帰宅の時間がわかっていた。それと引き合わせてみると、この表の日のこの時間には、みな外出中だったことが明らかになった。大河原さんは、たいていこの表の時間よりずっと早く外出して、夜おそく帰っている。関係している会社の重役会とか、誰かの招待会とか、重役としての用件での外出なんだね。

大河原夫人のことは、そういう日記なんかつけている人がなかったので、あいまいにしかわからなかった。一ばんよく知っているのは夫人付きの小間使いだったが、古いことなので、たしかあれはあの日だったという程度の記憶しかない。しかし、だいたい夫人も外出していたことがわかった。夫人は主人の留守に、銀座などへ買物に出かけるくせがあった。流行を追って、それぞれの専門の店で、マダムとか支配人と話しこむ流儀なんだね。芝居や音楽会なども、夫人連の仲間があって、月に何度か外出している。赤《あか》坂《さか》の矢野目《やのめ》美容院の矢野目はま子とは、結婚以前からの仲よしで、ここへもよく通《かよ》っている。この表の日と時間は、そういう外出のどれかとぶっつかっているんだね。ということは、つまり、姫田の相手の女が、大河原夫人でなかったという、否定の資料が出てこなかったことを意味するんだがね」

簑浦刑事は、どうも納得できないという顔つきであった。

「わたしは大河原夫人は、まったく考えておりませんでした。安宿の女中などが見た姫田と一緒の女は、地味な服装の、みすぼらしい女です。顔もそんなに美しくはなかったようです。それとあの美しい大河原夫人とは、わたしの頭では、どうしても結びつきませんが……」

「人間というものは、苦しまぎれに、ひどく突飛なことをやる場合がある。殊にお姫さま育ちというような女には、そういうことが起こりやすい。それほどの変装をするのは、大変な手数だが、主人や周囲のものに絶対に知られたくない、知られたら身の破滅だという場合には、恋する女というものは、どんな苦労だってする。そして、利口な女ならば、常識はずれの逆手を考えるにちがいない。まさかと思う安宿を選ぶとか、似ても似つかないみすぼらしい女に化けるとか……」

「ですが、主人の留守を見はからって、大急ぎで外出するのでしょう。そんな変装が、誰にも気づかれないで、やれるものでしょうか。うちではむろんできません。といって、そとでは一層むずかしいでしょう。変装の時間と場所ですね。わたしには、ほとんど不可能に思われるのですが」

「非常にむずかしいけれども、不可能ではない。そういうことができるかどうかは、大河原夫人の性格次第だね。僕は一度大河原さんを訪ねて、あの人の意見を聞いてみたいと思っている。夫人にも会ってみたいね。そしてしばらく話をすれば、性格がわかるよ。このほうは僕が引きうけてもいい。探偵小説や奇術の好きな大河原さんには、以前から興味を感じていたんだからね。

それから、僕はもう一つ、庄司君にしらべてもらったことがある。それは姫田君が魚見崎から落ちた日の大河原家の人たちの動静だね。あの日の五時という時間を中心にして、五、六時間も外出していた人があったかどうかだね。それは近頃のことなので、はっきりわかった。だが、この点は君のほうでも調べてあるんじゃないかね」

「むろん調べました」簑浦刑事は待ってましたと言わぬばかりに、指に唾をつけて、手帳を繰った。「大河原氏夫妻と、庄司君と、自動車の運転手は熱海へ行っていたのですから、それをのぞくと、あとに十人のこります。支配人の黒岩老人、夫人の実家からついてきている元乳母の種田《たねだ》とみ、玄関番の少年、小間使い二人、女中二人、料理女、庭番の老人、それから運転手の細君です。このうちの半分は一日うちにおりましたが、半分は二、三時間以上外出しております。そのうち五時前後にうちにいなかったものは、ごく少なく、黒岩老人と、種田とみという婆《ばあ》さんと、夫人付きの小間使いの三人ですが、小間使いは根岸《ねぎし》の実家へ帰っていて、充分アリバイがあります。黒岩老人は大河原家の近くに一軒の家を持って、別に住んでいるのですが、あの日は朝家を出て、小田原《おだわら》の旧友を訪ね、夜おそく帰っています。わたしは小田原の警察にたのんでその旧友というのにも当たってみました。訪ねてきたことはたしかで、一緒に料理屋へ行って食事をしたり、碁を囲んだりして一日をすごしたというのですが、小田原と熱海は目と鼻のあいだですから、このアリバイは、わたし自身でもっと深く調べてみなければ確信は持てません。

夫人の乳母だったという種田とみは、昼から夜おそくまで外出して、一人で歌舞伎座を見物しています。これは偶然の証人があるのです。夕方の五時ごろ、歌舞伎座の廊下で村越均とぱったり出会って立ち話をしたといいます。わたしは双方からこれを確かめました。この時間が五時ごろというのですから、この二人には、完全なアリバイがあるわけです。村越というのは、大河原氏が重役をしている城北製薬の青年社員で、大河原家へよく出入りしている姫田の友人です。これで大河原家の人たちには全部アリバイが揃ったわけです」

「ちょっと待ちたまえ。君は一人だけ抜かしているよ。運転手だ。大河原夫妻と庄司君は事件のときに別荘にいたことは確かだが、運転手はあのとき、どこにいたんだね」

「やはり別荘にいました。あの日大河原氏は自分で車を運転してゴルフ場へ行ったので、運転手はからだがあいていて、どこかへ遊びに出かけましたが、事件の起こったときには帰っていました。そして、別荘番の老人夫婦やその娘と、勝手元で話をしていたのです。熱海署の刑事が、四人に別々に尋ねて、口裏が合ったというのですから、まちがいはありません」

「それじゃ、東京の姫田の友人の関係について、君が調べた結果を聞かせてください」

「この調べにはずいぶん日数はかかりましたが、結果は至極簡単です。全部アリバイがあるのです。姫田の両親から聞いたり姫田の日記を見たりして、わかっている友人は十一人ですが、十一人とも、あの日に東京を離れていないのです。熱海へ往復するには少なくとも、五、六時間を要しますが、そんなに長い時間、誰にも見られていない人物が一人もなかったのです」

「つまり、姫田君の周囲には、嫌疑者皆無というわけだね」

明智はモジャモジャ頭に右手の指をつっこんで、唇の隅に妙な笑いを浮かべながら、ひとりごとのように言った。

「足の探偵の悲劇と申しますか、わたしが一《ひ》と月歩きまわって、汗水たらした結果がこれなのです。しかし、わたしはなんとも思っておりません。まだ山ならば三合目です。仕事はこれからですよ。どんな小さな隙間でも、それを発見したら飛びついていくのです。隙間から、細い針を入れて、その奥をさぐるのです。入口は目にもつかないような小さなものでも、奥にはどんな大きなほら穴があるかしれませんね」

「君はその隙間を見つけたらしいね」

明智の微笑が大きくなった。

「ハイ、見つけました。まだ海のものとも山のものともつきませんが、そのほかに隙間らしい隙間はないのです。わたしがこれから針を入れてさぐってみようというのは、村越均です。実は今、先生のお話をうかがってそこへ気がついたのです。

姫田と村越が、大河原氏の寵を争って反目していたことは、庄司君から聞いております。この前の先生のお話では、庭でなぐり合いさえしたというではありませんか。しかし、会社の重役なり社長なりの寵を争うぐらいで、人殺しはいたしません。もっとほかに動機がなければなりません。動機としては、姫田が生前漏らしたところから、秘密結社の線が出ておりますが、それはいくら調べてもそれらしい筋が発見できないのです。姫田がそういう結社に関係していたとか、結社の恨みを買ったとかいうけはいは少しもないのです。ところが、きょうの先生のお話で、大河原夫人を中心とする三角関係というものが、浮かび上がってきました。姫田と村越とは夫人の寵を争って、激しい敵意をいだきあっていたのではないか。そして、ついに殺人にまでいたったのではないかという疑いです。

ところが、ここに一つの矛盾があります。例の表に現われているランデヴーの度数は、七月を頂点として、だんだん減っております。ことに九月のなかばから事件の起こった十一月はじめまでには、たった一度会っているきりで、親友の杉本君も姫田は九月の末ごろからイライラしていた。恋愛がうまく行かないような様子だったと言っております。

もし村越が競争相手だったとすると、姫田のほうが負けていたわけです。負けていたものが殺されるのはおかしいですからね」

明智の異様な微笑はまだつづいていた。

「そこがこの事件の面白いところだよ。その矛盾が矛盾でなくなるときに、おそらく真相がわかるだろう。しかし、姫田がことごとくの日付を日記に書いていたかどうかもわからないし、イライラしていたという友人の観察にまちがいがなかったとも言えない。ともかく、あれほど反目し合っていた村越には、もう少し目をつけてみるねうちがあるね。ところが、村越にはアリバイがある。君は、このアリバイに隙間があるというのだね」

「そうです。隙間があるかもしれないと思うのです。種田とみという婆さんは度《ど》の強い老眼です。大河原家でも、たびたび人ちがいをして笑われているくらいです。芝居ではおそらく舞台を見るのに都合のよい目がねをかけていたでしょうから、廊下で接近して話し合った人の顔は、はっきり見えなかったのではないかという点に、今、ふと気づいたのです。すぐにたしかめてみます。

それから、廊下ですれちがったとき、最初に声をかけたのは、村越のほうだったと、婆さんは言っていました。そこで、こういうことが考えられるのです。もし村越がアリバイを偽造しようとすればですね。種田の婆さんがあの日に歌舞伎座へ行くことをあらかじめ知っていて、自分の友だちの、自分によく似た男に頼みこんで、その男に前もって婆さんの顔を見せておくんですね。そして、自分の代りに歌舞伎座へ行ってもらい、廊下で婆さんを見つけて声をかけさせ、村越になりきって、一とこと二たこと話をしてもらうという手ですね。それには多少の変装も必要ですし、声も似せなければなりませんが、そういうことのできる人物が、村越の周囲にいなかったとは断言できませんからね。

私の調べた姫田の友人たちは、みな多勢の人に顔を見られています。確実なアリバイばかりです。村越のような隙間のあるのは一人もありません。そういう点からでも、村越はもっと調べてみるねうちがあります」

「面白い。その着想は面白いね。僕は尾行戦術がいいのじゃないかと思う。毎日毎日、朝から晩まで、あくまで村越をつけてみるんだね。もし彼が犯人なら、案外早く尻尾を出すかもしれない」

「尾行はお手のものですよ。こいつは面白くなってきた。ダニのようにくっついて離れませんよ。私は尾行が好きなんですからね……これから、もう一度婆さんに会って、よくたしかめてから、村越の尾行をはじめます。何かあったらお知らせしますよ。ではこれで」

簑浦刑事は、いそいそと立ち上がって、暇《いとま》をつげた。

しばらくすると、リンゴのような頰をした可愛らしい小林少年が、刑事を送り出して、応接間に戻ってきた。明智はニコニコして、その肩に手をおいた。

「君はどう思う？」

「先生はまるっきり別のことを考えていらっしゃるのでしょう」

「かならずしも、そうじゃないよ」

「でも、尾行やなんかで解決する事件だったら、先生がこんなに乗り気におなりになるはずがないんですもの」

二人は仲のよい親子のように見えた。小林少年には、先生の眼の色や唇の動きで、その心がわかった。「かならずしも、そうじゃないよ」というのは、一方では「そうだよ」ということを意味していた。しかし、それがなんであるかは、小林にもわからない。先生だけが知っているすばらしい秘密があるのだ。それが今にわかってくるのだと思うと、少年の頰はポーッと赤くなり、胸がワクワクしてくるのであった。

浴室痴戯

やはりその頃、麻布の大河原邸内に、一つの異変が起こっていた。

庄司武彦の恋情は日一日とその激しさを増していた。恋するものにとって、大河原夫人由美子は謎の女性であり、その謎が武彦の恋慕と比例して深まって行った。日に何度となく接する機会のある彼女の一言一句、そのときどきの眼使い、微笑の唇の曲線の意味、それとなき手や肩の接触、それらの些事の一つ一つが、武彦にとっては、秘書としての本来の仕事のどれに比べても、比較にならぬほど重大であった。彼は夜の床の中で、それらの些事を反芻し、また反芻し、美しい人の幻と、彼女のなげかける謎に悩み、もだえ、どうどうめぐりに疲れはてて、ついに泥のような眠りに入るのが常となっていた。

明智小五郎に奇妙な日付と時間の表を与えられ、主人夫妻の動静を調べて、数日前、その結果を明智に報告してからというもの、武彦の悩みは、更《さ》らに一転機を画して、一層複雑なものとなって行った。明智は日付表の出所やその調査の意味をうちあけなかったが、姫田変死事件に関する調査には違いなく、そこへ大河原夫妻の名が出てきたこと、殊に夫人由美子の名が出てきたことは、武彦にとって、ギョッとするほど重大事であった。

あの日付と時間に、由美子が外出していたことが、何を意味するか、はっきりはわからなかった。武彦の頭の中では、それがただちに姫田と結びつきはしなかった。しかし由美子はなにかの秘密を持っている、ひょっとしたら、あれは男との逢引きの日付であったかもしれないという考えが、武彦を衝撃した。と同時に、遠く離れて近づきがたいものに思われていた由美子の像が、大写しのように彼の前に生々しく接近してきた。そこに不倫の影がさした。しかし、それをけがらわしく思うどころか、彼の恋慕の情はそのために幾倍した。夜毎《よごと》の幻は清く美しいものから、みだらな艶《なまめ》かしいものに変わって行った。それが彼の悶々《もんもん》の情を、もはや堪《た》えがたいまでにつのらせた。

ちょうどそんな時、大河原氏が事業上の用件のために、一《ひ》と晩泊まりで大阪へ行くことになり、むろん武彦はそのお供を命じられた。飛行機で出発する前夜、武彦が図書室でちょっとした調べものをしているところへ、意味ありげな足どりで由美子夫人がはいってきた。そして、唐突にこんなことを言って武彦をおどろかせた。

「庄司さん、あなたにお話がありますのよ。少しこみいったお話なの。で、あなた病気になってくださらない？　そして、あすのお供をよして、うちにいて、わたしのお話をきいてくださらない？」

慣れ合いのような、ずるい微笑が彼女の頰にただよっていた。武彦の心臓がズキンと躍って、顔がまっ赤になった。それは喜びというよりも一種の恐怖であった。

「ハイ、それじゃあ、そうします。頭が痛いといって、医者へ行きます」

そして、彼はその夜、付近の医師の診察を受けた。頭痛の仮病はうまく医師をだますことができた。主人にそのことを断わって、早くから床についていた。大河原氏の大阪行きには会社の方の秘書役が同行することになった。

大河原氏が出発した日の夜、家人が寝しずまった十一時ごろ、武彦は西洋館の主人夫妻の寝室へ忍んで行った。由美子夫人とそういううち合わせができていたのである。

主人夫妻の寝室は西洋館の奥まったところにあり、同じ洋館にある武彦の部屋からは、応接間、図書室などの前を通って廊下伝いに行けるし、途中に雇人たちの部屋はないので、こういう場合には甚だ好都合であった。

武彦は主人夫妻の寝室へ一度もはいったことはなかったが、女中などの話によると、それは大ホテルのバス付の部屋のような構造らしく思われた。入浴も洗面もいっさい部屋から出ないですませるという、あの便利な構造である。夫妻の寝室は日本建ての方にもあった。もとはそこだけを使っていたのだが、若い後妻の由美子が来てからしばらくすると、西洋館を建て増して、このホテル式寝室をこしらえたのだという。そのときに贅沢《ぜいたく》な蒸気暖房のボイラー部屋を設けたので、全館がスチーム暖房となり、バスや洗面台には、いつでも熱湯が出る仕掛けになっていた。

武彦は胸をドキドキさせながら、夢遊病者のような足どりで、ジュウタンを敷きつめた廊下を、寝室の前までたどりつき、アメリカ風の明かるい薄鼠色に塗ったドアの前に立った。「いつか映画にこんな場面があったな」「おれは今、恋愛の英雄なんだな」というような想念があわただしく彼の胸中を去来した。

彼は指先でホトホトとドアを叩いた。ああ、なんという不安、なんという得意さ、なんという楽しさ。

中から静かにドアがひらいて、そこに美しい由美子の笑顔が待っていた。彼女は黒いガウンをマントのようにはおっていた。なんという地質《じしつ》か知らぬが、あや織りの表面が身動きするたびにテラテラと光った。そのまっ黒に光るガウンの上に狐色《きつねいろ》に化粧した匂やかな顔があった。唇が身震いするほど艶かしい曲線で笑っていた。

部屋の向こうの隅に、豪華な帳《とばり》つきの寝台があった。その手前に丸い小卓と、まっ赤な毛織物で覆われた安楽椅子が二つ。高い脚の電気スタンドが部屋のその部分だけを、ほのかに桃色に照らし出していた。

由美子は安楽椅子の一つに腰をおろし、もう一つの椅子を手でさし示した。武彦は臆病な表情を隠すことに骨折りながら、できるだけゆったりと、そこに向かい合って腰かけた。

「あなた、わたしに話したいことがおありなんでしょう。そのことで、わざとおひきとめしましたのよ」

うっかり取りちがえてはいけない。彼女の口調は何かほかのことを意味している。武彦は由美子の顔を見つめて、だまっていた。

「キクに何かわたしのことを、お聞きになったでしょう。わたしがいつどこへ行ったかというようなことを。キクは白状しましたのよ。それをあなたの口から、お聞きしたいの」

キクというのは、由美子づきの小間使いの名である。武彦は自分の顔が青くなるのを意識した。由美子はただそれを確かめたいだけだったのかと思うと、恥かしさに、わきの下から冷たい汗が流れた。しかしまだ一縷《いちる》の望みはあった。彼女はそんな話のために、どうして寝室を撰《えら》んだのか？　深夜を撰んだのか？

「なぜだかわかりません。明智小五郎さんにたのまれたのです。奥さまに話さないで、間接に調べてくれといって」

武彦は正直にぶちまけて逆に攻勢をとろうとした。

「そうでしょうと思っていましたわ。それで、その日付はいつといつなんでしょう」

由美子の眼はやさしかった。彼女は怒っているのではない。武彦と二人だけで、こういう秘密めいた話をすることを楽しんでいるかとさえ感じられた。

「ぼくも空《そら》では覚えてません。ここにその日付と時間の表があります」

だいじにポケットにしまっていたのを取り出してわたした。

由美子はそれを受け取って、一行一行を、何か記憶をたどるような目つきで、丹念に見ていた。別に表情は変わらなかった。

「わかりませんわ。いったいこんな日付と時間を、どこから割り出したのかしら。あなたおわかりになって？」

「ぼくにもわかりません。明智さんは何もうちあけてくれないのです。しかし……」

「しかし、あなたには何かお考えがあるの？」

武彦は普通の意味では小心者のくせに、或る場合には、つまり相手の心理を忖度《そんたく》して大丈夫だと見通した場合は、恐ろしく大胆になった。

「ぼくは、奥さまが、誰かとそとでお会いになった日付と時間ではないかと想像したのです」

ちがっていますか、と言わぬばかりに、じっと相手の眼を見た。由美子の眼は澄んでいた。そして幽かに笑っていた。

「誰かっていうのは、恋人？」

由美子の方も大胆であった。武彦はこういうお互の心の奥を見通すような会話が好きであった。殊に相手が堪えがたき恋慕の人であるだけに、一層嬉しかった。彼は今の言葉には答えないで、恥かしそうな顔をして見せた。

「あなた、やいていらっしゃるの？」

そうですと叫んで相手の胸に飛びついて行きたかった。それをじっとこらえて、恥かしそうな顔をつづけていた。

「わたし、そういう人はありませんのよ。明智さんは、何かおもいちがいをしていらっしゃるのですわ。わたしはよく外出します。旦那さまがお出かけの留守には、たいていわたしも出かけるのです。買物や芝居や音楽会や、それからお友だちの訪問。旦那さまは一と月のうち半分はお出かけになるでしょう。ですから、わたしもそのくらいは外出しています」手に持っていた日付表を見て「この日付は月にたった三度か四度でしょう。それくらいは、わたしの外出とぶっつかるの、あたりまえですわ。もしこの日付の時間に、わたしがちょうど外出していたとしても、それは偶然の一致です。わたしは毎月これの何倍も外出しているのですもの」

武彦は、それを聞いても、まだ信用ができないという顔をしていた。

「そうね、この表を見て、思い出そうとしたのですけれど、古いことは、わたしにだってわかりませんわ。でも、このいちばんあとの十月十日はおぼえてます。おひるすぎから赤坂の矢野目美容院へ行って、頭と顔をしてもらってから、夕方まで話しこんでいたのです。矢野目はま子さんは、わたしの古いお友だちなのです。よくお話が合いますのよ」

武彦は美容院での昼間の逢引きということもあり得ると考えたが、それはこの人には失礼な想像だと、すぐ心の中でうち消した。

「明智さん何を考えていらっしゃるのでしょうね。わたし、明智さんに一度お会いしてみたいと思いますわ」

武彦はそんな一とことにさえ嫉妬を感じた。明智は自分などとても及ばない人物だと信じていたし、また彼は五十歳を越していても、まだ充分わかい女に好かれそうな好男子だったからである。

「庄司さんは小鳩《こばと》のように敏感なのね。また、やいていらっしゃる……でしょう」

そして、由美子は思いがけぬ笑い方をした。それはお姫さまの笑いではなくて、娼婦《しょうふ》の笑いであった。高貴なみだらさというようなものであった。そのとき、彼女が足を動かしたので、チラッとガウンの裾の裏が見えた。ガウンの裏はまっ赤な繻子《しゅす》であった。

由美子はやっぱり男性を包む型の女だ。武彦は前々からそれを感じていたが、それが一層たしかになってきた。彼はあのまっ赤な裏のガウンに包まれたいと思った。

「あなたは、明智さんのたのみだから、調べたことは調べたけれども、ほんとうは、わたしのために心配してくださすったのでしょう？」

そう言ってじっと見つめられると、武彦は少年のように、また顔を赤くした。

「ちっとも心配することはありませんのよ。明智さんの頭の中では、姫田さんが崖から落ちた事件と、この日付表とが結びついているかもしれませんが、わたしにはなんの覚えもないのです。ご心配になることとありませんわ。

ね。庄司さん、あなたの思っていらっしゃること、わたしにはなんでもわかりますのよ。そうでしょう。だから、もう一つのことも、最初からわかっていましたの。あなたがここへいらしったときから……」

この美しい人の大胆さは、いまや第二の壁を破った。彼女の手が、小卓の下で、武彦の手を求めた。武彦の方でも、敏感にそれを察して、その方へ手を持って行った。つぶれるほど握りしめられた。こちらも握り返した。二つの力が合わさって、十本の指は拷問の搾木《しめぎ》にかけられたように、血も通よわぬほど、肉と肉とが食い入っていた。

武彦はちょっと眼をふせたが、すぐに相手の顔をまともに見た。由美子の美しくうるんだ眼は、最初から彼を見つめていた。二つの眼が合ったまま離れなかった。武彦は思考力がなくなってしまったように感じた。握り合った手はしびれてしまって、ほとんど感覚がなくなっていた。それと同じように全身の感覚が麻痺《まひ》して行った。そして、由美子の顔を見つめて動かない彼の両眼が、キラキラ光るものでふくれ上がり、それが頬をつたってこぼれ落ちた。

それにつられるように、由美子の眼からも涙が溢《あふ》れた。二人の頬は水に洗われたようになって、異様な艶かしさに輝いていた。

いつ動いたともなく、由美子の方が椅子から立って、武彦の上に覆いかぶさる姿勢になっていた。しびれた手を離すのが困難なほどであった。とけた手が武彦の肩にまわった。武彦の方でも相手の胴のくびれを抱いた。スベスベしたガウンの、しなやかな生地が、相手の肌のように感じられた。

そうしてまた長いあいだ、じっとしていた。涙に濡《ぬ》れた熱い四枚の唇が、喰いちがいに、密着して、歓喜にふるえていた。武彦は心の中で、これが人間のほんとうの業《ごう》なんだ、あとはみんなうその業なんだと、叫びつづけていた。彼の顔に接してむせ返る芳香があった。ふしぎな包みこむようなスベスベした温度があった。相手の眼を見ようとした。そこに相手の歓喜を読みとろうとした。だが、それはあまりに近くて見えなかった。うるんだ大きな黒眼が、彼の眼界一杯にかぶさっていた。それはもう人間の眼ではなかった。情慾というものを象徴する、ギラギラ光った、宇宙一ぱいにひろがった黒いものであった。

二人は時間を超越していたので、それがどれほど長いあいだであったかを知らない。だが由美子のからだが、武彦からはなれたときには、彼女は死からよみがえっていた。涙はかわき、しびれたからだは、しなやかで生きのよい元のからだに戻っていた。

「いいことを思いついた。待ってらっしゃいね」

由美子の大胆さは更らに第三の壁をつき破った。彼女は一方の壁にひらいている浴室のドアに飛びついていって、その中に姿をかくした。

そして、ザーッと湯の出る音が聞こえてきた。しばらくすると、明かるい鼠色のドアが静かにひらいた。その入口一ぱいに白い人形が立ちはだかっていた。由美子は身につけたあらゆるものを、かなぐり捨てて、艶やかな桃色の全身を露出していた。

武彦はまだしびれたからだのまま、安楽椅子にグッタリとなっていたが、その前にひらいた浴室のドアは、電撃のように彼を打った。まったくあり得ないことが起こったのだ。狂気の幻影ではないかと思った。狂気なら狂気でもかまわないと思った。

桃色のからだの上にある由美子の顔が、とろけるように笑っていた。武彦は気が狂った。その方へ飛びついて行こうとした。

由美子の眼が、それをさえぎった。拒絶ではない。何かを命じているのだ。わかった。おれにもぬげというんだな。

彼はボタンをひきちぎるようにして、服をぬいだ。肌着が薄汚れていることなんか、念頭にも浮かばなかった。最後のものをぬぐときも平気だった。

そして、浴室へ飛びこんで行った。ドアがピッタリとざされた。大理石色のバスタッブには、温湯《おんとう》が湯気をたててみなぎっていた。由美子の桃色のからだが、その中に横たわり、水しぶきを立てて悶《もだ》えていた。そのあらゆる曲線が武彦を痴呆《ちほう》にした。

クラクラと目まいがして倒れそうになるのを、やっと踏みこたえた。そして、突進して行った。湯気の中へ、水しぶきの中へ、そこに跳ね狂っている巨大な桃色のさかなを取りおさえようとして。

尾行戦術

警視庁捜査一課の簑浦警部補は十二月上旬、明智小五郎を訪問して話し合ったときに、姫田変死事件捜査の今後の線は、村越均のアリバイの真偽を糺《ただ》すことにあると結論し、さし当たって、村越に対して尾行戦術をとることにきめた。そして明智訪問の翌日から、執拗《しつよう》な尾行がはじめられた。

簑浦刑事は尾行戦術のベテランであった。彼は尾行を二種類に分けて考えていた。一つはまったく相手に悟られないように、あとをつけて、その行く先をつきとめる尾行で、彼はこれを単純尾行と名づけていた。もう一つは、わざと相手が気づくように絶えず尾行をつづけ、相手を神経的に参らせて、もしそれが犯人なれば、思わぬ失策を演ずるのを、気ながく待つというので、これを複雑尾行または心理的尾行と名づけていた。

村越の場合は、もし歌舞伎座のアリバイが偽装だったとすると、一筋縄で行く相手ではない。この場合は、むしろ最初から複雑尾行をやる方がよいと判断した。その方が、単純尾行のように、一回ごとに変装したりする手数が省けて、活動も楽なのだ。高等戦術は、精神的には疲れるけれども、肉体行動の方は楽な場合が多いのである。

先ず村越の毎日の出勤の尾行、すなわち朝は彼のアパートから会社まで、夕方は会社からアパートまでの尾行をはじめた。

村越はもと池袋《いけぶくろ》の奥のアパートにいたのだが、最近、十二月のはじめごろ、渋谷《しぶや》駅から五、六分の距離にある神南《かんなみ》荘というのに移っていた。このアパートは古い木造洋館の住宅をアパートに改造したもので、古風な洋室が昔のままに残っているのが、村越の好みにかなったのであろう。彼が移ったのは明治時代の西洋館という感じの十畳ぐらいの広さの純洋風の部屋であった。

村越の勤めている城北製薬株式会社は、国電赤羽《あかばね》駅から十分ぐらいのところにあった。渋谷と赤羽を往復するのが、彼の出勤コースであった。会社では総務課の次席で、社用で外出することは、ごくまれであった。

これらのことは、尾行をつづけていて、だんだんわかってきたのだが、村越は死んだ姫田とはまったくちがって、読書が何よりの趣味という、無口で思索的な性格だったから、会社から帰っても、一週間に一、二度、大河原家へ遊びに行くほかは、アパートに引きこもっていることが多く、尾行者にとっては、楽な相手であった。

簑浦刑事は、ふだんの背広にオーバーの服装で、毎日村越と同じ電車で、渋谷、赤羽間を往復した。彼は事件があって間もなく、二度も会社を訪ねて村越に会っている。お互に顔見知りの間柄である。だから、尾行第一日に、電車の中や、駅で顔を合わせたとき、村越の方でも、すぐ気づいて挨拶したが、彼はそれを偶然の出会いと考えているようであった。しかし二日目となり、三日目となり、出会いがたびかさなるにつれて、彼はイライラしはじめてきた。

電車の人ごみの中で二、三人の人の肩ごしに、ヒョイと簑浦の顔が見える。その顔はいつも無気味に微笑していた。眼が合うと、ちょっとソフト帽に手をあてて、あいさつした。電車を降りると、駅の階段も、群集の二、三人あとから、ついてきた。駅から会社まで、また駅からアパートまでの道も、素知らぬ顔をして、十メートルほどあとから、コッコツとついてきた。

人間狩りの残酷な所業と言われそうだが、簑浦刑事は決して残酷とは考えていなかった。無実の人なら大して痛痒《つうよう》を感じないだろうし、犯人ならば苦しむのは当たり前だと割り切っていた。

四日目の会社からの帰りには、村越の顔に怒りが現われた。電車の中で眼が合っても、挨拶もしなかった。すぐに眼をそらして、ムッとした顔をしていた。

渋谷駅で降りると、群集にへだてられながら、二人のあいだに眼に見えぬ紐《ひも》でもついているように、適当の距離をおいて、尾行がつづけられた。村越は背中でそれを意識しながら、駅の出口まで歩いたが、そこで、クルッとうしろを振り向いて立ちどまった。もう我慢ができないという表情であった。簑浦刑事は、「ボツボツ尻尾を出しはじめるかな」と、例の微笑をたたえて、正面から村越の方へ近づいて行った。

「オイ、君はなぜ僕をつけるんだ。調べたいことがあるなら、直接警察へ呼び出して尋問したらいいじゃないか。いったい、どういうわけで僕を尾行なんかするんだ」

村越は日頃の青ざめた顔を、まっ赤にして、恐ろしい眼で睨みつけていた。

簑浦刑事は、こういう際の応対をちゃんと心得ていた。彼は一層笑顔をよくして、やわらかく答えた。

「いや、そういうわけじゃありません。偶然ですよ。わたしの職務上のコースと、あなたのお勤めのコースが、偶然一致したのにすぎません。決してお気になさらないように。じゃあ、これで失礼します」

ちょっと帽子に手をかけて、その場を離れた。むろん尾行を中止するつもりはない。ヌラリクラリと、相手に言質《げんち》を与えないようにして、あくまで尾行はつづけるつもりなのだ。

村越は刑事の背中を睨みつけて「チェッ」と舌うちしたが、なんと思ったのか、いそぎ足で、駅前の自動車たまりに近づき、一台の空《あ》き車に合図をして、ドアをひらくと、ヒラリとその中へ姿を消した。

簑浦刑事は、不意をうたれて、ちょっと驚いたが、こんなことには慣れ切っている。こちらは、人目も構わず走り出して、村越の乗ったうしろの車に飛びこんだ。

「警視庁のものだ。前の車を見失わぬように、つけてくれ」

村越の車は十五、六メートルほど先を新宿《しんじゆく》の方へ走った。それから伊勢丹《いせたん》の横から広い環状線に出て、池袋の方角に向かう。簑浦刑事は、運転手の凭《もた》れにとりすがって、一心に前の車を見つめていた。すると、池袋に近づいたころ、突然、村越の車が急停車した。飛び降りるのかと、こちらも車をとめて見ていると、そうではない。客席の村越が運転手に何か命じているのが見える、車が動き出した。大きくカーブして、道路の反対側へ。そして、もときた道を引っ返すらしい様子だ。「さては、あきらめたかな」と、こちらも車を廻して、尾行をつづけると、結局、渋谷のアパート神南荘に帰りついてしまった。村越は尾行をまくことができないと悟って、あっさり帰宅したのである。

簑浦刑事は、タクシーを帰してから、いつものように、神南荘から半丁ほど離れた煙草屋にはいって、そこの店の間に腰かけ、おかみさんと話をしながら、一時間ほど、向こうに見える神南荘の入口を見張っていた。

村越はあの自動車でどこへ行こうとしたのだろう。あいつはたしかに不安がっている。ビクビクしている。決してなんの秘密もない男の態度ではない。さっきは不安のあまり、おれを出しぬいて、どこかへ行こうとしたのだ。あいつは、刑事の目の前で、相手を出し抜く快感を知っているやつだ。誰かにソッと会いたいのだな。その誰かに、自分が今、警察につきまとわれているということを、早く知らせて用心させたいのかもしれぬ。そいつは電話を持っていないやつだ。行って話すほかはないのだ。

ひょっとしたら、その相手は、歌舞伎座で村越の替玉をつとめたやつじゃないだろうか。いや、あれが替玉であったかどうかは、まだ確かめられていないじゃないか。少し想像がすぎるぞ。しかし、ここであいつに出しぬかれなければ、それがわかるかもしれないのだ。もし、あいつが会いたがっているやつが、替玉の当人だったら、これは大した収穫だぞ。

もしあいつがアパートの裏口から忍び出したら、どちらへでも道が通じているのだから、とてもおれ一人の力では見張れない。だが、おそらく今夜はもう出ないだろう。こちらは、いつでも加勢が呼べる。そして裏口の方も見張らせることができるということを、あいつはちゃんと知っている。だから、今夜は用心して出ないにきまっている。それよりも、あすの昼間が危ない。おれが村越だったら、きっとそうするだろう。会社の勤務中に抜け出すのだ。あの会社は工場と同じ場所にあるのだから、出入口が五、六ヵ所もある。そのどれかから、尾行者がいないことを確かめて抜け出せばいいのだ。やつはきっとそれをやるだろう。

簑浦刑事は、煙草屋の店に腰かけているあいだに、そこまで考えをまとめた。そして、裏口をお留守にした見張りを、いつまでつづけていても仕方がないと思ったので、その夜は、そのまま引き上げることにした。

そして、その晩のうちに、すっかり手配をしておいて、翌日は朝から赤羽の城北製薬に、大がかりな見張りをつけた。簑浦のいわゆる心理的尾行を単純尾行に切りかえる時がきたのである。

部下の五人の刑事がそれぞれ変装をこらして、製薬工場の五つの出入口に、眼を光らせていた。簑浦自身は、なんの変装もせず、いつもの服装で表門のそとをブラブラしていた。これは相手に油断をさせる策略であった。村越が尾行をまいて抜け出そうとすれば、先ずいつも見張られている表門のそとを覗いてみるだろう。そして、そこに簑浦の姿があれば、他の出入口から抜け出すことになるだろう。つまり、彼を安心して忍び出させる手段なのである。

老練刑事の予想は見事に的中した。村越は工場の最も目だたない出入口から抜け出した。そして、大通りでタクシーを拾うと、日暮里《にっぽり》の奇妙な家を訪ね、そこの二階で、十分ほど話をして、大急ぎで会社へ引き返した。その出入口を受け持っていた変装刑事は、首尾よく尾行を終って、このことを簑浦警部補に報告した。

簑浦はそれを聞くと、猟師が獲物の巣を見つけた時の喜びを感じた。相手が尾行をさけて、そういう秘密行動をとったとすれば、もうこっちも大っぴらにやってもさしつかえない。尾行の間接戦法でなく、直接警察へ呼び出しても、人権無視の非難を受けることはないのだ。彼はむだな技巧を弄することをやめて、ふだんの服装のまま、堂々と日暮里の奇妙な家へ乗りこんで行った。

怪画家

日暮里のゴミゴミした一郭《いっかく》に、古い、こわれかかった木造建築の倉庫がある。倉庫といっても間口五間ぐらいの小さな建物だが、そこは富士《ふじ》出版社の返本《へんぽん》置き場になっていた。その倉庫の天井に、取ってつけたような、小さな屋根裏部屋があって、出版社と縁故のある讃岐丈吉《さぬきじようきち》という変わりものの洋画家が、倉庫番を兼ねて、そこを住まいにしていた。簑浦刑事は、近所でこれだけの予備知識を得てから、その洋画家を訪問した。

倉庫の横の狭い路地をはいって、倉庫の小さなくぐり戸をひらくと、そこに汚ない階段があった。

「だれだっ、だまってはいってくるやつは」

突然、階段の上から、ふしぎな顔が現われて、どなりつけた。痩せた顔が、不精ひげでうす黒く、頭の毛はモジャモジャと乱れ、その中から大きな眼がギョロリと光っている。

「あんたが讃岐丈吉さんですか?」

「そうです。君は?」

「警視庁のものですが、ちょっとお聞きしたいことがあって……」

相手は、ちょっとのあいだ、眼をしばたたいて、だまっていたが、急にニヤリと笑って、

「ああ、そうですか。失敬しました。どうかあがってください」

と丁寧な言葉になった。

靴のまま階段をあがって、そこの躍り場で靴をぬぐと、赤茶けて、芯の出た畳の部屋にはいった。四畳半ほどの狭い部屋に、坐るところもないほど、種々様々のガラクタものがならべてある。まるで場末の古道具屋だ。倉庫の天井裏に、棚のようにとりつけた、不安定な部屋で、天井板もなく、倉庫の屋根裏の木組みが露出している。路地のがわに一間の窓があって、紙でむやみに継ぎ貼りをしたガラス戸がしまっている。そこからの光で、狭い部屋は暗くもないのだが、四方の板張りの壁も、畳も、並んでいるガラクタも、すべてうす汚れているので、ひどく陰気な感じである。

ガラクタの中で、ハッとするほど目につくのは石膏《せっこう》の等身大の裸女の立像であった。耳が欠け腕がもげ、肩にも腰にも傷のある、美術展に出品して落選したとでもいうような、うす汚れた像で、それが狭い部屋にニューッと突っ立っているのが、一種異様の感じであった。

そのそばの大きな画架に、描きかけのカンバスが立てかけてある。それがまたなんともえたいのしれない油絵で、一《ひ》と目見るとドキンとするような、気ちがいめいた代物《しろもの》であった。その向こうに、大小のカンバスが幾枚もかさねて立てかけてある。皆同じような画風らしく、どぎつい色彩が、滅多無性に塗りつけてあるとしか感じられない。

画架の横には、江戸時代の櫓《やぐら》時計のこわれたのが立っている。えたいの知れない、口の欠けた大きな壺《つぼ》がおいてある。古新聞や古雑誌が、堆《うずたか》く積みかさねてある。部屋の二方の板壁に長い棚がとりつけてあって、その上には、ブロンズ色や白い石膏の、女や男や少年の胸像が、それもどこか欠けているのがならび、明治時代の置きランプがあるかと思うと、古い型のボンボン時計が立てかけてある。そのあいだには、どこのゴミ箱から拾ってきたのか、男のマネキン人形の首と胸部だけが立っている。その横に同じマネキンの足や手が、まきざっぽうのように、たばねて置いてある。これが正気の人間の部屋かと疑うばかりであった。

「まあ、そこへ坐ってください。座蒲団はないです。そのかわり火がある。この火鉢のそばへ坐ってください」

まっ黒に汚れた木の角火鉢《かくひばち》であった。火はよくおこっている。五徳《ごとく》の上にかけてあった、でこぼこのアルミの湯沸かしを取って畳の上におき、その火鉢をグッとこちらへ押してよこした。火箸の代りに割り箸のこげたのが、灰に刺さっている。

簑浦刑事が、そこに坐ると、怪画家も、火鉢をはさんで坐った。すり切れた黒いコールテンのズボン、穴のあいた茶色の毛糸のセーター、その上にひげだらけの長い顔が乗っかっている。年齢は三十前後であろうか。

「警視庁から僕に何を聞きにきたのですか」

骨ばった大きな手を、火鉢の上にかざし、ひげの中からギョロリとした眼で、こちらを見つめる。

「わたしはこういうものです」

簑浦刑事は肩書きのある名刺をさし出した。

「フフン警部補ですね。警部補というと、なかなか偉いのでしょう」

人を小ばかにしたようなことを言うが、別に皮肉のつもりでもないらしい。

「あんたは、城北製薬の村越均という人を知っているでしょう」

正面からその名をぶっつけてみた。すると返事の方も恐ろしく素直であった。

「知ってますよ。ついさっきも、ここへ来たばかりです。親友ですよ」

「古くからの知り合いですか」

「ええ、小学校時代からです。同じ国ですからね。あいつ、いいやつです。僕は好きです」

どうも手ごたえがなさすぎる。これがこの男の生地《きじ》なのか、それともお芝居なのか、簑浦には判断がつかなかった。

「国はどちらですか」

「おや、君は村越の国を知らないのですか。警部補のくせに、それを知らないのですか。おかしいな。静岡ですよ。静岡市の近くの田舎ですよ。あいつ頭のいい子だった。むろん級長ですよ。僕はあいつより年上だが、同じクラスでね。あいつの方が兄貴みたいだった。今でもそうですよ」

実に無邪気だ。無手勝流《むてかつ》である。老練刑事は逆に、「こいつ手ごわいぞ」という感じを抱いた。彼はポケットから例の手帳を取り出して、仔細《しさい》らしく、指に唾をつけて、その頁を繰って見せた。

「エーと、十一月三日、今から一と月あまり前になりますね。その十一月三日にあんたはどこにいました？　どっかへ出かけましたか？」

「困ったな。僕は風来坊ですからね。毎日どっかへ出かけますよ。東京の町を放浪するんです。ことに千住《せんじゆ》のゴミ市が好きですね。この部屋の僕の蒐集品《しゆうしゆうひん》は、おおかた千住のゴミ市から掘り出してきたものだ。どうです、こういう景色も悪くないでしょう」

怪画家はなかなか多弁である。話が横道へそれてしまう。ひげだらけの顔の中で、ギョロリとした眼と、大きな口の赤い唇が目立っている。その赤い唇が、蟹《かに》のように、こまかい泡を吹いて、ペラペラと、実になめらかに動く。簑浦刑事はそのひげ面をじっと見ながら、村越の顔を思い出していた。

似ている。たしかに似ている。このひげをきれいに剃って、頭を村越のようになでつけて、村越の服を着たら、眼の悪い婆さんをごまかすぐらい、わけはなさそうだ。声の質も似ている。こわいろを使う気になれば、村越とそっくりにやれるだろう。それに、国が同じだから、訛《なま》りが似ている。

「十一月三日ですよ。思い出してください。あんたがたに縁のある文化の日です。そういえば何か思い出すでしょう？」

「文化の日か。つまらないね、文化の日なんて。僕は文化というものが、だいたい嫌いでね。野蛮人の健康が好きだね。原始憧憬《しょうけい》というやつですよ。僕の画《え》を野獣派なんていうが、僕は原始人の夢を描くのですよ。原始人の創造力はすばらしいですからね」

またわき道にそれて行く。

「十一月三日です」

「ウン、十一月三日ね。だが、無理ですよ。僕は日記なんかつけないし、物覚えは悪いし、どうも思い出せないね。その日は天気はどうでした。よく晴れてましたか」

「晴れてましたよ。暖い日でした」

「それじゃあ、やっぱり千住方面だな。千住大橋を渡って、それから、荒川《あらかわ》放水路のあの長い橋ね。僕はあの辺が大好きですよ。むろん、ゴミ市をひやかしたでしょう。別に買いものをした記憶はないが」

「その日の夕方の五時ごろは、どこにいました。もうここへ帰っていましたか」

「わからない。だが、五時っていえば、まだ明かるいでしょう。明かるいうちには、めったに帰りませんよ。どうかすると夜なかまで帰らないことがある。千住から吉原《よしわら》を通って浅草《あさくさ》へ出るという道順だからね」

怪画家讃岐丈吉は、赤い唇を異様にまげて、ニヤリと笑った。そして、その笑いをつづけたまま、「警部補さん、君、酒やりますか」と唐突にたずねる。

「いや、やるけれど、昼間は飲みませんよ」

「それじゃ、失敬して、僕やりますよ。ここは警察じゃないんだからね。僕のうちなんだからね」

画家はそういって、部屋の隅へ立って行った。これもゴミ市から仕入れてきたのであろう、まっ黒にすすけた茶だんすが置いてある。彼はそのひらき戸をあけて、ウィスキー瓶と茶碗を持って戻ってきた。

「どうです、一杯だけ」

「いや」と、手をふって、かたく断わる。

彼は茶碗に安ウィスキーを、なみなみとついで、赤い唇をペタペタいわせながら、うまそうに飲んでいる。

この男が言わなければ、近所を聞きまわるより仕方がない。十一月三日に歌舞伎座で替玉を勧めたとすれば、その日はひげを剃って、頭もきれいになでつけていたはずだ。服装はどこで変えたか。村越の方からここへやってきたにちがいない。そして服をとりかえた。待てよ。村越はそのとき自分の服をこの男に着せて、そのかわりにどんな服を着たのだろう。ウン。そうだ。それが、魚見崎の茶店の女や、村の青年が見たという、鼠色のオーバーに、鼠色のソフトだ。そして目がねに、つけひげだ。

すると、近所の人は、村越に化けた画家と、まったく見知らぬ鼠色のオーバーにソフトの男と、二人がここから出て行くのを見たはずだ。よし、あとで聞き廻ってみよう。誰か見たものがあるにちがいない。

「いったい、十一月三日の文化の日がどうしたんだね。その日に人殺しでもあったというのかね」

怪画家は、もう酔いはじめていた。

「十一月三日午後五時すぎに、熱海の魚見崎の崖から、姫田という村越の友だちが、つきおとされて死んだのだ」

「ウン姫田、聞いた聞いた。村越が言っていた。それが十一月三日なんだね。で、おれのアリバイをたしかめようってわけか。ハハハハハ、つまりおれが人殺しだというのか？」

「あんた、姫田に会ったことあるかね」

「ないっ」

「それじゃあ、殺すわけもないね。そんなことじゃない。実は警察では、村越君のアリバイをかためようとしているのだ。もし十一月三日に村越君がここへやってきたとすれば、それがアリバイになるんだが、ここへはこなかっただろうね」

刑事は酔っている画家に錯覚を起こさせようとした。

「覚えてないね。きたかもしれない、こなかったかもしれない。村越は月に一度ぐらいしかやってこない。こっちからもあいつのアパートへ一度か二度行くぐらいのものだ。先月の三日だね。いやこなかった。月はじめにはこなかった。アリバイができなくて、村越には気の毒だが、うそは言えないからね。おれは正直ものだからね」

「君は芝居は好きかね」

話題を変えてみた。

「芝居？　きらいでもないね。ことに元禄《げんろく》歌舞伎が好きだよ」

「それじゃあ歌舞伎座へも行くことがあるだろうね。先月の三日には、君、歌舞伎座へ行ったんじゃない？」

じっと相手の顔色を見つめたが、少しも変化がなかった。

「歌舞伎座なんて、久しく御無沙汰してるよ。金がないのでね。立見席へ行くほどのファンでもないし。それより浅草がいい。浅草の女剣劇がいいね。それから『かたばみ座』だ。どっちも好きだね。郷愁というやつだ。少年時代への郷愁というやつだね」

また、はぐらかされてしまった。この男がもしうそをついているとすれば、その無技巧は天衣無縫といっていい。大したやつだ。それとも、見かけ通りの薄ばかなのか。さすがの老練刑事も、ほとほと持てあました。

「君はさっき、きょう村越君が来たと言ったね。午前中に来たのかね。きょうは会社があるはずだが」

　また手を変えてみた。これでなんの手ごたえもなかったら、もうあきらめるほかはない。

「ひるまえだった。自動車できて、十分ばかりいて帰りましたよ。会社の仕事中だが、少し長く便所へはいったぐらいの時間だから、べつにさしつかえないと言ってね」

「フーン、それじゃあ、よほど急ぎの用事があったんだね。いったいそれほど急ぎの用件というのは、どんなことだったか話してもらえないかね。話せないかね」

　さあ、しっぽをつかまえたぞ。これには、そんなにスラスラとは答えられまい。会社を抜けだして、自動車でかけつけるほどの重大用件が、そうザラにあるものではない。さあどうだ、どうだ。

　ところが、相手は少しも騒がなかった。彼は赤い唇でニヤリと笑った。そして、フケで白くなったモジャモジャ頭を、ポリポリ掻《か》いている。

「困ったな。警部補さんにはちょっと言いにくいことなんだ。だが、売買をしたわけじゃないから、別に罪にはならないでしょう。じつは、これだよ」

　怪画家は、部屋のすみの棚の下へ行って、古雑誌のうしろから、細長く巻いた紙を持ち出してきた。

「こんなもの、おまわりさんに見せたくないんだが、なんだか疑われているらしいので、仕方がない。村越も僕も、人殺しなんかに関係がないことを、わかってもらいたいのでね」

彼はブツブツ言いながら、巻いた紙をボロ畳の上に、ひろげて見せた。墨摺《すみず》りの男女秘技の図であった。普通の錦絵を二枚あわせたほどの大判の厚い日本紙に、黒一色で木版摺りにした、古拙な図柄であった。

「警部補さんは、こういうものに詳しいかどうか知らないが、菱川師宣《ひしかわもろのぶ》だよ。非常に珍らしいもんだよ。死んだ絵の方の友だちから買った貴重品だ。もとは五枚つづきなんだが、一枚しかない。だから、少しねうちがおちるけれども、二万両はたしかだ。買い手によっては五万両だってなるね。どうだい、このすばらしい肉体は。初摺《はつず》りでね。摺りが実にいい。虫も食っていない」

眼が細くなって、赤い唇から涎《よだれ》をたらさんばかりである。

「おれはこれを、村越のアパートへ見せに行って、置いてきたんだ。一と月ほど前だ。ところが金につまってね、この絵を質に入れなけりゃならないことになった。もうあすは食うものもないんだ。家賃もたまっていて、うるさくてしようがない。それで、村越にきのう、急にこれを返してくれという電話をかけたんだよ。どうだ、急ぎの用にちがいないじゃないか。だから、車にのってきてくれたというわけさ」

簑浦刑事は、これを聞いて、ひょっとしたらほんとうかもしれないと思った。うそにしてはできすぎている。また、もしこれが予《あらかじ》め用意された口実だとすれば、村越も、この讃岐という男も実に恐るべき相手だ。簑浦には、そのどちらであるかが、まだ判断できなかった。それだけに、相手のひげむじゃの顔、ギョロリとした眼、赤い大きな唇が、なんとなく薄気味わるく異様な圧迫感さえ覚えるのであった。

あとは世間話ににごして、結局、なんの収穫もなく、怪画家の屋根裏の部屋にいとまをつげた。そこを出ると、付近の商家のおかみさんや、道で遊んでいる子供などをつかまえて、十一月三日のことを聞き廻ったが、誰も画家の外出に気づいているものはなかった。村越の風体を話して、それに似た人物が路地から出てこなかったかとも尋ねてみた。又、鼠色オーバーにソフトの風体も話してみた。しかし、路地は通り抜けの通路だし、それらの服装には、大して特徴があるわけでもないのだから、殊更《ことさ》らに記憶している人を見出《みいだ》すことはできなかった。

もっと村越の尾行をつづけるほかはないと思った。明智小五郎に相談もしたいと考えた。しかし、五日間の尾行の末、意気ごんで駈けつけた相手が、まったくのれんに腕押しに終ったので、さすがの老練刑事も、幾分がっかりして、尾行戦術を二日ほど休むことにした。すると、そのあいだに、第二の事件が起こってしまった。当の村越均が、何者かによって殺害されたのである。

神南荘

アパート神南荘は、渋谷駅からほど近いにもかかわらず、広い邸宅にとりかこまれた、閑静な一郭にあった。神南荘そのものも、元は住宅として建てられたもので、昔の純洋風木造建築であったが、戦時中から後にかけて、持ち主もたびたび変わり、ひどく住み荒らされて、化けもの屋敷同然になっていたのを、現在の経営者が買い取って、アパートに改造し、いくらか建て増しもして、一応の外観をととのえたのである。

改造をしても、古風な純洋風の味は残っているので、そういう好みの人々が住みついていた。ことに村越の部屋は建物の隅に当たり、昔は主人の居間にでも使っていたのであろう、内部も元の古風な洋風のまま、腰張りの板に彫刻があり、色あせた花模様の壁紙も懐かしく、窓も昔風の押し上げ窓で、その小さな窓が十畳ほどの部屋に三つしかついていないものだから、きわめて採光がわるく、薄暗くて、しっとりと落ちついた感じが、村越の好みに適《かな》ったものであろう。

十二月十三日の夜、村越は会社から帰ったまま、どこにも出ないで部屋に引っこもっていたが、そこで彼は何者かにピストルで胸をうたれて絶命したのである。

村越の隣室には、高橋《たかはし》という若い会社員の夫婦が住んでいた。高橋夫妻は、この物語に重要な関係を持つ人々ではないが、神南荘殺人事件の最初の発見者が彼らだったのである。

その夜は八時四十分から、音楽好きの待ちかねているラジオ放送があった。フランスから帰ったばかりのヴァイオリニスト坂口十三郎《さかぐちじゆうざぶろう》のラジオ初演奏で、パリで天才とうたわれた坂口の名は、早くから日本の新聞を賑わしていたし、帰朝の歓迎会も華々しく、日比谷《ひびや》公会堂での第一回演奏会は、切符が手に入らないほどの盛況、それらの記事が新聞にデカデカとのり、坂口はこの年度の芸能界最大の人気者となっていた。その人気者のラジオ初演奏なのだから、音楽好きの人々はほかの用事をあとまわしにして、ラジオの前に頑張っていたものである。

村越の隣室の高橋夫妻は、さして音楽好きというほどでもなかったが、やかましい世評につられて、これだけは聴きもらすまいと、その放送を待ちかねていた。早くからラジオの前に陣どって、細君の入れたコーヒーを二人で啜《すす》りながら、その時間のくるのを待っていた。

八時四十分、アナウンスメント、幽かにはじまるヴァイオリンの音色。

音楽通でもない高橋夫妻も、いつしか引きいれられて、ウットリと耳をすましていた。アパート全体がまるで演奏会場のように静まり返って、ヴァイオリンの音だけが鳴り渡っていた。どの部屋でも、ラジオにスイッチを入れているらしい。少しも雑音が感じられないのは、みんなが他の放送ではなくて、坂口十三郎だけを聴いている証拠である。

ウットリとしているうちに二十分が経過した。最後の旋律が糸のように消えて行く。アナウンスメント、九時の時報。その時報とかさなるように、どこかで烈しい音がした。ラジオからではない。ドアを乱暴にしめた音のようでもあった。表通りで自動車がパンクした音のようでもあった。しかし、どうもそうではないらしく思われた。何かしら無気味な感じを伴なっていた。

高橋夫妻はおびえた眼を見交わした。

夫の方がスイッチを切った。

「なんだろう。いやな音だったね」

「おとなりじゃない？　おとなりらしかったわ」

村越との境は厚い壁であった。寒い折だから、ドアも窓もしまっている。だから、どこからの音とハッキリはいえなかったが、夫妻とも、隣室からのように感じた。彼らはピストルの音というものを一度も聞いたことはなかったけれど、もしかしたら今のはピストルではなかったかという疑念におびえた。

「行ってみよう」

夫は廊下へ出て、村越の部屋のドアをノックした。答えがない。異様にしずまり返っている。ノッブを廻してみた。ひらかない。鍵がかかっているのだ。幽かに明かりがもれているから、留守のはずはない。さっきはたしかにラジオが鳴っていた。それが隣の部屋からも感じられた。スイッチを切ったのであろう。今はなんの物音もしない。スイッチを切ったのは誰だろう。その人が部屋の中にいなくてはならないはずだ。

あとからソッとついてきた細君と顔見合わせた。

「おかしい。庭へ廻って窓をのぞいてみよう」

その途中で、アパートの管理人が、うさんくさい顔をしてやってくるのに出会った。

「あなた、あの音、聞きませんでしたか」

管理人に尋ねてみた。

「あの音って、どんな音ですか。わたしはラジオを聞いていたので……」

「ラジオがおわって、九時の時報のすぐあとです。僕のとなりの部屋で、へんな音がしたのです。ドアには鍵がかかっていて、ひらきません。庭から窓を覗いてみようと思うのです」

「村越さんの部屋ですね。あの部屋の合鍵なら、わたしのところにありますよ」

「でも、ここまで来たんだから、ちょっと覗いてみましょう。なんでもないかもしれませんからね」

高橋夫人は廊下から降りなかった。夫のほうと管理人が庭に降りて、村越の部屋のそとへ廻って行った。

部屋には電灯がついていた。二人はまるで泥棒のように、忍び足で窓に近よった。カーテンがしまっている。だが、すき間がある。その辺にころがっていた何かの木箱を台にして、まず高橋がそのすき間から覗いた。

「どうです。誰もいませんか」

管理人がささやき声で、うしろから尋ねる。

高橋はだまって、手まねきをした。その手先が異様にふるえている。

管理人も、木箱に片足をかけて、のびあがった。二人は肩を抱き合って、木箱から落ちぬようにして、カーテンのすきまを、じっと覗いていた。

長いあいだ覗いていた。

部屋の一方をカーテンで仕切って、ベッドが置いてある。そのカーテンがなかばひらいて、そこに村越が仰向《あおむ》きに倒れていた。

まだ洋服を着たままだ。チョッキの胸がはだけて、ワイシャツがまっ赤に染まっている。よく見ると、からだの下のジュウタンも黒く濡れている。

「ピストルだ。さっきのは、やっぱりピストルの音だった」

死体の手のそばに、黒い小型のピストルが落ちていた。

「自殺でしょうか」

そとから窓をひらこうとしても、ひらかなかった。ほかの窓も皆しまっていた。ドアも中から鍵がかかっている。犯人の逃げたらしい形跡がない。

「とにかく、合鍵でドアをひらきましょう。いや、それより先に警察だ。電話でしらせるんです」

踏み台の木箱がゆれて、二人は危くころがりそうになった。管理人を先に立てて、その背中を押すようにして、廊下の上り口へ急いだ。

それからしばらくすると、神南荘の門前は、十台に近い自動車で埋まっていた。所轄警察署、警視庁捜査一課、鑑識課、白い車体のパトロール・カー、諸新聞社の自動車などである。変死者が村越均とわかったので、箕浦警部補も、電話で通知を受け、自宅から駈けつけて、捜査一課の一行に加わっていた。

管理人の合鍵でドアがひらかれ、捜査、鑑識の人々が、村越の部屋にはいった。新聞記者たちは現場に立ち入ることを許されず、アパートの住人たちと混り合って、廊下にひしめいていた。

先ず鑑識課の医官が、村越の死体を調べた。ピストルのたまは心臓を貫いていた。そのピストルは死体の右手のそばに落ちていた。戦前日本に多くはいっていたドイツ製ワルサーの小型拳銃であった。

指紋係りは、その場でピストルの指紋を検出し、死人の指紋と比較したが、ピストルには死人の指紋ばかりで、別人の指紋は残っていないことがわかった。管理人やアパートの隣人たちに、村越がピストルを所持していたかどうかを尋ねたが、誰も知らなかった。あとでわかったことだが、村越は銃器所持の許可証を下付《かふ》されてはいなかった。このピストルが村越の所持品であったとしたら、不正の経路で入手したものに違いなかった。

あらゆる情況が村越の自殺を物語っていた。ピストルの指紋の一致、事件の直前、村越の部屋に来訪者があった様子のないこと。管理人も知らなかったし、隣室の高橋夫妻も、それらしい物音を聴いていなかった。もっとたしかな事は、そのとき村越の部屋は、ドアも窓も内部から完全に締まりができていて、謂《い》わゆる密室を構成していた点である。もし来訪者があったとしても、どこにも出て行く隙間がなかったのだ。

村越の部屋は十畳ほどの広さの純洋室で、建物の一階の東の端にあり、北側と東側は裏庭に面し、隣室は西側の高橋夫妻の部屋だけで、南側には廊下があり、ただ一つのドアが、その廊下にひらいていた。庭に面する北と東側は、厚い壁で北側に一つ、東側に二つの旧式な洋風の窓がひらいていた。幅のせまいガラス戸の押し上げ窓で、部屋は昼間でも薄暗いだろうと思われた。

この部屋には、三つの窓と、一つのドアのほかには、ドアの上の換気用の回転窓もなく、煙突のある旧式煖炉《だんろ》もなく、人間の出入りできる隙間はまったくなかった。そして、ドアには内部から鍵がかかり、その鍵は鍵穴にはめたままになっていたし、三つの窓は、内側から掛け金でとめられ、窓ガラスを抜きとって、またもとのようにはめておいたような跡もまったく見えなかった。つまり完全な密室なのである。

また、動機の点から考えても、村越の自殺は必らずしも唐突ではなかった。彼には場合によっては、自殺もしかねまじき動機があった。直接それを知っていたのは、簑浦刑事だが、安井捜査一課長や二、三の首脳部も、簑浦の尾行捜査を聞き知っていた。もし姫田吾郎を熱海の断崖からつき落とした犯人が村越であったとすれば、彼は簑浦刑事の執拗な尾行戦術に悩まされて、ついに自殺を決意するに至ったということも、あり得ないではない。

ピストルの指紋、密室、動機、一応は自殺の情況が揃っていた。しかし、それにもかかわらず、簑浦刑事や捜査首脳部の人々は、自殺と断定することを躊躇《ちゆうちよ》した。その理由の一つは、遺書がなかったことである。村越の室内を残るところなく捜索したが、どこからも遺書らしいものは出てこなかった。日記帳そのほか手記のたぐいにも、それらしい匂いのある記事は何もなかった。こういう場合の自殺者が、告白の遺書を残さないというのは、常道に反していた。誰か知人に告白状を郵送しているかもしれないと思ったが、後日になって、そういうものも出てこなかった。

もう一つ、捜査官たちが現場にはいると同時に発見した異様なものがあった。それは鷲鳥の羽根のような一本のまっ白な羽根であった。それが死体の胸のチョッキの合わせ目にはさんであった。そして、白い羽根の三分の一ほどが、染めたようにまっ赤に血にぬれていた。しかもそれは村越の死後に、何者かが、そこへはさんで行ったとしか考えられなかった。これは姫田吾郎が変死の前に、二度受け取ったあの白い羽根とまったく同じものであった。一応は秘密結社の暗殺予告の「白羽の矢」かと考えられたが、その後の捜査線上には、秘密結社と結びつくようなものが、まったく現われてこなかったので、殺人犯人の奇妙ないたずらと解され、もし村越が犯人なれば白い羽根は村越が姫田に送ったものと考えられていた。ところが、その同じ羽根が、今度は村越の胸に置かれていた。そして、村越は犯人ではなくて、却《かえ》って被害者であったとすれば、この羽根の送り主は、最初から村越ではなくまったく別の犯人によるものであり、姫田と村越とは、共にその別の犯人によって殺害されたという見方が生れてくるわけである。

いずれにしても遺書がないこと、白い羽根が死体の胸に置かれていたことによって、村越の変死が、単純な自殺とは考えられなくなってきた。

簑浦刑事は、つけ狙っていた村越の変死によって、捜査方針が一頓挫をきたし、がっかりはしたが、それならば、すぐにまた、その別の犯人の捜査に取りかからなければならないと考えた。

今度は東京都内の変死事件なので、捜査一課の大きな部分が、この事件のために動き、その実際上の捜査主任には、簑浦警部補の上役の、係長である花田《はなだ》警部が当たることになった。しかし、姫田、村越の事件には、簑浦刑事が最も通暁していたのだから、彼の意見が大いに重んぜられ、また捜査活動でも、彼が最も重要な部面を受け持ったことはいうまでもない。

村越変死事件の第一の難関は「密室」であった。もしこの密室を、なんら欺瞞《ぎまん》のない、動かしがたいものとするならば、この事件に他殺の疑いをさしはさむ余地はないのだが、近代の警察官には「密室」を素朴に信じてしまうような者は一人もいなかった。密室状態にぶっつかったら先ず欺瞞を考えるのが常識となっていた。現実の犯罪には「密室」というものはごくまれにしか現われないのだが、世界の探偵作家が、百種に及ぶまったく異《こと》った密室構成のトリックを案出した。近代の警察官は、直接又は間接にそれに教えられて、密室不信を常識とするようになっていた。だから、村越変死事件の捜査官たちも、密室の存在にもかかわらず、他殺の想定のもとに、捜査をつづけ得たのである。

この事件を犯罪と仮定しての捜査には、村越の会社の同僚関係や、アパートの住人たちのほかに、やはり彼の知友名簿が出発点となった。その中に大河原家の人々が加わっていたことは言うまでもない。

しかし、簑浦刑事は、第一に村越のふしぎな友だち、怪画家讃岐丈吉を考えた。彼がどうしているかすぐにさぐってみたい。場合によっては警視庁に同行を求めてもさしつかえないと思った。そこで、村越変死事件の翌日、十二月十四日の午前に、日暮里の怪画家の天井部屋を訪ねたのだが、奇人讃岐丈吉は不在であった。近所で聞き合わせてみると、どうやら一昨十二日に外出したきり一度も帰っていない模様であった。「さては、あいつが犯人？」と一応胸おどらせたが、よく考えてみると動機がまったく想像できなかった。彼は村越の味方でこそあれ、決して彼を殺すような立場ではなかった。

そうして、怪画家の行方不明は翌十五日までつづいたが、十五日の朝になって、千住大橋から一キロほど下流の隅田川《すみだがわ》で、彼の溺死体が発見された。調べてみても自殺の動機は考えられなかった。讃岐の死体には例の白い羽根はついていなかったけれども、これもまた同じ犯人による他殺ではないかという疑いが濃厚であった。

簑浦刑事は、自分がつけ狙う人物が、次々と殺されて行くのを見て、異様な恐怖を感じないではいられなかった。犯人は絶えず彼を監視しているのだ。そして、目ざす容疑者に、今にも手が届きそうになった瞬間、その相手は殺されているのだ。魚見崎の墜落死という一見平凡な事件が、今や兇暴《きようぼう》無残な殺人鬼の所業と一変してきた。血に餓《う》えた悪魔のいぶきが、ひしひしと身辺に迫ってくるのを感じた。

明智小五郎

越えて十六日の夜、大河原元侯爵のところへ、知り合いの探偵作家江戸川乱歩から電話がかかってきた。大河原氏はちょうど外出から帰ったところで、自分で電話口に出たが、江戸川の用件は「親友の明智小五郎が、姫田と村越の事件について、一度お目にかかってお話がうかがいたいというから、会ってやってもらえないだろうか」というのであった。大河原氏の方でも、有名な民間探偵には、かねて一度会いたいと思っていたので、すぐ承知のむねを答えた。

その夜七時ごろ、明智小五郎が訪ねてきた。大河原氏は彼を洋館の書斎に請《しよう》じ入れて、対坐した。

「おさしつかえなければ妻《さい》と、それから、わたしの秘書の庄司を同席させたいのですが、庄司はあなたとお心易くしていただいているそうで、彼も同席したいだろうと思いますから」

大河原氏は、挨拶がすんだあとで、そう切り出したが、明智の方にも、むろん異存はなかった。やがて、その二人も書斎へはいってきて、大きな丸テーブルをかこんで、四人が席についた。

大河原氏も、由美子夫人も、明智には初対面だったので、好奇心をもって、彼の風采を眺めた。明智は痩せた長いからだに、いつもの黒いダブル・ブレストの背広を着ていた。アームチェアにもたれて、前に組み合わせている足が、非常に長く見えた。面長な骨ばった顔、高い鼻、多少受け口のしまった唇、二重瞼《ふたえまぶた》の大きいけれどもやさしい眼、半白のモジャモジャ頭、五十にしては若々しく、写真で見るよりも、人なつこい顔であった。

　庄司武彦は、ふと、ルパン物語の「巨人対怪人」という表題を思い出していた。大河原元侯爵は外貌も内容も巨人に違いないし、明智は怪人ではないが、やっぱり巨人の面影があった。「巨人対巨人だな」と異常な興味をもって、二人の対談を眺めた。

　武彦と由美子夫人との秘密の関係は、あれ以来、ずっとつづいていた。日一日と二人のあいだは密度を増していた。だから、主人と顔を会わせるときには、むろん、うしろめたさを感じたけれども、その罪悪感に耐えられないほどではなかった。われながら、倫理的不感症ではないのかと、おそろしくなることがあった。それだけに、主人に悟られるようなそぶりは、決して見せない自信があった。由美子は彼以上に平然としていた。女というものは、こんなにお芝居が上手なものかと、おそろしくなるほどであった。お姫さまの彼女に、愛慾にかけては、それほどの才能があることが、彼にとってはまったく未知の世界の驚異であり、目もくらむような魅力であった。

「讃岐丈吉という画家の死んだことを御承知でしょうね」

　明智が唐突に尋ねた。

「いや、知りません。その男は、姫田や村越と関係があるのですか」

　大河原氏は、つい二日前に警視庁の花田警部の来訪を受けていたけれども、讃岐丈吉のことは何も聞いていなかった。

「姫田君とは関係がないようですが、村越君とは非常に親しいあいだがらでした。僕もその画家に会ったことはないのですが、警視庁の簑浦という刑事から詳しい話を聞いています」

　明智は、簑浦の村越尾行のことから、讃岐の天井部屋訪問のことまで、かいつまんで話して聞かせた。

「その画家が家を出て、行方不明になったのは、村越君の変死事件の前日、十二日のことです。そのまま一度もうちに帰らなかったので、警察では指名手配をしようとまで考えていたのですが、きのうの早朝、その画家の溺死体が、千住大橋の下流に浮いているのが発見されたのです。千住大橋の一キロほど下流の屈曲部です。その屈曲部には、上流から流れてきたゴミが、いつも溜《たま》っているのですが、そのゴミに覆われて、讃岐丈吉の死体が浮いていたのです。死因は溺死です。外傷もなく、内臓から毒物の検出もなく、死後経過時間の推定によると、彼は家出をした十二日の夜、溺死したらしいというのです」

「やはり他殺の見込みですか」

「もし村越君が他殺とすれば、この画家も他殺と考えてよいと思います。二人のあいだには、それほど密接な関係があるのです」

「で、あなたは村越他殺説をとっておられるのでしょうね」

「他殺と考えています。警視庁でも、そう考えているようです」

問答は大河原氏と明智だけのあいだに取りかわされ、由美子夫人も武彦もまったくの聴き役に廻っていた。大河原氏が話しつづける。

「おとといの晩です。警視庁の花田という警部が訪ねてきまして、村越の事件については、相当くわしい話をききましたが、もしあれを他殺とすると、密室の謎を解かなければならないわけですね。警視庁の方では、まだそれが解けていないと言っていましたが……」

探偵小説好きの元侯爵は、こういう話には、甚だ乗り気らしく見えた。彼はアームチェアにゆったりともたれ、時々、テーブルの上の銀の容器から、紙巻きタバコをつまんで、ライターをパチンといわせた。明智もよくタバコをすったが、大河原氏も恐ろしい喫煙家であった。大きな丸テーブルの上の空間には、霧のように煙が漂っていた。

「僕は事件の翌日、簑浦刑事から話をききましたが、その日に現場を見せてもらったのです。そして、謎を解きました。今では捜査一課長も花田警部も、それを知っているはずです」

明智は少しももったいぶらなかった。

「ホホウ、密室の謎が、とけたのですね。いったい、それはどういう……」

「あなたは探偵小説や犯罪史の通《つう》でいらっしゃると聞いております。ですから、密室のトリックについても、われわれと同じぐらい御承知だろうと思いますが、普通、犯人が計画的に密室を作る場合は、犯罪の秘密が、密室だけにかかっていることが多いのです。つまり、『密室』の謎さえ解けば、それでもう、すぐに犯人がわかってしまうほど、『密室』そのものに重点がかかっている場合が多いのです。『密室』にでもしなければ、犯人の隠し方がないので、窮余の一策として密室を作る、というわけですね。ところが、今度の村越君の事件はそうではありません。『密室』の謎が解けたから、あとは簡単に犯人がわかるというような種類の犯罪ではないのです」

由美子夫人も武彦も、明智のにこやかな顔を真剣な眼つきでじっと見つめて、聞き入っていた。二人の眼の奥からは、しばらく愛慾の思念が消え去っているように見えた。

「ドアの鍵は、内側から鍵穴にはめたままになっていたのですから、それをおとさないで、そとから合鍵でしめることはできません。ウースティティというピンセットのような道具を使って、そとから、内側の鍵を廻すという手もありますが、それをすれば、鍵の先に幽かな傷がつきます。今度の場合はそういう傷はまったくなかったのです。それから御承知の針と糸とピンセットのメカニズムがありますが、これにはドアの下に隙間がなくてはなりません。ところが、あの部屋のドアの下には、そういう隙間がないのです。敷居に段がついていて、ドアの下部がピッタリ、それに当たるようになっているのです。細い糸だけなれば、出し入れできるでしょうが、鍵を廻すために鍵の輪にはめる金属の棒だとか、ピンセットだとかいうものは、とても引き出すことはできません。つまり、あの『密室』はドアに施すメカニズムによったものでないことが明らかになったのです」

大河原氏はそこまで聞いたとき、ニヤニヤ笑いながら、口をはさんだ。

「小説の方では、まだありますね。蝶番《ちょうつがい》のネジをゆるめて、ドアそのものを取りはずし、また元のようにしておく。ハハハ……そんなばかなことを、実際にやるやつもないでしょうが……」

「しかし、探偵の立場としてはあらゆる可能性をたしかめなければなりません。僕はそれも調べました。あのドアの蝶番の真鍮《しんちゅう》のネジ釘《くぎ》には、最近ドライバーを当てたあとなど、少しもありません。こんなことは数秒間で調べられるのですから、探偵としては、やはり一応見ておくことになっています」

「すると、あとは窓ですね」

明智はすぐにはそれに答えないで、煙草をふかしながら、大河原氏の大きな白い顔を、おだやかに眺めていた。大河原氏も笑顔で相手を見返していた。十秒か二十秒、誰もしゃべらなかった。武彦はなんとなく異様な感じを受けた。だが、それがどう異様であるかはわからなかった。

「窓のほかには、秘密の出入口など、まったくないことを確かめました。おっしゃる通り、問題は窓にあったのです。村越君の部屋の窓は、三つとも、旧式な洋風の押し上げ窓です。二枚のガラス戸が、縦に辷《すべ》るようになっていて、手前のガラス戸を押し上げると下部がひらき、向こうのガラス戸を押し下げると、上部がひらく、あの幅のせまい窓ですね。それが東側の長い方の壁に二つ、北側の短い方の壁に一つ、ひらいているのです。

窓ガラスには、割れて穴のあいたものなど一つもありません。また、一枚のガラスをそとからはずして、元の通りにはめ、パテを塗っておいたというような痕跡も、まったくありません。しかし、念を入れて調べてみると、北側の窓の下の方のガラス戸の右上のすみに、ごく細い隙間のあることを発見しました」

明智はそこで、武彦にたのんで、紙と鉛筆を持ってこさせ、テーブルの上で図を書きながら説明をつづけた。

「古いガラス戸ですから、そと側のパテが、ところどころ、はがれ落ちています。この戸の右上のすみも、やはりパテが落ちているのですが、そこのガラスの隅が、ごく僅かハスに欠けているのです。パテを塗ってしまえば、わからぬほど欠けているのです。ですから、部屋の中から見ると、ほとんど気がつかないのですが、眼を近づけてみれば、

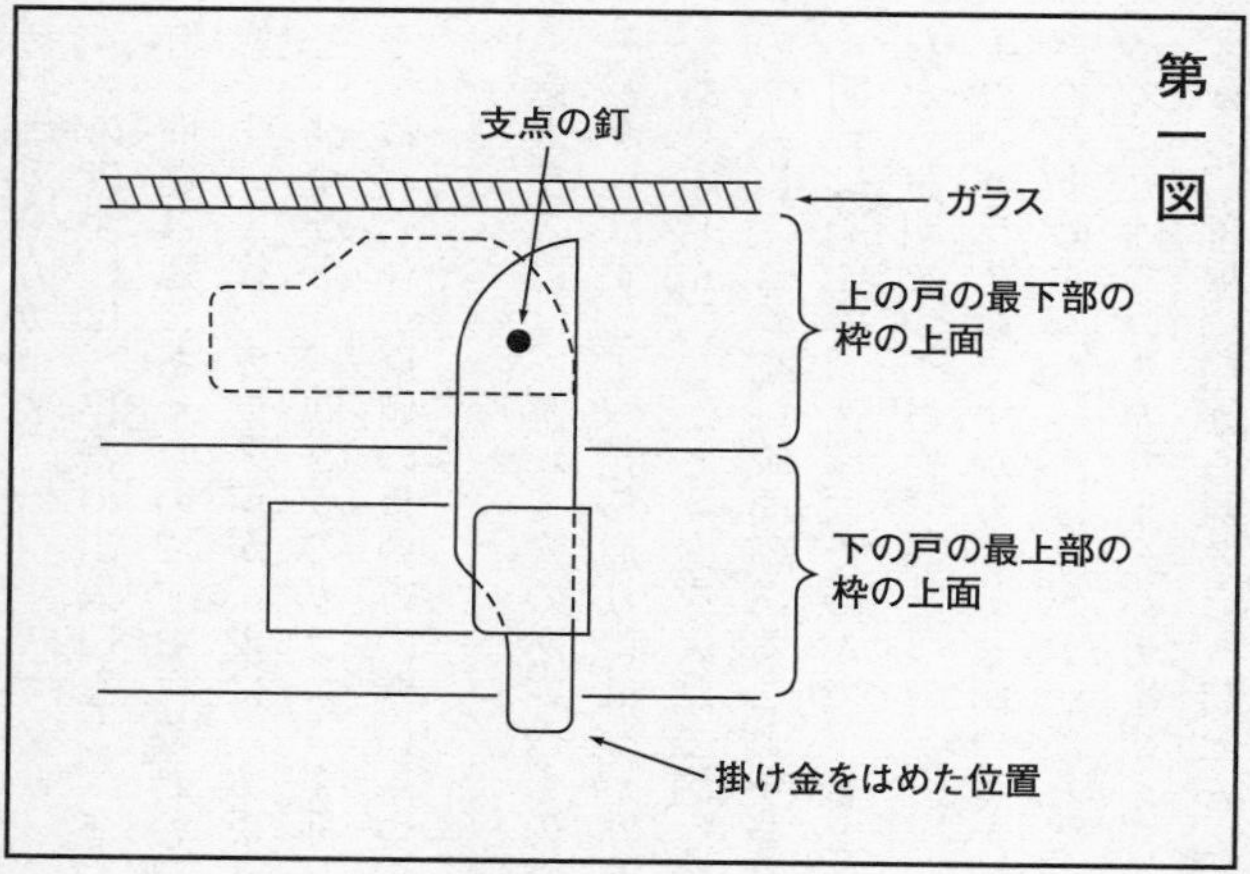

そこの隅に、二ミリか三ミリの小さい三角がたの隙間があることがわかります。犯人はこの僅かの隙間を利用したのです」

三つの頭が、解かれて行く謎のサスペンスに引きつけられて、明智の書く略図の上に、近々と寄っていた。三人のうちでは、大河原氏の大きな肺臓からの呼吸の音が、最も際立って聞こえた。

「この押し上げ窓の掛け金は、上の方のガラス戸の下の枠の上面に、半月形の金具がとりつけてあり、それが下のガラス戸の上部の枠の金具にはまるようになっているのです。上から見ると、こんな形ですね」

明智は、その金具の略図（第一図）を書いた。

「これでもうおわかりでしょう。ドアの下の隙間の利用を、窓のガラス戸に応用したものにすぎません。この掛け金の端に、銅の細い針金を二《ふ》た巻きぐらいして、その針金の一方の端を下の戸の右上のすみのガラスの欠けた小さな隙間から、そとへたらすのです。なぜ銅線を使うかというと、柔かくて自由になるからです。そうしておいて、犯人は内側から下の戸をあげて、そとへ出ます。そのとき戸をあげるにつれて、銅線が戸と戸のあいだにはさまって伸びますが、静かにやれば、そのために掛け金にまきつけた端が、はずれる心配はありません。ガラスの隙間に通してある一方の端は自由になっているのですから、戸をあげても掛け金が強く引かれることはないからです。そして、そとに出た犯人は、そとから下の戸をピッタリとしめた上で、ガラスの隙間から出ている銅線をゆっくりと引き出します。そして、それがピンと緊張したときに、グッと強く引けば、掛け金がかかり、更《さ》らに強く引くと、巻いてあった銅線が解けて、全部隙間のそとへ引き出されてしまう、というわけです。こちらの第二の図の通りですね」

するとと、今まで一《ひ》とことも物を言わなかった武彦が、ちょっと口出しをした。

「どうして銅線にかぎるのでしょうか。釣り糸のような強い糸でもいいわけですね」

「そうだよ。しかし、この事件は銅の針金だった。それは、掛け金の端が、何かで強くこすったように光っていて、その部分を削りとって分析して貰ったら、銅の分子が出たからだ。だから、この場合は銅線が使われたのだよ」

そういって、明智は大河原氏の方に向き直った。

「ドアではなくて窓にほどこすメカニズムですね。小説では、ドアの方が面白いので、窓のメカニズムはあまり使われていませんが……」

　すると大河原氏は、待っていたと言わぬばかりに、彼の蘊蓄《うんちく》を披瀝《ひれき》した。

「江戸川乱歩君のトリック表に、一つ例がありますね。別のときにピストルを発射して窓ガラスに穴をあけておいて、その穴から掛け金につけた紐をひき出すメカニズムです。たしかカーの長篇《ちょうへん》でしたね。読者の注意をピストルの方へ引きつけて、ピストルが発射されたとき殺人が行なわれたと思わせておいて、実はそれが密室構成の一つの手段に

第二図

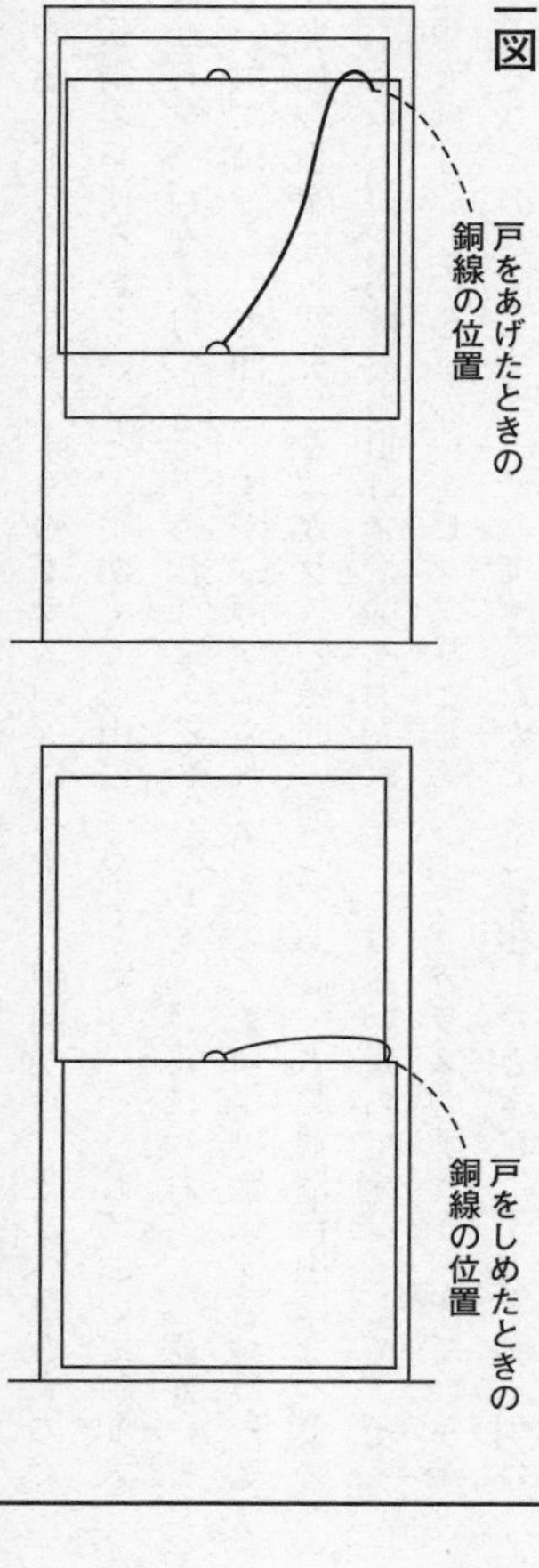

すぎなかったという意外性をねらったものでした」

「おどろきましたね。あなたがそれほどの探偵小説通だとは知りませんでした。それじゃあ、今度の事件についても、なにか御意見があるのじゃありませんか。アームチェア・ディテクティヴとしてですね」

「いや、それはダメです。小説には必要なデータが出揃っているけれども、実際の事件ではデータが不充分ですからね。安楽椅子探偵はできませんよ。それより、あなたの御意見が聞きたいものです。さし当たって、村越の事件では、警察は村越の知人関係を調べているのでしょうね」

「そうです。正攻法ですね」

「おととい花田警部が、ここにやってきたのも、そのためだったようです。つまりわたしどものアリバイ調べですね。明智さんは、花田君から、その結果をお聞きになりましたか」

「間接に簑浦君から聞いております」

明智はそれをよく記憶していた。十二月十三日、大河原氏は夕方五時に会社から帰宅した。すぐに風呂にはいって、由美子夫人といっしょに食事をすませ、七時ごろから書斎にこもって読書をした。中途で夫人が紅茶と菓子を運んできたが、それから八時四十分の坂口十三郎のヴァイオリンのラジオの時間まで、一歩も書斎を出なかった。その夜は珍らしく来客がまったくなかった。夫人の方は、お茶を運んだあとは、洋館のはずれにある自分の部屋にはいって、手紙などを書いてすごした。

大河原氏は夫人といっしょに、坂口のヴァイオリンを聴く約束をしていたので、八時四十分になると読書をやめて、客間にはいった。大河原家のラジオは客間の飾り棚に置いてあったからだ。夫人と庄司武彦とが、そこへきていた。武彦も坂口は聴きたいと言っていたので、いっしょに聴くように伝えてあった。部屋の電灯を暗くして、三人はヴァイオリンが終るまで、身動きもしなかった。そのあいだ誰も客間から出なかったことは、三人が銘々に保証した。

坂口のヴァイオリンが終ると、九時の時報。そこでラジオを切った。ほかのものは聴きたくなかったからだ。大河原氏は早寝の習慣で、九時といえば就眠の時間だった。そこで、大河原氏夫妻は寝室にはいり、武彦も自室へ引きとった。

完全無欠のアリバイであった。村越は九時の時報の直後にピストルでうたれたのだから、大河原家で同じ九時の時報を聴いたものが、十秒か二十秒で村越のアパートに現われるということは、物理上の不可能事であった。

「なにも、あなた方のアリバイまで調べる必要はないのですが、捜査の万全を期するためには、そこまでやるのが慣例のようです。花田君も、そういう意味でお尋ねしたのだろうと思います」

明智が警部を弁護すると、大河原氏は大きく手を左右に振って、

「むろん私も、嫌疑を受けているとは思いません。しかし、しょっちゅう私のうちへ出入りしていた姫田と村越が、ひきつづいてああいうことになってみると、一応私どもをお調べになるのは、無理もないことです。だから、私は花田警部にできるだけ詳しく、あの晩のアリバイをお話ししたわけですよ……ところで、ほかの方面はどうですかね。容疑者は浮かんでこないのですかね」

「村越君の知人関係を、しらみつぶしに当たっているようです。しかし、きょうの昼ごろ簑浦君に聞いたところでは、まだ何も浮かんでいないようですね。第一、警察には、この一連の事件の動機がまったくわかっていないのです」

「それですよ。姫田と、村越と、それから、さっきお話しの村越の友人の画家と、この三人の変死事件が、もし同じ犯人のしわざとすると、いったいどこに共通点があるのですかね。共通の動機がわかれば自然に犯人の目星もついてくるのじゃないかと思うのだが……」

「そうです。それがわれわれの問題です。今のところ、姫田君と村越君の事件に共通するものは、ただ例の白い羽根だけです。また讃岐という画家は、村越君と何か秘密の関係があったらしいというだけです。そのほかにはごく僅かのことしかわかっておりません。それで、実はあなたの御意見がうかがってみたくなったのです。姫田君も村越君も、

絶えずこちらへ出入りして、あなたに愛顧を受けていました。この二人の性格はよく御存知のことと思います。そこから何かあなたのお考えが出てくるのではないか、それをうかがって参考にしたいというわけです」

明智はそう言って、にこやかに相手の顔を見つめた。大河原氏はしばらく眼をつむって、考えていたが、何か漠然とした表情で、口をひらいた。

「二人は反対の性格だった。姫田は口数が多くて、賑やかで、どちらかといえば、女性的なところがあった。村越は無口で、思索的で、実は会社の仕事などよりも、学者タイプといいますか、奥深いところがあった。しかし、二人とも秀才です。学校の卒業成績も優秀だったし、会社の仕事もよくやっていた。わたしのところへ出入りする青年のうちでは、あの二人に最も目をかけておったのです。わたしとしても、あの二人を失ったことは、非常に淋しい。実に惜しいのです。

そういう秀才型の二人が、殺人事件の被害者になるなどとは、想像もできなかったことです。花田警部の話では、例の白い羽根を、秘密結社かなにかの警告のしるしだと、一時は考えたらしいのだが、わたしには、そういう心当たりはまったくありません。二人とも、危険な団体などに関係するような性格ではなかったのです。

といって、金銭的な動機も考えられない。姫田も村越も、まだこれからの男でしたから、大した財産があるわけでもなく、彼らをなきものにしたところで、大きな物質上の利益が得られるわけではない。そうすると、残るものは恋愛関係しかない。恋愛のための怨恨による殺人ということは考えられる。独身の二人には、そういうことがなかったとは言えない。警察でも、何かそういうような動機で、村越が姫田をやったのではないかと、一時は考えておったらしい。警視庁のものが、村越の尾行をつづけておったということを、花田警部から聞きましたが……」

「それは、さっきからお話ししている簑浦という警部補です。その簑浦君が執念深く尾行したのです。むろん、姫田事件の容疑者としてですね」

「ところが、その村越が犯人ではなくて、被害者になってしまった。白い羽根があったのだから、姫田の場合と同じ犯人にやられたと考えなければならない。そうすると、これは恋愛による怨恨という動機からも遠ざかって行くのではありませんか」

「必らずしも、そうとは言えません。姫田にも村越にも怨恨をいだくもう一人の人物があったとすれば、恋愛的な動機は、やはり残るわけです」

そのとき明智の顔に、妙なおどけたような表情がチラッと動いた。すると、大河原氏の白い大きな顔にも、なにかおどけたような薄笑いが漂った。一瞬間の変化であったが、二人の顔を見比べていた武彦は、それを見のがさなかった。そしてなぜか、思わずドキッとした。

「すると、さっきのなんとかいう画家は、どういう関係になるのですかな。その画家は、村越の敵ではなくて、味方だというようなお話だったが」

「讃岐丈吉という若い画家です。恐ろしく変わった男です。日暮里の倉庫の中の屋根裏部屋のようなところに住んでいたのですが、毎日のように、千住のゴミ市をひやかすせがあって、千住大橋のそばで溺死したのも、あの辺を夜ふけにぶらついていたからではないかと想像されます。千住大橋の上流にも下流にも、切り立ったセメントの岸になっているところが多いのです。道路と川のあいだには、手すりもなにもありません。セメントの壁が、地面よりも二尺ほど高くなっているばかりです。それに、あの付近は大きな工場ばかりで、夜などまったく人通りもありません。人知れず岸からつき落とすのはわけもないことです。もし泳ぎを知らないものだったら、そのまま溺死するでしょう。セメントの切り立った岸には、すがりつくようなものは、なにもないのですから。簑浦刑事は、讃岐丈吉が泳ぎを知っていたかどうかを、いろいろ聞き廻って調べました。そして、彼がまったくの金槌《かなづち》であることを確かめたのです。犯人もおそらく、それをよく知っていたのだろうと思いますね」

大河原氏の豊かな頰に、またしても、おどけたような微笑が漂った。

「川につき落とす……ひどく素朴な手段ですね。村越の場合の密室などと比べて、なんとなく同一犯人でないようなところもある。その画家は、つき落とされたのではなくて、誤って落ちたのではありませんか」

「他殺の確証はありません。しかし、村越君と何か秘密の関係を持っていた讃岐が、村越君と殆んど同時に変死しているのですから、やはり他殺を考えてみなければなりません。それに、この讃岐という男には、いろいろ妙なことがあるのです」

「ホホウ……というのは？」

大河原氏の眼が、好奇心のためか、キラリと輝いたように見えた。

「僕は簑浦君に案内してもらって、その倉庫の屋根裏部屋へ行ってみました。汚ない小部屋ですが、そこがガラクタもので一杯になっているのです。千住のゴミ市で買い集めたのでしょう。こわれた石膏像だとか、こわれた古時計だとか、石油ランプだとか、種々雑多の古道具が、ゴチャゴチャと並べてあるのです。

その中に、妙なものがまじっていました。こわれたマネキンです。ショーウィンドウに飾る等身大の人形ですが、まったく美術的価値のないマネキンが、どうしてその中にまじっているのか、その不調和が僕の注意を惹いたのです。僕はそれをよく調べてみました」

明智はそこで言葉を切って、ゆっくり新らしいタバコに火をつけた。シュッと音をたててマッチをすり、その火が一瞬間、明智の顔に異様な明暗を作った。

「マネキンは首と胸から上が、ひとつづきになっています。腕は別にとりつけるのです。その胸像のような部分が、石膏の美術胸像と並んで、棚の上に置いてありました。髪をきれいに分けた男のマネキンです。むろん新らしいものではありません。鼻や耳が欠けているし、全体に塗料がはげて、白い胡粉《ごふん》の生地が見えているのです。マネキンは鼻紙のような繊維を型に入れて、張り子に固め、その上から厚く胡粉を塗り、彩色をして、光沢塗料で仕上げるのですが、その芯の胡粉があらわれているような汚ないマネキンなのです。

そばに、同じマネキンの腕と足とが二本ずつころがっていました。それに腹と腰の部分が揃えば一体になるのですが、腹と腰は見当たりません。しかし、マネキンというものは、腹と腰と二本の足とはひとつづきになっているのが普通です。讃岐の部屋にあった足は、そのひとつづきの下半身から、二本の足だけを切り取ったものでした。膝の少し上の辺で切ってあるのです。丸い空洞の切口が、汚なくあらわれていました。

この足と腕も、ところどころ塗料がはげて、まるでゴミ溜めから引きずり出してきたような、むさくるしいものでしたが、妙なことには、その足の切口のまわりをグルッと取りまいて、錐《きり》であけたような小さい穴が並んでいたのです。両方の足にそれがあるのです。また、それに相応するように、胸像のかたちのマネキンの、胸の下部にも、グルッと小さな穴が一周していました。胸の下部と二本の足とを、紐とか針金とかで、つないだあとのように見えるのです。胸像の肩の部分と、腕のつけ根とには、そういうたくさんの穴はありません。それぞれ二つの、やや大きい穴があって、そこへ紐などを通して肩と腕とをつなぎ合わせたあとらしく見えました」

　実に微に入り細をうがつ話し方であった。武彦は、明智がどうしてこんなつまらないことを、こまごま話しつづけるのかと、不審にたえなかった。

「むろん最初から、マネキンにそんな穴があったはずはありません。誰かが、何かの必要のためにあけたのです。もし讃岐がそのマネキンをゴミ市で買ってきたものとすれば、買う前にそんな穴があいていたのか、或《あ》るいは買ってから穴をあけたのか。僕はそれを考えてみました。いくら物好きな奇人でもあんなに穴のあいたマネキンを買って帰って、飾っておくというのは、おかしいようです。やはり、買ってから穴をあけたと考えるのが、真実に近いのではないかと思います」

　そこで、明智はまた言葉を切ってにこやかに三人の顔を見廻した。なにか意味ありげであった。大河原氏と由美子夫人は、明智の奇妙な話し方に夢中になってまばたきもせず彼の顔を見つめていた。夫人はさきほどから、一とことも口を利かなかったが、明智という人物に、異常の興味を感じ、ひどく昂奮しているように見えた。武彦は明智のふしぎな話を聞き、大河原氏夫妻の表情を見ているうちに、なんとも形容のできない変な気持になってきた。今夜の対談の雰囲気には、なにかしら普通でないものがあった。なごやかな話し振りの奥に、無気味な底意が、刃物のような闘志が、チラチラと隠顕《いんけん》しているように感じられた……明智が話しつづける。

「讃岐については、もう一つの可能性が考えられます。彼は絶えず千住のゴミ市に出入りしていた。ゴミ市にはブラック・マーケットがつきものです。そういう場合には必ず闇ブローカーが立ち入ります。あの奇人画家は、そこで、もっとほかのものを買っていたのではないか。たとえばドイツ製ワルサー拳銃のようなものを。また、なにかをそこで売っていたのではないか。変装用の服だとか、外套《がいとう》だとか、カバンのようなものを。そして、僕のこの考えを聞くと、簑浦刑事はすぐに千住のゴミ市へ出かけて行きました。そして、讃岐丈吉の行動を洗いざらいさぐり出そうとしているのです。ここでほんとうのことを申し上げると、実はピストルの出所だけは、ついさきほどわかったのです。やっぱり闇ブローカーの手から讃岐に売り渡されていました。その闇ブローカーはもう逮捕されています。そのほかのことはまだわかりませんが、僕はこのゴミ市捜査に、もっと大きな期待をかけているのです。

村越君は変死の二日前の十一日に、会社を抜け出して、日暮里の讃岐丈吉を訪ね、十分ほど話をして帰りました。簑浦刑事はそれがわかったので、同じ日に讃岐の屋根裏部屋を襲って、村越は何をしにきたのかと糺しました。すると讃岐は菱川師宣の版画を持ち出して、これが至急入り用だったので、会社を抜けて届けてくれたのだと弁明したのですが、むろんそれは言いのがれで、実は村越君にたのまれて、ゴミ市でピストルを手に入れ、それをあの時、村越君に手渡したのに違いありません。

では村越君は、なぜピストルを手に入れなければならなかったのか。ここに大きな疑問が生じてきます。そのピストルで、彼は殺されているのですからね。そこで僕はこう考えるのです。あのピストルは村越君が自発的に買い入れたのではない。何者かに頼まれて、心にもなく讃岐を通じて手に入れた。犯人はそれで殺されるとも知らないで手に入れた。それを頼んだのは、おそらく犯人です。犯人は被害者に用意させておいたピストルで、彼を殺したのです。こいつを殺してやろうと決意すると、その男にまずピストルを買わせておいて、それを武器にする。なんという狡猾《こうかつ》な思いつきでしょう」

明智はもう笑ってはいなかった。ひきしまった顔が、少し青ざめたように見え、両眼が異様に光っていた。

由美子の秘密

明智はそれからあまり内容のある話をしなかった。相変わらずニコニコして、何かとりとめない雑談を交わしたのち、又お訪ねすると約束して帰って行った。

大河原氏も由美子夫人も、明智が帰ったあとで、彼を批判するようなことは何も話さなかった。二人のあいだには、明智の噂をすることが、タブーにでもなったようなあんばいであった。だから、庄司武彦は独りで考えた。いったい、明智探偵は、今夜何をしにきたのであろう。どうもその意味が捕捉できなかった。彼の話によって、密室の謎も解けたし、怪画家讃岐丈吉の変死の次第もわかったが、こちらの三人は、その報告を聞いただけで、明智の参考になるようなことは何もしゃべらなかった。明智の方でも聞こうともしなかった。では、彼は今夜、ただ捜査の経過を報告するために、わざわざやってきたのであろうか。それだけとは、どうも考えられない。何か意味があるのだ。そして、彼はきっと、何かの収穫を得て帰ったのだ。武彦はそれほど深く明智を知っているわけではないが、明智の性格として、目的もなくやってくるはずはないし、又、その目的を達しないで帰るはずもないと思った。大河原氏夫妻が、明智の帰ったあと、妙にだまりこんでしまったのも、彼らもそれを疑って、一種の気味わるさを感じているためではなかろうか。

武彦は大河原氏と明智の問答を聞いていて、どこがどうというのではないが、なんとなく異様な感じを受けた。彼の心の隅に一点の黒雲が現われ、それが少しずつ拡《ひろ》がって行くような感じがした。彼は、姫田が熱海の断崖から落ちた日の翌日、大河原氏と二人で現場を見に行ったときのことを思い出した。一本松の下の崖のとっぱなに腹這いになって、目まいがするほど深い海面を覗いていると、大河原氏が「実にわけのないことだ、こうして足を持ち上げさえすればいいのだからね」と言って、冗談に彼の足を持ち上げそうにした。彼はゾッとして、大いそぎで起き上がったが、あのときの大河原氏の口調や仕ぐさが、武彦の心中によみがえってきた。あの事と明智の来訪とはなんの関係もないのだけれど、どこか意識下の連絡で、その記憶がよみがえってきた。するると、この白い大きな顔の元貴族が、わけもなく無気味になってきた。腹の底では何を考えているのか、少しも推察を許さないような、この人の奥底のしれぬ人柄が怖くなってきた。それはなんとなく怪談めいた、刻々に大きくなって行くような怖さだった。むろんこの感情には別の理由があった。由美子夫人とのあいだに、あれ以来つづいている愛慾のうしろめたさである。その素地の上に明智の来訪が、更らに異様な恐怖をかさねたのだ。

あの浴室の出来事から十日あまりしかたっていないが、そのあいだに、大河原氏の帰宅のおそい日が三日あり、三日とも彼は夫人と会っていた。そのたびごとに、由美子の狂乱はいやまさり、武彦は愛慾というものの驚異に眼もくらむ思いがした。昼間のお姫さまと、閨房《けいぼう》の彼女とは、全然別箇の生きものだった。

「先生がこわくはありませんか」

ある時、武彦は狂乱の静まった彼女に、意地わるく尋ねてみた。彼は主人の大河原氏をいつも先生と呼んでいた。

「あなたは怖いでしょう。わたしは怖くない。先生は自分よりもわたしを愛しているのです。普通の夫婦の愛情ではありません。もっと違った、もっと強いものです。あらゆる事を許し、自分の方で犠牲になる愛情です。それをわたしだけが知っているのです。でも、先生を悲しませたくはありません。おわかりになって？　わかるわね」

彼女はそういう言葉遣いをした。それでいて、肉体は肉体と密着し、唇は唇を求めていた。武彦は異国の言葉を聞いているような気がした。それは「もし主人に知られても怖くない。わたしと主人とはそれ以上の愛でつながれている」というような意味らしく思われたが、そういう理窟が彼にはわからなかった。そして、「おれはただ愛慾の道具にすぎないのか」という失望を感じないではいられなかった。

「僕はあなたが独占したい。ほかの人と分け合うのはいやです」

ある瞬間に、彼はついにそれを口に出してささやいた。だが彼自身もそれを具体化する気持はなかった。具体化せば「駈落《かけお》ち」のほかはないのだが、そういうことができるとは考えていなかった。ただ感情の激するままに、環境を無視した欲求を口にしたにすぎない。由美子は何も答えなかった。彼がそういう意味で口走ったことが、わかっていたからであろう。

それにしても、彼女への愛慾が嵩《こう》じるにつれて、武彦の排他的な愛情を求める心が、つまり嫉妬心が、日に日に強くなってきたのは、いたし方のないことであった。その疑いは、もっと前から、彼の心の隅にきざしていた。こんな風に愛されるのは、彼が最初ではないかもしれぬという疑いだ。そのおぼろげな疑いが、明智の訪ねてきた夜から、俄かに色彩を濃くしてきた。

姫田も、ひょっとしたら村越さえも、武彦と同じように夫人に愛されていたのではないか。そして、二人の異様な死は、その夫人の愛情と、なんらかのつながりがあるのではないか、という奇怪な想像が、押さえきれぬ力で湧きあがってきた。

明智が来訪した翌晩大河原氏の帰宅がおそくなることがはっきりわかっていたので、武彦はまた主人夫妻の寝室へ忍んで行った。その大寝台は大河原氏と由美子夫人の常用のものだった。武彦にとって、これは嫌悪と罪悪感の巨大な障害物であったが、今ではかえって異様に刺戟的な魅力と変わっていた。そして、そこに漂っている男性の体臭には、殆んど嫉妬を感じなかった。由美子夫人と同じく、それは彼の競争者ではなくて、まったく別箇の隔絶的な存在と感じるようになっていた。嫉妬の対象は、ほかにあった。彼と同格の相手にあった。

「こういうことになったのは、僕がはじめてではないのでしょう。あなたは僕を子供だとおっしゃるけれど、僕にだって、そのくらいのことはわかりますよ」

由美子夫人は二十七歳、武彦は二十五歳、年齢は殆んど違わなかったけれど、彼は夫人の前では、まるで子供だった。夫人もそれを口にして興《きょう》がった。

「そんなことせんさくしてみたって、意味ないでしょう。ほかのこと考えないで、愛し合えばいいのよ。それだけに全心を集中するのよ。わたしのからだを、かわいいと思えばいいのよ。ただ夢中になればいいのよ」

そして、事実、武彦は夫人のからだだけに夢中になれた。夫人の若々しい暖いからだに、包みこまれて行く夢見心地にあらゆる思念を忘れ去ってしまうことができた。

しかし、一度夫人のそばを離れると嫉妬の疑いが戻ってきた。昼間、考えつづけていると、その苦痛がいよいよ強くなって、居ても立ってもいられない気持になる。主人に命じられた仕事など、とても手につかない。

明智が訪ねてきた日から三日後の十九日の昼すぎ、彼は夫人の留守を見すまし、一本の針金を手にして、洋館のはずれの彼女の居間へ忍びこんで行った。もう、そうするほかはないように思われたからだ。

彼は、夫人と狎《な》れ親しんでからは、たびたび夫人の居間へもはいっていた。ノックもしないで、ソッと忍びこむこともあった。或るとき、そうして音のしないようにドアをひらくと、夫人は向こうむきになって、机の上で何か書いていたが、忍びよる彼の足音を聞いて、ハッとしたように、本を閉じた。それは一度も見たことのない奇妙な外形の本であった。

表紙はアルミニュームのような金属でできていた。そして、小さな錠がついていた。夫人はガウンの袖で隠すようにして、それに鍵をかけると、大急ぎで机の一ばん下の引出しに投げ込み、その引出しにも鍵をかけてしまった。夫人が狼狽《ろうばい》して隠そうとしたことがわかっているので、武彦はわざと何も聞かなかった。夫人の方でも別に弁解はしなかった。

彼がドアをひらいたとき、夫人はたしかに書きものをしていた。机の上には、ほかに紙などはなかった。あの本に書いていたのだ。すると、あれは錠前つきの日記帳ではなかったのか。そういう日記帳があるということは話に聞いている。きっとそうだ。そうでなければ、あんなに慌てて隠すはずはない。武彦はいやな気持になった。夫人は、彼に見せられない日記をつけている。鍵までかかる日記帳を持っている。単なる羞恥《しゅうち》からではない。誰にも知られたくない秘密があるのだ。そう思うと、ムラムラと湧き上がる嫉妬心をおさえることができなかった。

今、彼はその錠前つき日記帳のことを思い出した。あれは元の引出しにはいっているにちがいない。鍵はないけれども、引出しの鍵穴など、大して複雑な構造のはずはないから、針金の先をまげて、あけることができるだろう。彼は少年時代に、そういういたずらをした経験があるので、この技術には多少自信があった。

うまく引出しをあけることができた。錠前つきの本はそこにあった。彼はそれを取り出して自室に帰ると、やっぱり針金で、その錠をひらこうとしたが、今度はだめだった。仕方がないので、ナイフの先でこじあけた。傷物になってしまったので、この日記帳は、もう永久に紛失させておくつもりだった。夫人に責められても知らぬと言いはるつもりだった。

それは推察した通り、厚い日記帳であった。夫人の日記のつけ方は、ひどく気まぐれで、まったく空白の頁がつづいているかと思うと、日付に関係なく数頁に亘って、こまごまと書き入れた箇所もあり、全体としては、大した字数ではないので、一時間あまりで全体を読むことができた。読みながら、心臓がドキドキして、からだが震えてきた。何度となく愕然《がくぜん》として、日記から眼を離さなければならなかった。

そこには、おぼろげに邪推していたことが、ことごとく事実となって現われていたばかりでなく、さらにそれ以上の恐るべき推理がしるされていた。姫田、村越、讃岐の三重殺人事件の犯人の名がしるされていた。それは由美子夫人の推理にすぎなかったけれども、その推理には寸分の隙もなかった。

ああ、由美子夫人は、なんという不思議な女性であろう。昼間のお姫さまは、夜は狂乱の美しき野獣となった。それだけでも、武彦にとっては、この世が一変して見えるほどの驚きであったが、今また三転して、彼女は稀代《きたい》の名探偵となったのだ。その推理の見事さは驚嘆以上のものであった。

次に、由美子夫人の錠前つき日記帳の中から、この物語に直接関係のある部分を抜萃《ばっすい》する。

【五月六日】私は冒険と恋愛に餓えている。きょうはやっと、その二つを満たすことができた。主人は宴会があって八時ごろまで帰らないことがわかっていた。私は銀座へ買物に行くと言って、一時すぎひとりで家を出た。自動車は主人の出先へ行っているので、タクシーを拾って赤坂の矢野目美容院に急いだ。矢野目はま子さんは女学校時代の先生で私のSさんだから、なんでも言って甘えられる。奥の間で二人きりになって、一切を打ちあけた。そして、私の味方になってくれるように頼んだ。はま子さんは昔と同じように突飛なことの好きな人だから、気軽に引き受けてくれた。あの人は世の中の裏の裏を知り抜いている。

約束は三時だから、それに間に合うように、すっかり用意しなければならない。先ず髪の形を変えてもらった。十分間で変えて、十分間で元に戻せるような変え方を工夫してくれるように頼んだ。専門家のことだから、うまくやってくれた。それから顔のお化粧を変えてもらった。本物より汚なくするのだから、わけはない。そして、はま子さんの昔の派手な和服を借りて、着更《きが》えをした。サラリー・マンの奥さんという恰好になった。全部で四十分もかからなかった。はま子さんの駒下駄《こまげた》をはいて、コッソリ裏口から出て、タクシーを拾った。

谷中初音町の旅人宿「清水」の少し手前で降りた。Hはちゃんときていて、宿の前をブラブラしていた。二人で宿にはいった。

この「清水」は一週間ほど前に銀座に出た帰りに、タクシーを乗り廻して、見つけておいた。谷中にそういう古めかしい宿屋があることを前から知っていたので、行ってみると、やっぱりあった。近頃は温泉マークという、新らしい宿屋がたくさんあるが、あれはいやだった。上等のホテルなどでは危険だし、古くさい旅人宿が盲点だと思った。中流の未亡人とその恋人という気持で、はいって行くと、ちゃんと察して、離れた部屋に通してくれた。女中も山出《やまだ》しで、感じがいい。

おませさんのHも、こういうことははじめてとみえて、オドオドしていた。かわいい子だ。そのうちに、だんだん大胆になるだろう。十日にはまた主人が宴会でおそくなるので、約束をしてわかれた。今度は高田馬場《たかだのばば》に近い戸塚町《とつかまち》の「大野屋《おおのや》」という旅人宿にする、これも前に見つけておいた古風な宿屋だ。

五時半に矢野目さんに着き、髪と化粧を直してもらい、家に帰ったのは六時半だった。

「それから、五月十日、二十三日、六月二日、八日、十七日、七月五日、十三日、十七日、二十四日、三十一日、八月七日、十四日、二十一日、九月五日、九日、十三日、十月十日に、それぞれHと逢引きの記事がある。簡単なものも、長文のものもあるが、多くは右と大同小異である。そのうち七月十七日から八月二十一日までは、大河原氏夫妻と小間使い、運転手などが、箱根塔ノ沢《はこねとうのさわ》の別荘へ避暑したので逢引きの様子が少しちがっている。七月中は小田原の中級旅館、八月中は国府津《こうづ》の中級旅館で逢《あ》っているが、その日は主人の大河原氏が東京に出て帰りが遅いとか、由美子夫人の方が何かの用事をこしらえて東京へ行くとか、どちらにしても最も安全な日を選んで、夫人は塔ノ沢から下《くだ》り、Hは東京からわざわざやってきている。箱根には矢野目美容院のような中継所がないので、完全な変装はできないが、夫人は駅の手洗場などを利用して、多少の素人変装はしていた。これらのHとの逢引きの日記をこの上写していてはあまりに長文になるので、すべて省き、重要なる新事実の記事だけを取り上げて行くことにする〕

【九月二日】（前略）きょう、村越均という青年がはじめて夜の団欒《だんらん》に加わった。城北製薬の優秀社員だという。主人は大層目をかけているらしい。これまでにも来たことがあるのだろうが、わたしが話をしたのは、今夜がはじめてだった。無口な理智的な青年。冷たいように見えるが、案外燃えると烈しいのかもしれない。（後略）

【九月十五日】（前略）Mが忘れられなくなった。今夜、はじめて二人だけで庭を歩いた。主人やHや、ほかの青年たちは書斎でトランプ遊びをやっていた。Mは勝負事をあまり好まないらしいので、わたしが誘って、庭へつれ出した。月のある美しい夜だった。Mはむろんわたしを愛していた。多分烈しく愛していた。しかし、何も言わなかった。哲学めいた話をした。必らずしもキザではなかった。手さえ触れ合わなかった。でも、彼の気持はわかりすぎるほど、わかっていた。彼の方でもそれをよく知っていた。（後略）

【九月二十七日】ついに実行した。Hの場合と同じ方法で、しかし、まったく違う宿屋（目黒の「柏屋《かしわや》」）で逢った。はま子さんは、なんて頼りになる人だろう。あらゆる意味でわたしのわがままを容《い》れてくれた。そして、口の堅いこと。わたしの全部の秘密はあの人が握っている。あの人だけが握っている。

Mは烈しかった。ひきしまったからだが、まるで鉄の鞭《むち》だった。Hの笑っているようなからだとは、比べものにはならない。Hは恐ろしくない。しかし、Mはちょっと恐ろしい。

【十月二日】〔註、Mと二度目に逢っている。その記事は省略する〕

【十月五日】（前略）きょうから庄司武彦という主人の秘書がうちの人となった。美青年だ。しかし、まだ子供のように思われる。（後略）

【十月十日】Hの執拗な要求で、仕方なく最初の初音町の「清水」で逢った。Hは九月のなかごろから、わたしが冷たくなったと言って泣いた。Mのことは知らない。しかし疑っている。わたしは、あの柔かいからだを愛撫《あいぶ》して、慰めてやったが、彼の方では私の変心をよく知っているので、いつまでも駄々をこねていた。わたしはよい程に切り上げて、最後の別れをつげた。Hとはもう逢わないつもりだ。

【十月十一日】（前略）庄司さんに三脚の目がねを縁側に出させて、蟻を見ていると、カマキリが視野にはいった。庄司さんに殺させようとしたが、ヘマをやって、わたしの

方へ飛んできた。わたしは声を立てて彼のからだに抱きついた。すると庄司さんが震えているのがわかった。かわいい子。（後略）

【十月十五日】昼間、安全な機会があったのでMと鶯谷《うぐいすだに》の「常磐旅館《ときわ》」で逢った。Mが夢中になってきたのが、よくわかる。彼は「死」のことを言い出した。しかし、わたしは、そういうことは少しも考えていない。Mはきのう、うちの庭でHと口論して、Hに殴られたそうだ。Hとは性格が合わないので、いつも反目しているようだが、Hはわたしのことで絶望的になっているので、そこまでの争いになったのだろう。必らずしもMとわたしの関係を疑っているわけではない。しかし、愛情からの直覚は恐ろしい。Hは直覚では、むろんそれを感じている。Mは優者の立場だから、その争いを殆んど問題にしていなかった。

Hは M と争うまえに、客間でわたしと二人だけになったとき、妙なものを見せた。白い羽根を封筒に入れて、Hに送った者があるのだ。Hはまったく心当たりがないと言っていた。誰れかのいたずらだろうと思う。

〔註、Mとはその後、十月中に三度逢っているが、別段新らしい事実もないので、その記事は省略する〕

【十月三十一日】（前略）主人と庄司さんと三人だけで熱海の別荘へきた。また双眼鏡のぞきの日課がはじまるだろう。このあいだ「裏窓」という映画を見たが、わたしたち

るのが、よくわかった。

【十一月二日】Sはだんだん夢中になってきた。ちょっと手がさわっても、まっ赤になって震え出すのが、可愛くてたまらない。きょうも湯にはいったあとで二人で双眼鏡をのぞいた。頰と頰とがすれすれになったときには、Sの心臓がおそろしく早く打っているのが、よくわかった。

午後、Hが二日の連休を利用してやってきた。どうかしてわたしの気持を元に戻そうとしている。可哀《かわい》そうだ。しかし、わたしは今、Mだけで充分だ。でも、Hは見るのもいやというほどではない。夜は、主人とHと運転手とでブリッジをやった。Hはわたしのとなりにかけて、楽しそうにしていた。わたしも適当に楽しませてあげた。

【十一月四日】きのうは日記を書く時間もなかった。恐ろしいことが起こった。Hが、魚見崎の断崖から海に落ちて死んだのだ。しかもその落ちるところを、主人とわたしとは別荘の窓から双眼鏡で目撃したのだ。〔註、このあいだにくわしく当日の模様がしるしてあるが、凡《すべ》て読者の知っていることばかりだから、その長文を省略する。前の「双眼鏡」の章を参照されたい〕。やっぱりあの白い羽根は死の予告だった。Hはお昼まえ、わたしのところへきて、またこれを送ってきましたと言って、封筒にはいった羽根を見せた。ここの別荘気付H宛で郵送され、けさの第一便でついたのだった。そして、Hはその羽根をポケットに入れたまま、墜落死をとげた。警察では何かの秘密結社のしわざではないかと言っていたが、Hがそういう結社などに関係していたとは考えられない。
夕方、主人とSの二人が魚見崎の断崖の上を見に出かけた。二人がそこへつくころを見はからって、わたしは二階の窓から、双眼鏡で覗いた。主人たちは崖の上の茶店でしばらく話していたが、それから、街道をずっとこちらへ戻って、細い道をおりて行った。おりる前に、二人は次々に双眼鏡を眼にあてて、こちらを見ていた。わたしはハンカチを振って答えた。細道をおりてからは、林が邪魔になってもう見えなくなった。
しばらくすると、主人たちが帰ってきて、調べた結果を詳しく話してくれた。妙な青年に会って、Hが鼠色オーバーの男と二人づれで、一本松の方へ行ったことを聞き出したという。やっぱり他殺にちがいない。その鼠色オーバーの男が犯人なのだ。その男は大きなカバンを下げていたという。東京からやってきたものらしい。（後略）
【十一月六日】やっと熱海を引き上げて、東京に帰ることができた。（後略）
【十一月七日】（前略）主人が不在なので、矢野目さんのところへ行って、作り声でMの会社に電話をかけたが、Mは電話口に出て、きょうは頭が痛いから勘弁してくれと言った。しわがれたような変な声をしていた。わたしは、あきらめて帰った。（後略）
【十一月八日】（前略）警視庁の簑浦という刑事が訪ねてきた。主人がうちにいたので、わたしも同席して面会した。熱海の事件は警視庁の手に移ったというのだが、捜査はほとんど進行していない様子だった。（後略）

【十一月十日】(前略)やっとMに逢えた。きょうはもう一度目黒の「柏屋」を使った。Mは憂鬱な顔をしていた。床の中でも、いつものように激してこなかった。二、三日前に警視庁の刑事がやってきて、三日の午後のアリバイを調べて行ったと話した。刑事はHの友だち全部のアリバイを調べているらしいということだった。幸いにMは確実なアリバイがあった。あの日は歌舞伎座を見物に行って、廊下でうちのとみ〔註、由美子夫人の元乳母の種田とみ、大河原家に同居している〕と出会って、立ち話をした。それが五時ごろだというから、確実なアリバイだ。

それなら、もう何も心配することはないはずなのに、Mはやっぱり憂鬱な顔をしていた。Mは何か隠している。彼は心を顔に現わさない男だが、わたしにはわかる。しかし、わたしは強いて聞き出そうとはしなかった。たとえ聞き出そうとしても、言う男ではない。きょうはつまらなかった。鉄の鞭のようにはね返らないMには、ほとんど興味がない。(後略)

【十一月十三日】(前略)Mに電話をかけたが断わられた。会社に出ているくせに、からだの具合が悪いからというのだ。(後略)

【十一月十七日】(前略)麻布二《に》の橋《はし》の近くの「伊勢栄《いせえい》」という安宿で、Mと逢った。いよいよMはおかしい。何かに悩んでいる。わたしに逢うのもおっくうなような顔をしている。いや、恐れているといったほうが正しい。彼はたしかに何かを恐れている。M

ほどの男が、こんな風になるには、よくよくの理由がなくてはならない。わたしと抱き合っていて、少し感情が激したとき、Mは妙なことを口走った。「僕も殺されるかもしれない」といった。そして、わたしの顔を脅えた眼でじっと見つめた。わたしはどうかして彼の秘密を聞き出そうとしたが、それ以上は何も言わなかった。あんなことを口走ったのを、ひどく後悔してる様子だった。Mほどの男が、こんなに怖がっていることが、わたしを怖がらせた。Mがこういう関係になっているわたしにさえ言えないというのは、いったいどんな秘密なのだろう。どんな恐怖なのだろう。わたしはほんとうに怖くなってきた。

【十一月二十日】又、Mに断わられた。わたしはMに電話をかけて誘い出そうとして、断わられたことが、これで三度目になる。Mはわたしを避けようとしているのだ。何か言うに言われない秘密があるのだ。わたしに逢えば、それを口走りそうになるので、避けているのだ。

この数日、彼の秘密を解こうとして、ずいぶん考えたがわからない。わかりそうでいて、わからないもどかしさだ。その秘密は私のすぐ目の前にあるような気がする。わたしは或る恐ろしい疑いを持っている。しかし、それは不可能なのだ。その疑いはどうしても成り立たない理由があるのだ。ああ、恐ろしい。生れてから一度も感じたことのないような、まがまがしい恐怖だ。（後略）

【十一月二十八日】（前略）Sがスパイになって、わたしたちのことを調べている。キク〔註、小間使いの名〕と五郎〔註、少年玄関番の名〕がソッと教えてくれた。Sは五郎の日記帳を調べていたそうだ。日記帳といっても、これは毎日主人が家を出た時間、行き先がわかってればその行き先、帰宅した時間、それから、来客の名と、来訪の時間が、表のように書いてあるだけのものだ。五郎は主人のいいつけで、毎日これを書きこんでいるのだ。Sはなぜこの表を調べたのだろう。その謎はキクの報告で解けた。Sはキクに五月のはじめから十月のはじめまでのあいだに、わたしが外出した日と時間を思い出させようとして、うるさく尋ねたそうな。ほかの召使いにもたずねた様子だ。このことから想像すると、Sが五郎の日記帳を見たのは、主人の外出の日と時間を調べるためだったにちがいない。

Sは探偵狂らしいから、自分で何か調べようとしているのかもしれないが、どうも、誰かに頼まれたらしくもある。警察だろうか。いつかの簑浦という刑事は、実直そうな顔をしていたが、刑事なんて何をやるかわかったものじゃない。一度Sによく聞いてみよう。

【十二月二日】（前略）Mが突然、渋谷の神南荘というアパートへ引っ越したと、電話で知らせてきた。うちの電話では何も話せないので、ただ聞いておいたが、なぜ引っ越したのかわからない。例の秘密に関係があるのかしら。（後略）

【十二月三日】心配になるので、主人に断わって、公然とMの移った神南荘を訪ねてみた。なぜ引っ越したのかと尋ねても、前のアパートがいやになったからとしか答えなかった。古めかしい純洋室でMの気に入りそうな陰気な部屋だった。やはり憂鬱な顔をしていたが、何かを恐れて引っ越しをしたというわけでもなさそうだった。いろいろ気を引いてみたが、何も言わなかった、人が変わったように見えた。眼はわたしを見ないで、別のところを見ていた。話をしていても、その話題とは別のことを考えているようだった。

あすは主人が大阪へ立つ日だ。飛行機で行って一泊して帰る予定だ。Mにそれを話しても、なんの反応も示さなかった。わたしとそとで逢うことは少しも考えていないように見えた。とりつくしまがなくて、あっけなくわかれて帰った。

その夜、わたしは、ふと出来心を起こしてしまった。主人のお供をして大阪へ行くはずのSに、仮病を使って残れと言ったら、すぐに承知した。なんて可愛い子だろう。

【十二月四日】主人は午前の飛行機で出発した。（中略）夜ふけにSが寝室へ忍んできた。

彼を呼んだのには二つの目的があった。その一つは、彼がこのあいだ、キクやに、五月から十月までのあいだに私が外出した日と時間をたずねたことを、糺すためだった。それを聞くと、Sはすぐに白状した。意外にも、明智小五郎の頼みで調べたというのだ。

わたしは、それを、とっくに気づいていたような顔をして、もっとつっ込んで行くと、Sは明智から渡された日時表というのを見せてくれた。それには、ことしの五月六日から十月十日まで、十八回の日付と時間がしるしてあった。一《ひ》と目でわかった。わたしがいろいろな宿でHと逢った日と時間なのだ。

わたしは二日おきぐらいに銀座へ出かけるし、赤坂の美容院へも行くから、この表の日に外出していたとしても別にふしぎはないと、ごまかしておいたが、明智さんはいったい、こんな正確な日時をどこから聞き出したのであろう。

そうだ。明智さんはHの日記を手に入れたのだ。そのほかに出所はない。Hはまさかわたしの名は書かなかっただろうが、わたしとの約束の時間を、日記帳に記入していたかもしれない。明智さんのことだから、その時間とわたしとを結びつけて、確かめようとしたのであろう。わたしが主人に知られないように外出するのは、主人の不在の日でなければならない。それで、明智さんは主人の外出した日も調べるように、Sにさしずしたのだ。そして、二人の外出の日時が一致すれば、わたしの外出が怪しい性質のものだとわかるわけなのだ。さすがに名探偵だ。しかし、わたしはその日付表の三倍も四倍も外出しているから、偶然の一致だと言いぬけることができる。Sにはそういってごまかしておいたが、明智さんの方はごまかせそうもない。

その夜のわたしのもう一つの目的は、Sを誘惑することだった。わたしはバス・ルームにはいって、Sを手招きした。Sはわたしの指図に従って、まっぱだかになって、飛びこんできた。二人でバスにはいった。Sのからだはよかった。その上HやMの持っていない初々《ういうい》しさがあった。狂おしく愛撫してやった。Sはわたしに包まれたいと言った。わたしは思うさま彼を包んでやった。Sに会って、わたしが男性を包みこむ性格があることがわかった。そういう意味ではSは絶好の相手だった。男というものを、こんなに可愛く思ったのは、はじめてだった。〔註、それから十三日の村越変死の日までに、彼らは主人の眼を盗んで邸内で三度も逢っているが、その記事は単なる慾情描写にすぎないから、ここには省くことにする〕

【十二月十四日】Mが死んだ。ゆうべ九時、アパートでピストル自殺をしたらしいのだ。ちょうどその時間にわたしたちは自宅でラジオを聴いていた。ピストルの音は九時の時報のすぐあとだったというのだが、その九時の時報はわたしたちも聴いた。

夜、警視庁の花田という警部が訪ねてきて、詳しく話してくれた。最初は自殺かと思ったが、死体の胸に、Hの場合と同じ白い羽根がのせてあったこと、遺言がなかったことなどから、他殺の疑いがあるということだった。警部は主人に、Mが自殺するような事情があったかと尋ねたが、主人はそういう心当たりはまったくないと答えていた。この警部は、いつかきた簑浦という刑事の上役らしかった。ぶこつな田舎顔で、男ぶりはよくないけれども、頭はするどそうに見えた。その眼には、心の奥を見抜くような、気味の悪いところがあった。彼はわたしたちとMとの関係を、根掘り葉掘り尋ねた。わたしたちのアリバイも詳しく調べた。幸い事件の起こったとき、主人とSとわたしと三人でラジオを聴いていたので、それが確実なアリバイになった。ラジオなど滅多に聴かないのだが、ゆうべは坂口十三郎のヴァイオリンがあったので、スイッチを入れた。そして、三人で時報まで聴いていたのが仕合わせだった。花田警部は、失礼なことをうかがったとお詫《わ》びをして帰って行った。まさか主人やわたしがMを殺したなどと考えたわけではあるまいが、警察というものは、被害者の知人のアリバイは、すべて一応確かめておくものらしい。

由美子の推理（1）

【十二月十六日】（前略）夜、明智小五郎さんがこられた。有名な素人探偵をはじめてみた。噂の通りの人柄だった。例のモジャモジャ髪が、少し白くなっているのが、なんだか意気に見えた。好男子だ。主人とSとわたしとで会った。話したのはおもに主人で、わたしとSとは傍聴者だった。

わたしたちは、明智さんの口から、村越さんの友だちの画家が、村越さんの殺された前日の十二日の晩に、千住大橋の近くで、隅田川に溺れて死んでいたことを聞いた。

明智さんは、二つの事を、わたしたちに、詳しく話して聞かせた。その一つは、村越さんの部屋が密室になっていた秘密を、事もなげに解いて見せたことだ。少しも気どらないで、すらすらと図解して見せるので、なんだかあっけないくらいだった。もう一つは、村越さんの友だちの画家が妙な屋根裏部屋に住んでいたこと、その部屋には古道具のガラクタものが、たくさんならべてあって、その中にマネキンのこわれたのが、おいてあったことを、非常に詳細に話した。マネキンの首と胸のつながった部分と、両手と両足とがあるばかりで、腹と腰の部分は見当たらなかったこと、その足の上部と、胸の下部とに、小さな穴がたくさんあいていて、胸と足とを紐か針金でつないだあとらしいということを、明智さんはくどくどと説明した。

そして、それっきりだった。そのほかには、これという話もなかったし、又、わたしたちから何かを聞き出そうともしなかった。それでいて、あの二つの事だけを、あんなに詳しく話して行ったのは、どういう意味なのだろう。密室の謎を一ぺんに解いてしまったほどの明智さんが、そのほかの、もっと重大なことを、なにも知らないというはずがない。知っていても言わなかったのにきまっている。そして、わたしたちが、そういう疑いを持つだろうということも、あの人はちゃんと計算していたのではないだろうか。

なんだか気味のわるい、おそろしい人だ。

あの人はニヤニヤと妙な笑い方をした。すると、うちの主人もそれに応ずるように、笑った。あれはどういう意味なんだろう。主人も、明智さんと同じように、何かを知っているのだろうか。わたしの知らないことを？？？？

【十二月十七日】ゆうべは、主人と同じベッドに寝ながら、一《ひ》とことも口を利かなかった。明智さんが帰ってから、やすむまでに、少し話をしているうちに、急に気まずくなった。わたしの言ったことが何か気にさわったらしかった。それがなんであったかは、考えてもわからなかった。主人があんな顔を見せたのは、はじめてだった。いつものように、甘えることができなかった。ベッドにはいるころには、わたしの方でも、もう主人に物を言う気はなくなっていた。なにか薄気味がわるかった。というよりも、怖かった。その怖さがだんだん大きくなって行った。

わたしは理窟っぽく物を考えることが、不得手《ふえて》ではない。だがいつも理窟の前に直感がくる。予感といってもいい。そして、先ず感じてしまうのだ。そのあとで、ゆっくり分析してみると、わたしの予感はいつも的中している。はずれたためしがない。だから、わたしは自分の予感を信用している。

主人がこんなに怖く思えたのは、はじめてだが、この異常な予感はきっと間違ってはいない。分析してみなければならない。しかし、分析するというその事すら、恐ろしく感じられた。わたしは早くから、心の奥で或る事を気づいていたのだ。それを自分で自分に隠そうとしていたのだ。

わたしは心で思ったことは、それが人に知られたくない秘密であればあるほど、必らずこの錠前つきの日記帳に書く癖になっている。秘密を心だけに納めておくのは苦しい。精神分析学では、それが病気のもとになるという。秘密が深いほど、この苦痛は大きい。キリスト教の懺悔台《ざんげだい》というものは、その苦痛をやわらげるために発明されたものにちがいない。偶然、精神分析学の原理にかなっている。だが、わたしの秘密は、どんな聖僧の前でも告白はできない。その代りに、この錠前日記を、秘密の漏らしどころにきめている。この日記帳が一杯になったら、燃やしてしまうのだ。わたしは今までに七冊の錠前つき日記帳を造らせ、それをみな燃やしてきた。この八冊目もやがて燃やすときがくるだろう。

主人は朝から外出したし、召使いたちもヒッソリしている。誰も妨げるものはない。わたしは、ゆうべ一と晩かかって考えたことを、ゆっくり、この日記帳に再現して行くことができる。

さて、そうしてベッドの中で、まじまじと考えているうちに、わたしの心の底の方に隠れていたお化けが、スーッと表面に浮き上がってきた。怖いけれども、眼をそむけてはいけないと思った。それを分析しなければ、この不安は消えないのだ。お化けは手で摑んで、強い光線の下で、解剖してやるに限る。だが、その分析は文字で書けば非常に長いものだ。日記帳の何十日分を費すことだろう。

最初先ず、白いハンカチが、ヒラヒラと落ちて行くのが見えた。これはもうずいぶん前から、たびたびわたしの心に写る映像だった。でも、その意味を考えるのが怖いものだから、わたしはわざと、素知らぬ顔をして見すごしていた。むろん知っているのだ。知らないように、自分の心をだましていたのだ。いまは、それを分析しなければならない。

そのとき、わたしは熱海の別荘の二階の窓から、双眼鏡で魚見崎の崖の上を覗いていた。一本松の下に人の姿が見えた。そばにいた主人に、それを言うと、主人も別の双眼鏡を取って、覗こうとした。主人は双眼鏡を覗く前に、必らずハンカチでレンズを拭く癖があった。そのときもハンカチを出して、形式的にレンズを拭いたが、そのまま、ハンカチが手をすべって、窓のそとへヒラヒラと落ちて行った。そして、双眼鏡をのぞくと、ちょうど姫田さんが、崖から落ちるところが見えたのだ。

あのハンカチは主人が誤って落としたのだろうか。もしやわざと落としたとしたら、どういうことになるのだ？　それなのだ。わたしはもうずいぶん前から、心の奥で考えていた。考えながら、考えていないように、自分に思いこませていた。恐ろしいからだ。それを分析すると、お化けが飛び出してくるからだ。

主人はあのハンカチをわざと落としたのだと仮定しよう。すると、そこから非常に大きな結果が生れてくる。わたしの主人は人殺しだという結果が生れてくる。

白いハンカチをヒラヒラと窓から落とすことは、どこか遠方にいる人への合図としか考えられない。そのほかに考え方がないのだ。ではその合図は、誰に向かってなされたのであろう。それは魚見崎の断崖の上に姿をかくして、やっぱり双眼鏡でこちらを見ていた人に対してであった。むろん姫田さんではなかった。もう一人の別の人であった。木の茂みに隠れていて、こちらの双眼鏡には映らないもう一人の人であった。

なぜ姫田さんでないかというと、あの時の姫田さんは、ほんとうの姫田さんではなかったからだ。わたしたちは双眼鏡で、人が落ちて行くのを見ただけだ。後に死体が発見されるまで姫田さんとは知らないでいた。双眼鏡の力を借りても、顔かたちはもちろん、洋服の縞柄さえ見分けられなかった。あの派手な縞の洋服が、双眼鏡には鼠色に映った。あれがほんとうの姫田さんでなかったことは、ゆうべ明智さんが教えてくれた。探偵というものは、被疑者に向かって、おれはこれだけのことを知っているのだぞと、真相の一部を話して聞かせて、被疑者に恐怖心をいだかせ、狼狽して、思いがけぬヘマをしでかすのを待つものだという。

ゆうべの明智さんの話はそれだったのだ。密室の秘密なんて、こんなに簡単にとけましたよ。又、マネキンの秘密も……だから、ほかのことだってみんな知っていますよという、一種の心理的拷問なんだ。

わたしは、明智さんのマネキンの話を聞いたとき、心の底では、ハンカチがヒラヒラ落ちて行ったことと、すぐに結びつけていた。それをしいて気づかないように思いこんでいたばかりだ。

あの画家の部屋に置いてあったマネキンになぜ胴体が——腹と腰の部分がなかったか。いくら大型カバンでも、そんなにははいりきらないからだ。胴と足とつづいた部分は、たとえ二つに切っても、カバンにははいりきらないからだ。魚見崎の茶店の女が見た鼠色オーバーの男は、大型カバンを持っていた。その中にはあのマネキンがはいっていたのだ。すべての事情を組み合わせると、結局そこへくるのだが、わたしはそれを直覚した。はめ絵の一片をそこへ置いてみたら、ぴったりとあてはまった。

マネキンの胸部の下側と、二本の足の腿《もも》の上部とに、グルッと並んで小さい穴があいていたと、明智さんが意味ありげに言った。その穴と穴とを長い太い針金で結びつける。すると胸部と腿のあいだに、スダレのように針金がならぶだろう。それがマネキンの胴体の代りになるのだ。それに姫田さんのと似た背広を着せ、その頸《くび》に、釣り糸のような細くて強い糸を結びつける。その糸は断崖の上から下の海面までの長さがなくてはいけない。

魚見崎の茶店の女が見た鼠色オーバーの男が、そのマネキンを分解して大カバンに入れ、断崖の上に運んだ。そして、わたしたちの別荘の二階からは見ることのできない木の茂みにかくれて、姫田さんによく似た人形を作りあげ、頸の糸を一本松の枝にかけて操り人形のように、そこへ立たせたのだ。人形遣いの男はやっぱり茂みに隠れて、その糸のはじをひっぱり、人形を動かして見せた。わたしが双眼鏡で見た人の姿は、その人形だったのだ。

そのとき、主人も双眼鏡を手に取った。そして、例のハンカチを落とした。それが合図だった。崖の上の茂みの蔭の男も、多分、双眼鏡でこちらを見ていたのだろう。ハンカチがヒラヒラとおちるのを見ると、すぐ人形を崖から落とした。そして、わたしたち二人の双眼鏡に、それが映ったのだ。

なぜハンカチの合図が必要だったか。いうまでもない。こちらの二人が、人形の転落するところを見ていなければなんにもならないからだ。今、双眼鏡がそちらを向いているぞという合図なのだ。なんという微妙な計画だったろう。十秒の狂いがあっても、すべての準備がオジャンになってしまうのだ。ああ、あのなにげないハンカチ落としの技巧！　恐ろしい。なんという恐ろしい企《たく》らみだったろう。

これだけのお芝居をするのにはずいぶん準備のいることだ。それほどの苦労をして、なぜ人形を落として見せなければならなかったか。アリバイだ。確固不動のアリバイを作り出すためだ。双眼鏡で見たのは主人とわたしだけだが、その場には庄司さんもいた。そして肉眼でも豆粒のような人間が崖を落ちて行くのが見えたと言った。三人の証人があったのだ。そして、その三人が、この殺人事件の第一の発見者でもあった。わたしたちが警察に知らせたからこそ、姫田さんの死体が発見されたのだ。真犯人は自分の殺人の遠方からの目撃者であり、且《か》つその殺人事件の発見者だった。こんな確かなアリバイが、ほかにあるだろうか。

海から引き上げられたのは、人形でなくて、ほんとうの姫田さんだった。言うまでもなく、姫田さんはずっと前に、同じ崖から突きおとされていたのだ。そのあとで、人形落としのお芝居をやって見せて、殺人はそのとき行なわれたと思いこませたのだ。人形は例の鼠色オーバーの男が、わたしたちが二階の窓から引っこんだあとで、頸につけてある糸で、崖の上にたぐり上げ、分解して大カバンに納め、そのまま立ち去ってしまったのだ。

こうして考えていると、だんだん細かいことがわかってくる。その男がカバンを持って、熱海駅へ引っかえすころには、崖の上の茶店はもう店をしめて、誰もいなかった。茶店はいつも五時ごろ店をしめる。あの夕方は五時二十分すぎまで店をあけていたというが、カバンを持った男は、それよりもあとで帰ったのだ。だから、茶店の女はその男の帰るのを見なかったと言っている。

では、依田とかいう村の青年が目撃した鼠色オーバーの男は、誰だったのか。その男は生きた姫田と連れだって、崖の方へ歩いて行ったというではないか。ここに、考えてみると、偶然の大きな目くらましがあったのだ。村の青年は時計を持っていなかったので、二人の通った正確な時間を知らなかった。聞く方もそれに気づかず、同じ鼠色オーバーの男を同一人と思いこんでしまった。青年に見られた方は、カバンを持っていなかったけれど、どこかへ置いてきたのだろうと、都合よく解釈してしまった。

ところが、事実は茶店の女が見たのと、村の青年が見たのと、ソフトもオーバーも、目がねや、つけひげまで同じだったが、実はまったく別人であった。別人と考えなければ、つじつまが合わないのだ。では、村の青年が見たのは誰だったか。それが真犯人だった。大河原義明だった。つまりわたしの主人だった。

主人はその日に限って、自分で自動車を運転してゴルフ場へ往復した。その帰りに、魚見崎からずっと離れた森の中へ自動車を乗りすて、予め約束してあった姫田さんと出会って、崖の上へ散歩したのであろう。鼠色のオーバーもソフトも主人の着換えのうちにあるものだった。それを自動車の中へ持ちこんでおいて、着更えるぐらい、わけのないことだ。つけひげも目がねも、ちゃんと用意してあったにちがいない。

姫田さんは私を愛していたけれども、主人を尊敬していた。その妻と不義をしながら、主人を尊敬するということは、彼の場合必らずしも矛盾ではなかった。主人はそれほど超絶的な偉大性ともいうべきものを備えていた。だから、姫田さんは、主人のいうことなら、なんでもする。夕方魚見崎の近くで待っていろと言われたら、その通りにしたであろう。そのことを人に言うなと命じられたら、わたしにさえも言わなかったであろう。そして、主人は談笑のうちに姫田さんを一本松まで連れて行き、談笑のうちに、隙を見て彼を突き落とすことができたであろう。それから、自動車のところまで引き返し、それを運転して、何くわぬ顔をして、別荘へ帰ってきたのだ。

主人が別荘へ帰ってから、二階の窓で双眼鏡をのぞくまでには、四十分ほどたっていた。だからほんとうの殺人は五時十分よりも五十分ほど前の四時二十分ごろに行なわれたと見るべきであろう。村の青年が二人の歩いて行くのを見たのは、それより更らに数分前だったにちがいない。青年の話し方も、聴き手の頭も正確でなかったために、その五十数分のちがいを、誰も気づかなかった。同じ鼠色ソフトと鼠色オーバーの男という観念が強くはいってきて、時間差にまで思い及ばなかったのだ。

こうして、わたしの主人は、自分自身の殺人を、遠方から目撃するという、物理上の不可能事をなしとげた。わたしは、ゆうべ一と晩、寝もやらず、主人と同じベッドの中で、これを考えたのだ。そして、犯人は主人であるという結論に達したとき、その驚くべきトリックを発見したとき、わたしは、あやうく叫び出すところだった。それほどわたしは、わたし自身の推理に驚嘆したのだ。

そのとき、同じベッドの主人は、向こうを向いて眠っているようだった。起きていたのかもしれない。主人は主人の心配のために、わたしと同じように物思いに耽っていたのかもしれない。しかし、少しも身動きをしなかった。息遣いも静かだった。だから、わたしは少しも思索をさまたげられなかった。夜がふけるにつれて、ますます頭が冴《さ》えてきた。推理の糸は次から次と、面白いようにたぐり出されてきた。

もし主人が、日頃から、あれほどの探偵小説通でなかったら、犯罪学者でなかったら、そして又、わたしがその影響を受けて、主人の蔵書を読み耽っていなかったら、決してこんな推理はできなかったであろう。主人にこれほど恐ろしい嫌疑をかけることはできなかったであろう。不幸にも、主人にはそういう複雑なトリックを考え出すような素地があり、わたしにもそれを推察する能力があった。

動機は？　この恐ろしい犯罪の動機は？　むろんそれはわたしにある。主人の愛しているわたしを奪った姫田さんへの復讐《ふくしゆう》なのだ。わたしには毛ほどもそんなそぶりを見せないで、ただ相手方の姫田さんだけを罰したのだ。主人は奥底の知れない偉い人だと思っていた。だが、わたしへの態度は、みじんも変えないで、鋼鉄の意志で、ピシッと相手を殺してしまうような恐ろしい人とは、想像もしていなかった。わたしは今、わたしの世界が、わたしの人生が、一変したほどの驚きにうたれている。

わたしは主人を畏敬していた。偉大な人物として敬愛していた。わたしの主人への愛情は超絶的なものだった。不義をかさねながら、主人へのわたしの愛情は少しも変わっていなかった。男女の愛情には二種類あって、一つは超絶的で、永遠のもの、もう一つは肉体的で、一時的なものという区別を立てていた。一時的のものが、永遠のものを破壊することはないと考えていた。

主人の奥底の知れない愛情は、わたしがどんなことをしても、さめるものではないと、自分勝手に考えていた。そういうことを超越した大きな愛情だと信じていた。むろんわたしは主人に隠して青年たちを愛したけれど、たとえそれを主人に知られても、破局になることはないと、心の底の底の方で、たかを括《くく》っていた。主人はいつも一段高い所にいて、ほかの男性との三角関係まで、降りてくることはないものと信じていた。

たしかに、主人のわたしへの愛情はさめなかった。姫田さんだけではない。村越さんのことも、庄司さんのことも、おそらく主人はもうとっくに知っているのだ。それでいて、わたしへの態度は少しも変わらない。その点では、わたしの信じていたことは間違いではなかった。しかし、主人はそれほどわたしを愛しながら、相手方に対しては、少しの容赦もしなかったのだ。そこに、私の大きな思い違いがあった。とり返しのつかない誤算があった。それにしても、いかに犯罪通の主人とは言っても、よもやこれほど恐ろしい計画を立てて、絶対に疑われない人殺しをしようなどとは、夢にも考えられないことだった。

では、崖の上で人形を使った男は誰だったか。村越さんにきまっている。でなければ、その親友の画家の部屋に、針金穴のあいたマネキンがおいてあるはずがない。

主人は村越さんとわたしとの関係も、つきとめていたのにちがいない。それでもって村越さんを責め、思うままに助手として働かせたのだ。村越さんとしては、主人に反抗すれば身の破滅であった。一生を台なしにするほかはないのだ。そこへ持ってきて、主人はきっと、わたしと姫田さんの関係を、話して聞かせたにちがいない。村越さんが一生を台なしにする道を選ばないで、恋敵《こいがたき》を亡《ほろ》ぼすほうに荷担したのは、無理もないことだ。姫田さんがなくなってから、村越さんがわたしに逢うのをいやがった理由も、これではっきりわかってくる。わたしは三度も呼び出しをかけて断わられた。たまに逢ってくれても、妙にオドオドしていた。ある時は「僕も殺されるかもしれない」などと口走った。そして、この彼のおそれは、ちゃんと実現した。彼もまた殺されてしまったのだ。

村越さんは、主人のために人形遣いの役目をはたすと、分解したマネキンや背広や双眼鏡を入れたカバンをさげて変装姿のままで東京に帰った。そして、多分あの画家のうちへ行ったのだろう。そこで変装を解き、鼠色のオーバーと大カバンの始末を、画家に頼んで、アパートに帰り、何くわぬ顔をしていたのであろう。

村越さんにはアリバイがあった。ちょうど姫田さんの事件があったころ、歌舞伎座で、うちのとみ婆やに出会ったという、たしかなアリバイがあった。これもアリバイ作りの名人の主人が考え出したことであろう。あれはにせ物にきまっている。おそらくあの画家が村越さんに頼まれて、村越さんの服を着て、歌舞伎座へ出かけたのであろう。そして、廊下の人混みの中で、とみ婆やに呼びかけて、眼の悪いとみ婆やを、うまくごまかしたのであろう。婆やがあの日歌舞伎座へ行くことも、ちゃんと前もって調べてあったにちがいない。主人の恐ろしい智恵は、どんな隅々までも行き届いていた。

画家は、村越さんが置いて行った鼠色のオーバーやソフトやカバンを、多分、千住のゴミ市とかへ持って行って、古道具屋に売ってしまったのだろう。カバンの中の姫田さんのに似た背広も、そこで売ったのであろう。ただマネキンだけは、売りものにならなかったので、自分の部屋のガラクタの中へ、そのまま飾っておいたのだ。こわれた石膏像などのあいだにならべておけば、目につかないだろうと考えたのにちがいない。

なぜ捨ててしまわなかったのだろう。あれを捨てていたら、明智さんの目にもつかず、人形替玉の秘密は、もっと永く保たれたかもしれないのに。これには、画家だけの智恵でなくて、村越さんの智恵も加わっていたかもしれない。村越さんはいくらか探偵小説を読んでいた。それで、ポーの故智《こち》にならって、最上の隠し方は、見せびらかしておくことだという、あの手をまねたのかもしれない。そして、その手は明智さんのような鋭い人でなければ、成功したのかもしれない。

マネキンは崖から落ちて水につかったので、欠けたりはげたりして、汚なくなってしまったであろうが、その前にはもっときれいで、おそらく千住のゴミ市の古道具店に並べてあったのを、画家が買ってきたものに違いない。そして、両足を腿のところから切断して、針金穴をあけたり、いろいろ細工をしたのであろう。

ゆうべ主人と同じベッドで、寝もやらずに考えたのは、だいたいこういうことであった。それを日記帳に書きながら、整理したり、新たに思いついたことを書き加えたりしたのだ。まだ漏らしていることがあるかもしれないが、今はこれだけにしておく。

こうして姫田さんの事件について考えながら、心の奥では、それと並行して、村越さんの場合を考えていた。そして、姫田さんの事件のいろいろな関係が、一応整理されると、今度は意識的に、村越さんの場合を考えはじめた。

わたしは夜明けまで一睡もしなかった。計算機械のように、ただ考えに考えたのだ。夜がふけるほど眼も心も冴えて、次から次とうまい推理が浮かんでくる。考えの速度が面白いほど早くなった。

朝二時間ほど眠ったばかりで、主人を送り出すと、すぐにこの日記にとりかかったが、考えながら書くので、ずいぶん時間がかかる。もうお昼になった。しばらく休んでから、また書きつぐことにする。

由美子の推理（2）

食後少し眠ったので、もう二時になった。又、日記帳の錠前をひらいて、書きはじめる。

村越さんを殺したのは誰か？　姫田さんの事件の引きつづきとして、むろん同一犯人としか考えられない。つまり、村越さんも、わたしの主人の大河原義明が手にかけたのだ。動機はいうまでもなく、不義への復讐だ。それから、村越さんには殺人トリックの助手を勤めさせたので、その村越さんが刑事に尾行されはじめたと知っては、捨ててはおけなかった。秘密を保つためには彼を殺すほかはなかった。村越さんがいつか、「僕も殺されるかもしれない」と言ったのは、それを予感していたのだ。

姫田さんには二度も白い羽根が送られたが、その同じ白い羽根が、村越さんの死骸の胸にもはさんであった。秘密結社の犯罪と見せかけるためだろうか。そういう意味も多少はあったかもしれないが、それよりも奇術のアクセサリなのだ。主人は奇術の名人だから、何かそういうアクセサリがほしかったのであろう。舞台奇術としての殺人。主人にはそういう見せびらかしを好む性格がある。

姫田さんの場合とちがって、今度は犯人がわかっている。結論が先に出ている。あとは、どういう欺瞞が行なわれたかということを分析すればいいのだ。

村越さんの場合も確固不動のアリバイがある。十二月十三日の夜、坂口十三郎のヴァイオリンが終って、九時の時報が鳴った時、ピストルが発射された。隣室の人がすぐに行ってみると、村越さんが撃たれていた。ちょうどその時、主人とわたしと庄司さんとは、うちの客間で、同じ坂口のヴァイオリンと九時の時報を聴いていた。村越さんのアパートは渋谷駅の近く、わたしたちの屋敷は港区の青山高樹町《あおやまたかぎちょう》にある。一人の人間が、同時に、その二ヵ所に現われることは絶対に不可能だ。姫田さんの場合は距離の不可能であったが、村越さんの場合は時間の不可能だ。一見、これほど確かなアリバイはない。だが、犯人は見事な奇術によって、この不可能をなしとげた。姫田さんの場合の距離の不可能が、犯人にとって可能であったとすれば、村越さんの場合の時間の不可能も、犯人にとって可能であったにちがいない。

では、どんな奇術によって、この不可能を可能にすることができたのだろう？

そのとき、わたしの病的に冴えた頭に、パッと浮かんできたのは、テープレコーダーの、あの皮張りの小さい箱であった。わたしたちは、テープレコーダーが流行しはじめたころ、アメリカ製の小型のポータブルを買って、一《ひ》としきり打ち興じたが、じきに飽きてしまって、主人の書斎の戸棚に入れたまま、二年近くも出したことがなかった。

これは例のわたしの直感だった。前後の順序はまだよくわからなかった。しかし、レコーダーの形が頭に浮かぶと、すぐにそれを確かめてみたいと思った。わたしはソッとベッドを抜け出して、となりの主人の書斎へはいっていった。わたしたちの寝室と書斎とのあいだの厚い壁にはドアがなかったので、少しぐらい音を立てても、主人に聞こえる心配はない。わたしは書斎の電灯をつけて、その戸棚をあけてみた。ポータブルのテープレコーダーは、元の場所にあった。

眼を近づけて、レコーダーの置いてある戸棚の床を調べた。すると、やっぱりそうだった。そこにはうすくホコリがつもっていたが、二年近くも置いてあったのだから、レコーダーの下だけ四角く、ホコリのない部分があった。今レコーダーのある場所は、そのホコリのない部分と、ピッタリ一致してはいないのだ。二寸もズレて置いてあるのだ。誰かが、近ごろレコーダーを取り出した証拠ではないか。蓋の上のホコリはすっかりとれていた。蓋をひらいて見ると、中の様子も、なんとなく、最近使われたらしく感じられた。

それだけ確かめると、電灯を消して、またソッとベッドに戻ったが、直感が当たったので、わたしの頭は一層敏活《びんかつ》に働き出した。

主人はあのテープレコーダーを、どんなふうに使ったのだろう。やっぱり智恵の輪だ。智恵の輪の秘密をさぐり出さなければならない。

あの夕方、主人は五時ごろ外出から帰ってきた。そして風呂にはいり、わたしと一緒に夕食をとったあとで、七時ごろから書斎に籠って読書していた。七時半ごろ、わたしは自分で紅茶を運んで行った。いつもの習慣なのだ。それから八時四十分に坂口のヴァイオリンの放送がはじまるまでの一時間あまり、主人はまったく独りぼっちで、とじこもっていた。そのあいだ、わたしは西洋館のはずれの自分の部屋にはいって、日記をつけたり、本を読んだりしていた。

召使いたちは、夕食のあとかたづけがすんでしまうと、日本座敷の方の銘々の部屋にさがって、めったに西洋館の方へはやってこない。夜の紅茶とお菓子は、わたしが運ぶことになっていた。その上、あの晩は多くのものが外出していた。世田谷《せたがや》に住んでいるわたしの兄のところへ、大事な届けものがあったので、とみ婆やに書生の五郎をつけて、自動車で使いに出した。だから運転手もいなかったわけだ。婆やたちが帰ってきたのは九時半をすぎていた。

支配人の黒岩さんは夕方自分のうちへ帰ってしまうし、小間使いのキクやは、母が病気で、雑司ケ谷《ぞうしがや》のうちへ泊まりがけで帰っていた。だから、その晩、屋敷に残っていたのは庄司さんと、もう一人の小間使いと女中二人と料理人と爺やばかりだった。運転手のおかみさんは、ガレージのうしろの離れに住んでいる。このうち、西洋館の方にいたのは、庄司さんだけだが、庄司さんも、自分の部屋で読書していたようだ。

そういうわけだから、七時三十分ごろから八時四十分までの一時間あまり、主人がほんとうに書斎の中にいたかどうかは誰も知らないのだ。むろん、書斎のドアをあけて、廊下から玄関を通って、誰にも知られずそとに出ることはむずかしい。庄司さんも気づくだろうし、玄関番の五郎がいないときには、爺やが玄関に気をつけることになっているからだ。

そういう正式な通路でなくて、庭からそとに出る方法もある。前もって靴を書斎へ持ちこんでおいて、それをはいて窓から庭に出るのだ。庭は芝生だし、芝のないところでも、天気つづきだったから、足跡の残る心配はない。庭のはずれの塀に、非常口のくぐり戸がある。めったにひらかない戸だから、大きな錠でしまりがしてあるが、主人ならいつでもひらくことができる。

多分変装をしていたのではないかと思う。主人の性格を考えると、姫田さんのときの、あの鼠色のオーバーとソフトを、もう一度使ったのかもしれない。それから、つけひげや目がねも。そして、小型テープレコーダーを小脇にかかえて、くぐり戸を出ると、近くの通りでタクシーを拾って、渋谷の村越さんのアパートへ行った。港区と渋谷区というと、なんだかひどく離れているように思われるが、実は眼と鼻のあいだなのだ。青山高樹町から渋谷駅の向こうの神南荘までは十丁あまり、自動車なら五、六分で着く。タクシーを呼びとめる時間を加えても、十二、三分もあれば充分だ。

主人はその前に、例の画家を通じてピストルを手に入れることを、村越さんに命じておいたのにちがいない。その用途をどんなふうに説明したかはわからないが、村越さんは、まさか自分が手に入れたピストルで殺されるとは、想像もしていなかったであろう。ピシッと鉄の鞭で打つような、主人の残酷無情なやり口が、これでわかる。わたしは鉄人のような主人の姿を、ただもう驚嘆し、畏敬し、うっとりと見とれているばかりだ。

主人はむろん神南荘の玄関からは、はいらなかった。裏の生垣のすきまをくぐって、村越さんの部屋の窓から、はいったのであろう。わたしは前にもしるしたように、神南荘の村越さんを訪ねたことがあるので、よく知っているが、村越さんの古い洋室は、そういう忍び込みには、うってつけの位置にあった。その部屋は建物の東の端にあって、南側は廊下、東と北側は裏庭に面していた。その広くもない荒れた庭のそとには、こわれた生垣がめぐらしてあったが、竹が破れているので、いくらでも出はいりできるように見えた。生垣のそとは淋しい横丁で、その向こう側は別の邸宅の長い塀になっていた。

村越さんの部屋には、もう一つ、忍びこみに有利な条件があった。北、東、南の三方は今いった通りだが、西側は厚い壁を隔てて、となりの住人の部屋に接し、その部屋の入口は、南側の廊下ではなくて、鈎《かぎ》の手に曲がった西側の廊下にひらいていた。つまり、村越さんの部屋の入口からは最も離れた、直接見通しの利かないところに隣室のドアがあったのだ。そればかりではない。その隣室との境の壁は、ずっと北の方へ伸びて、村越さんの部屋よりは出っぱっていた。そこに物置きのような部屋があり、村越さんの北側の窓から見えるところは、全部壁になっていた。だから、生垣をくぐって、村越さんの部屋の北側の窓から忍びこむものは、誰にも見とがめられる心配がないのだ。

村越さんは、十二月はじめに、前の池袋のアパートから、ここに引っ越していた。こんな忍びこみに便利な部屋へ引っ越したというのは、偶然であろうか。これもまた、狡《こう》智《ち》な犯人の計画に基づくものではなかったか。つまり、村越さんは主人に命じられて、この殺されるのに最も好都合な部屋へ、それとも知らず、移転したのではないだろうか。ああ、これはまあ、なんという精緻をきわめた犯罪準備であったことか。

犯人はホトホトと北側の窓を叩いたであろう。村越さんは窓をあけて、主人を部屋に入れたであろう。第一の殺人の共犯者は、この異様な訪問を拒否することができなかった。

村越さんの部屋にはラジオがあった。はじまった。はじまったと想像するほかはないのだ。闖入者《ちんにゆうしや》は、かかえてきたテープレコーダーを、そのそばに置き、録音装置をして、受音部の線を、マイクロフォンにではなく、ラジオのスピーカーに直結したであろう。そして、坂口十三郎のヴァイオリン放送のはじまるのを待ったのだ。それから、不審がる村越さんに向かって、多分こんなせりふを言って聞かせたのではあるまいか。

「わたしは、坂口の放送に間に合うように、やってきたのだ。二人でこれから、あの有名な音楽家のソロを聴こう。ただ聴くだけでなく、わたしはそれをテープレコーダーに取っておきたいのだ。こういう風に線をつないでおけば、わたしたちの話し声や、そのほかの音は、どんな烈しい音響でも、テープには少しもはいらない。ただラジオの音だけが録音されるのだ。

録音なら、わたしのうちでもやれるのに、なぜ君のアパートまでレコーダーを運んできたかと、不審に思うだろうね。ところが、どうしても、そうしなければならない必要があったのだよ。そのわけは今にわかるよ」

主人はそういう言い方をしたにちがいない。それが主人の好みなのだ。わたしはよく知っている。

そして、主人は、ラジオのはじまる前に、村越さんがあの画家にたのんで手に入れておいたピストルを、受け取ったのであろう。テープレコーダーとピストルとは、その晩、どうしても必要な道具だったのだから。

二人は坂口のヴァイオリン放送を、静かに聴き終ったのであろう。村越さんは主人の企らみを、いくらか察していたかもしれない。その恐怖を、どうして堪え得たのか、わたしにはわからない。蛇の前の蛙《かえる》のように、もう身動きができなくなっていたのではないだろうか。主人には、そういう異常な力がある。まだ殺意があるとは断定できない。しかし、何かしら恐ろしい。村越さんはおそらく、半信半疑のうちに、脂汗のにじむ苦《く》悶《もん》を味わっていたにちがいない。まさかと思って、つい助けを求める決心がつかなかったのであろう。

ヴァイオリンが終って、九時の時報が鳴ると、突然、主人はピストルを出して、村越さんを撃った。叫び声を立てる余裕もないほど素早かったにちがいない。いつ弾丸《たま》をこめたのか？　村越さんからピストルを受けとったときに、犠牲者の目の前で、弾丸をこめて見せたのかもしれない。或いは相手に隠して、ソッとこめたと考える方が、現実的であろうか。いずれにしても、発射するまでに、弾丸はちゃんとこめられていたのだ。村越さんが倒れるとピストルの指紋をふきとって、村越さんの指をおしつけ、村越さんの指紋だけを残して、死体のそばに置き、それから、用意していた銅の針金を、窓の留め金の先に巻きつけ、そのはじを、ガラスの隅の小さい隙間からそとに出しておいて、ソッとガラス戸をおしあげる。そして、ポータブル・テープレコーダーを、ラジオの接続からはなし、それをかかえて、窓のそとに出る。そとからガラス戸をしめ、銅の針金のはしを強く引いて、留め金をかける。これだけのことを、一、二分間でやったにちがいない。

主人はおそらく、最初から手袋をはめていたのではないだろうか。そして、村越さんと一緒にラジオを聴いているあいだも、それを取らなかったかもしれない。村越さんが怪しんだとき、どんなに薄気味のわるい説明をしたことであろう。それとも、だまって、ニヤリと笑ってみせただけであろうか。

こまかく考えると、そとから窓をしめるときには、踏み台が必要であったにちがいない。ちょうどそこにリンゴ箱の大きいのが雨ざらしになって、ほうり出してあった。それを踏み台にして、窓の出入りもし、また針金も引っぱったのであろう。そして、窓の留め金がしまったのを確かめると、針金を抜きとって、生垣の破れからそとに出て、大通りへ急ぎ、タクシーを拾って帰宅したという順序なのだ。

この密室は、明智さんに、あっけなく見破られてしまったが、普通なれば、そうやすやすとは見破られなかったであろう。そして、村越さんは自殺したのだと信じられたかもしれない。犯人はそこに、マネキンのトリックと同じくらい重点を置いていたのだ。明智さんは、この犯人が最も難解と信じていた点を、まっ先に、事もなげに解いてみせて、犯人のどぎもを抜こうとした。それとマネキンの針金穴のことは、この犯罪では最後の、最も大きな秘密であった。名探偵は、その最後のものを、逆に、最初に解いてみせたのだ。犯人にとっては、まったく予想に反した恐ろしい打撃であったにちがいない。

さて、主人は、村越さんのアパートから帰って、八時四十分からのラジオに間に合うように、うちの客間に現われなければならなかった。普通なればまったく不可能なことだ。九時の時報を聴いてからピストルを発射し、それからうちに帰るまでには、どんなに急いでも十五分はかかるのだから、帰宅したのは九時十五分、それから変装を解いて客間に現われるのに、二、三分はかかるし、ほかにもう一つ、やっておかなければならないことがあった。それと、放送までに多少の余裕を置くために、六、七分は見ておかなければならない。だから、主人が客間に現われて、わたしたちと顔を合わせたときは、九時二十五分ごろになっていたはずだ。

ところが、うちでは、それから坂口のヴァイオリン放送がはじまったのだから、正しい時間の九時二十五分が、うちでは八時四十分でなければならなかった。そこに四十五分のひらきがある。つまり、村越さんのアパートでは八時四十分からはじまったヴァイオリン放送を、うちでは九時二十五分からはじまるように工作しなければならなかった。

この時間的不可能を、犯人はどうして克服したのであろうか。ラジオそのものについては、たいしてむずかしくはない。犯人にとって都合のよいことには、うちではラジオというものを、ごくたまにしか聴かなかった。もっとも、日本座敷の方の茶の間にあるラジオは、女中たちが時々かけていたが、この茶の間のラジオは、事件の当日は、故障がおこって、午後から鳴らなくなっていた。翌日の午前にラジオ屋がきて直すまでは、まったく沈黙していた。

洋館の客間のラジオは、もう一週間以上、一度も聴いていなかった。坂口のヴァイオリンのために、久しぶりで聴くことにしたのだ。だから、その時間の前に、誰もスイッチを入れないことは確実だった。わたしはラジオをあまり好まない方だし、庄司さんも、客間のラジオに手を触れることはなかった。そういうわけで、ラジオに関するかぎり、時間のごまかしが露顕する心配はまったくなかったのだ。

主人は庭から帰って、窓をのりこして書斎にはいると、変装を解く前に、隣のまっ暗な客間へ忍びこみ、持ち帰ったテープレコーダーを、飾り棚のラジオの奥に置いたのであろう。そこには充分、ポータブルのレコーダーを隠すぐらいの余地がある。この飾り棚は西洋風のキャビネットで、チーク材で造った大きなものだ。棚があり、扉があり、引出しもついていて、全体に手のこんだ彫刻がほどこしてある。奥行きも二尺五寸ほどあり、その中段の棚においてあるラジオは電蓄《でんちく》とかさねた小型のもので、そのうしろにも余地があったし、また、横手のアルバムなど立ててある奥にも充分余地があった。

犯人はレコーダーをそこに隠して、それからどうしたか。わたしは犯人の気持になって考えてみた。

主人は客間の中は、こまかい事まで、手にとるように知っているのだから、電灯をつける必要はなかった。手さぐりで、一、二分で、準備工作を終ったのではないか。ラジオのスイッチを入れれば、うしろのテープレコーダーが廻るように、コードをつなぐこともできたであろう。しかし、それには多少時間がかかるし、あとの取りはずしも面倒だから、そういう接続はしないで、坂口の放送がはじまるとき主人自身がスイッチを入れる役目に廻れば、簡単に事はすむのだ。そのとき、客間の電灯は、うす暗いスタンドだけにしておく。その方が音楽を聴くのにふさわしいのだから、少しも不自然でない。そのうす暗いところで、主人はわたしたちに背中を向けて——という意味は、ラジオの部分を自分のからだで隠すことになるのだが——そして、ラジオの奥の方へ手をさしこんで、テープレコーダーのスイッチを入れる。すると、テープレコーダーに録音した坂口のヴァイオリンが、ラジオからのように鳴り出すのだ。少しぐらい音質がわるいかもしれないが、幸いにも、わたしたちの耳は音楽に対してそれほど鋭敏ではなかった。

そのとき、ラジオのセットが、まっ暗ではいけない。それをごまかすためには、ダイヤルを、どの局の波長からもはずれたところに廻しておいて、スイッチを入れればよい。するとセットの目盛りのところが、ボーッと明かるくなるし、マジック・アイも光る。もっとも、マジック・アイの瞳は完全には絞られないけれども、わたしたちは遠くから聴いているのだから、そこまで気がつきはしない。マジック・アイはどうであろうと、ヴァイオリンの音が大きく聴こえていれば、誰も疑わないであろう。それに、ヴァイオリンのソロなど聴くときには、多くの人はアームチェアにグッタリともたれこんで、眼をつむっているものだ。ラジオ・セットを見つめてなぞいないものだ。

そうして、わたしたちは二十分間、坂口のソロを聴き、それがすんで、九時の時報を聴いた。誰もあとの放送なんか聴く気はなかったので、主人が立って行って、ラジオを切り、同時にテープレコーダーの方もとめる。それからみんなが自分の部屋に引きとってから、主人はまっ暗な客間に引き返し、飾り棚の奥のテープレコーダーを、戸棚の中の元の場所に戻しておいたという順序なのだ。

そのとき、さすがの犯人も、たった一つ手抜かりをやっている。戸棚の床に薄くつもっているホコリに気がつかなかったことだ。テープレコーダーが置いてあった下には、ホコリがつもらなくて、四角な区劃《くかく》ができているのを、闇の中の手さぐりだものだから、つい気がつかなかったのだ。もし、あれがホコリのない部分に、きっちり置いてあったら、こんな推理をするキッカケを摑めなかったのかもしれない。それが、ホコリのあと二寸もずれて置いてあったので、わたしに疑いを起こさせたのだ。ラジオそのものに関するかぎり、これで時間の不可能は克服できた。しかし、それだけでは時間全体を克服したことにはならない。わたしどもの家の中には、たくさんの時計があるのだ。それらの時計とラジオの時間と喰いちがっていたら、このトリックは、いっぺんにだめになってしまう。犯人はその難事中の難事を、どんな風に処理したのであろう。わたしは、やはり犯人自身の立場に立って、長い時間をかけて考えてみた。

主人が村越さんのアパートで坂口のヴァイオリン放送を聴いたのは、正確に八時四十分から九時までであった。それからすぐに窓から出て、うちの書斎の窓からはいるまでを十五分と見る。タクシーの走る時間は、五、六分だけれども、空き車が通りかかるのを待ったり、自動車に乗る前と、降りてからの時間を入れると、そのぐらいになる。それからテープレコーダーを客間の飾り棚の奥に隠しておいて、変装をとき、何喰わぬ顔で放送のはじまる三分か五分前に書斎へはいらなければならぬので、それらに十分かかるとすると、テープレコーダーにスイッチを入れるのは、いくら急いでも九時二十五分ごろになる計算だ。そして二十分の放送を終ったときには九時四十五分になっている。

そうすると、ほんとうの放送は八時四十分から、九時までだから、九時二十五分から四十五分までのわたしたちのレコーダー聴取時間を、それに合わせるためには、うちじゅうの時計を四十五分おくらせておかねばならぬ。それを誰にも気づかれぬように、なしとげるのは、不可能といってもいいくらい、むずかしいのだが、主人のことだから、あらゆる智恵を働かせて、これをやりおおせたにちがいない。

先ずそとのほうから考えてみよう。もし屋敷のそとから、時間を示すような物音、サイレンとか汽笛とかいうものがきこえたら、いくら家の中の時計をおくらせておいても無意味だが、そういう定時の音響は何もなかった。物売りのラッパや鈴《りん》なども、屋敷が広いので、台所にさえ聞こえないし、御用聞きも、正確な時間にくるものは一人もなかった。女中などが外出して、町の時計を見るという心配もあるけれど、夕方の五時すぎに買物などに出ることは、まずないといってよかった。

来客はどうかというと、主人は、電話なり手紙なりで約束した人のほかは、誰にも会わない習慣だった。そして、そういう約束は、あの日には一つもないようにしてあったにちがいない。会社の青年社員などが、遊びにくることはあるが、あの日には、それもなかった。

さて、残るところは、うちの中で時間を示すものだが、時計のほかには、茶の間のラジオがあるばかりだった。主人はあの日、昼食をとってから外出した。だから、その外出の前に、茶の間へ忍びこんで、ラジオの真空管なり、接続なりを、素人では直らない程度に狂わせておくことは、わけもなかった。

そうすると、あとは掛け時計と、置時計と、家のものがはめている腕時計だけになる。ところが、これには、あの夕方から夜にかけて、不在のものが多かったという幸運があった。

とみ婆やと書生の五郎は、主人と入れちがいに、うちの自動車にのって、世田谷のわたしの兄のところへ届けものに行っていた。だから、運転手もいなかったわけだ。これは前日から予定されていたことなので、主人はわざと、この都合のよい晩を利用したのかもしれない。支配人の黒岩さんは、主人が戻るとじきに自宅へ帰ってしまったし、小間使いのキクやは、母が病気で、雑司ケ谷の自宅へ帰っていた。残るのは、庄司さんと、もう一人の小間使いと、女中二人、料理女、爺や、運転手のおかみさんの七人だが、そのうち腕時計をはめているのは庄司さんだけであった。

先ず置時計からはじめると、西洋館の方には、客間と書斎と、わたしたちの寝室と、玄関番の五郎の部屋とに、それぞれ置時計がある。皆八日《ようか》巻《ま》きで、寝室のほかは、ネジを巻くのは五郎の仕事になっていた。寝室のは主人とわたしとで巻くのだが、つい忘れて、とまっていることも多かったし、時間も不正確だったから、これは勘定に入れなくてもよかった。

日本間の方は、客座敷と茶の間に置時計があり、台所に掛け時計がある。しかし、この方は女中まかせなので、いつも進んでいたり、おくれていたり、ひどく不正確だった。犯人の立場に立って考えてみると、前日の夜か、当日の朝の間《ま》に、これらの日本間の方の時計を、予め二十分前後おくらせておくという手がある。たとえば台所の時計は二十分おくらせ、茶の間の時計は二十五分おくらせておくという調子だ。そうしておけば、当日の夕方になって、別に細工をしなくても、どうせ不正確な時計だから、二十五分おくらせておいて、二十分進んでいたと考えれば、都合四十五分の差ができてしまう。女中たちは絶えず時計を見ているわけではないのだから、それで充分ごまかせるのだ。西洋館の方の時計は、時間に敏感な五郎がいるから、そういうわけには行かぬけれど、主人は、昼食後外出する前に十分ぐらいはおくらせておいたかもしれぬ。一時《いちどき》に四十五分おくらせるよりも、その方が安全だからだ。そして、夕方帰ってから、三十五分おくらせる。風呂や食事の時間で、ゴタゴタしているから、気づかれる心配はほとんどない。もし念を入れるならば、その二時間のあいだに、二、三度に分けて、少しずつおくらせるという手もある。

そのほかに、おくらせなければならぬ腕時計が三つある。主人のと、わたしのと、庄司さんのとだ。主人のは問題外だが、わたしの腕時計も、たいていは腕からはずして机の上にほうり出してあるから、これもわけはない。残るのは庄司さんの腕時計一つだが、ふしぎなことに、その時計は、あの日の朝から動かなくなっていた。

	主人帰宅	風呂と食事	主人書斎にこもる	わたしが紅茶を運ぶ	主人窓から出る
真	時分 5.00	5.00—7.45	7.45—8.15	8.15	8.20
偽	5.00	5.00—7.00	7.00—7.30	7.30	7.35

	主人アパートに着く	余裕	アパートでラジオをきく	主人窓から書斎に帰る	余裕	客間でレコーダーをきく
真	8.35	五分	8.40—9.00	9.15	十分	9.25—9.45
偽	7.50	五分	7.55—8.15	8.30	十分	8.40—9.00

これはあとになってわかった。庄司さんは、どうしたのか時計が狂ってしまったといって、翌日、時計屋へ修繕に出したのを知っている。これが偶然であろうか。そのときは気にもとめなかったが、今になって思えば、庄司さんが風呂にでもはいっているあいだに、犯人が時計の器械をこわしておいたのではないかと疑われる。偶然にしてはあまり都合がよすぎるからだ。

これで、うちじゅうの時計をおくらせ、五時間近くのあいだ、誰にも気づかせないという、恐ろしく困難な仕事が、ともかくも不可能ではなかったことがわかる。そこで、真実の時間と、主人が偽造した時間との関係は次（上）のようになる。この表は別の紙に何度も書き直して、やっと、これならば妥当だという数字を出したものである。

茶の間のラジオと庄司さんの腕時計は、前もってこわしてあったし、日本間の三つの時計も、外出前に二十分か二十五分おくらせておいて、夕方以後は逆に進んでいたと考えるごまかしの手を用いたとすれば、主人が夕方外出から帰って工作しなければならなかった時計は、西洋館の四つの置時計と、主人とわたしの腕時計だけであった。それらの時計をおくらせたのは、主人が帰宅した五時から、風呂にはいり、夕食をとって、七時に書斎にこもるまでのあいだにちがいない。この書斎にはいった七時というのは、おくらせたあとの時間だから、ほんとうは七時四十五分なのだ。先に書いたように、外出前にあらかじめ十分おくらせておいたとすれば、そのときには三十五分おくらせるだけでよかったことになる。風呂や食事で、皆がじっとしていないときだから、誰にも気づかれぬように三十分ぐらいおくらすのは、案外わけのないことだったかもしれない。

七時以後は、ほんとうの時間と、うその時間とが、四十五分のひらきで、ずっとつづいて行く。この時間表の中の「余裕五分」とあるのは、主人がアパートについて、テープレコーダーのコードを村越さんのラジオにつなぎ、放送を待つための時間であり、そのあとの「余裕十分」とあるのは、主人がうちに帰って、変装を解き、レコーダーを客間の飾り棚の奥に隠し、それから、わたしと庄司さんがはいって行く前に、客間に坐って待っているための時間だ。

こうして、主人は坂口のヴァイオリン放送を、村越さんのアパートで、八時四十分から九時まで聴き、それから、うちに帰って、もう一度同じ放送を八時四十分から九時まで聴くという不可能をなしとげた。

あとの方のにせ放送は、うちのおくれている時計では八時四十分からだけれども、ほんとうは、九時二十五分から聴いたことになる。そして、放送が終ってから、主人はその晩のうちの適当なときに、西洋館の四つの置時計と、主人とわたしの腕時計を、四十五分進めて、時間を元に戻しておけばよかったのだ。

これで姫田さんと村越さんの事件については、だいたい筋が通った。あとには村越さんの友だちの画家の溺死が残っているばかりだ。これにはなんのトリックもなかったようだ。事が急を要したので、あらかじめトリックを考えておく余裕がなかったのであろう。

画家の場合は二つの考え方がある。一つは主人が村越さんを脅迫して十二日の夜（村越さん自身が殺された前日の夜）、画家が千住大橋の辺をぶらついているときに、人通りのない大工場の裏で、川につき落とさせたという想像だが、これはどうも無理なように思われる。村越さんにそんなことをやらせては、次には村越さんも殺されることを感づかせるようなもので、非常に危険だからだ。やっぱり主人自身が、千住まで出向いて、つき落としたのであろう。

主人は村越さんを通じて画家のことは詳しく知っていたにちがいない。会ってさえいるかもしれない。だから、もしやろうと思えば、画家を誰にも知れぬように誘い出して、彼の好きな千住大橋の辺へ連れて行くことも、むずかしくはなかったはずだ。

では、その十二日の夜の主人のアリバイはどうであろう。ここにも不思議な偶然があった。あの日は運転手が腹が痛いといって休んでいた。主人は自分で自動車を運転して出かけたのだ。主人は日頃から自分で運転するのが好きで、それが自慢でもあった。だから、運転手に故障があると、待ち構えていたように自分で運転した。この嗜好には奇術趣味などと、どこか共通するものがあった。

十二日の夜は柳橋《やなぎばし》の料亭で宴会があり、帰ったのは十二時をすぎていた。柳橋から千住大橋までは、地図を調べてみると存外近い。自動車で十五分か二十分の距離だ。主人は宴会の帰りに千住に廻って、目的を果たして帰る余裕が充分あった。あらかじめ、画家を誘い出しておくか、ちょうどその晩に、彼が千住大橋の辺をぶらつくことがわかっていたとすれば、余分の時間は一時間も要らなかったであろう。千住からの帰りは、柳橋に廻らないで、直接青山へ走らせればよいのだから、柳橋からでも千住からでも、自宅への時間は大差ない。それを差引けば、三、四十分で目的を果たせたわけだ。

これでだいたい、私の考えたことは書きつくしたつもりだ。こまかい点がいくらか抜けているかもしれないが、もう疲れてしまった。

ずいぶん長い時間、書きつづけた。これを書き出したのが、明智さんのこられた翌日の十七日の朝、それからとぎれとぎれではあったが、時間のあるだけをこれに費して、今は十八日の夜の九時なのだ。まる二日かかっている。日記帳の頁の五十日分をうずめてしまった。この二日とも、主人が外出したので、充分時間があったとはいえ、よくもこんなに書いたものだと思う。いっぺんにこれほど長い文章を書いたのは、結婚して以来はじめてだといってもいい。わたしに探偵の鬼がついたのであろうか。そして、その鬼がこの文章を書かせたのであろうか。

こういう推理は、大河原の妻であるわたしのほかは、誰にもできなかっただろうと思う。主人は探偵小説と犯罪記録に通暁していたし、奇術愛好家であった。わたしもその影響を受けて、それらのテクニックに慣れていた。その上、妻として、主人の性格や物の考え方を誰よりもよく知っている。だから、この奇怪な思い切った主人の着想を理解し得るものは、わたしのほかにはなかったはずだ。

それにしても、なんという大胆不敵な目くらましであったろう。飛びきりの不可能を可能にしてやろうという意図が、かえって子供らしくさえあった。事業家としてはこの上もない現実家の主人は、その救いとして、一方では探偵小説を愛し、奇術を愛した。こんどの殺人には、その二つの性格が入り混っていた。わたしをそのまま愛しながら、男の方だけを、鉄の意志で殺してしまったところは、現実家の性格であり、飛びきり不可能なトリックを考え出した稚気は、奇術愛好家の性格のあらわれであった。

しかし、これだけの発見をしても、なぜかわたしは、主人を恐れたり、憎んだりする気持にはなれなかった。むしろ、その鉄の意志を畏敬し、その稚気に同感さえした。わたしは、一度愛し、今も愛している男を殺されて、なぜ恐れないのだろうか。わたしは少しも怒っていないのだ。これは、わたしが世間でいう真の恋愛というものを知らないからであろうか。わたしは一時に多くの男を愛しうる奇妙な性質を持っていて、主人を最上に愛し、青年たちは、からだだけを愛していたにすぎないからであろうか。

わたしは主人の罪を、誰かに訴える気持は、今のところ少しもない。あくまで主人の味方になって、世間から真実を隠しておきたいと思う。わたしは、こういう不思議なやり方で、鉄の意志で、いまわしい殺人罪を犯してからの主人を、今までよりも烈しく愛している。なんという奇妙な心理であろう。

錠前付の日記帳にもせよ、こんなことを書きとめておくのは、危険にちがいない。もしそういう心配が起こってきたら、わたしはただちにこの日記帳を焼きすてるつもりだ。

まだ書いておきたいことがあるようだが、もう疲れてしまった。大急ぎで書きつづけたので、中指にマメができて、それがつぶれてしまった。痛くて書くことができない。きょうはこれだけにしておく。

防空壕

この驚くべき日記を読み終った庄司武彦は、あまりに事が重大なので、何を感じていいのか、どう処理していいのか、数時間のあいだ、思案を定めることができなかった。由美子夫人に顔を合わせるのが怖かった。その夕方には、主人の大河原氏も、由美子夫人も、それぞれの外出から帰ってきたので、夕食の食卓で、いやでも会わなければならないのだが、それを避けたいと思った。彼は書生の五郎に言い残して、私用にかこつけて外出し、そのへんを無意味に歩きまわった。日記帳は新聞紙で幾重にも包んで、小脇にかかえていた。一刻でも手離しておくのは危険だからだ。

あてどもなく歩いていると、いつの間にか神宮外苑《じんぐうがいえん》にはいっていた。もう夕暮れの逢魔時《おうまがとき》で、木の下闇《こしたやみ》を歩いている人々が、影のように見えた。優美な曲線を描く苑内のアスファルト道を、グルグルと止めどもなく歩きまわった。もうまったく日が暮れて、木蔭《こかげ》の街灯が、淋しく輝き出した。

二時間近くも歩いていたが、妄想がむらがりおこるばかりで、考えは少しもまとまらなかった。夫人の意志を尊重すれば、日記に書かれた真実は、このまま握りつぶしておくべきだった。しかし、武彦はそれほどの度胸がなかった。法律や道徳を怖がるように育てられてきた彼には、それほどの勇気がなかった。もう誰かに相談するほかはないと思った。その人はきまっている。明智小五郎なのだ。

私立探偵の明智は法律の味方ではあるが、法律の奴隷ではない。官憲そのものではない。情理にかなった最も妥当な解決策を授けてくれるであろう。そのためには、日記の前半の由美子の情事をも隠すことはできないし、武彦自身の恥かしい愛慾をも告白しなければならないが、事件の重大さを思えば、それはやむを得ないことだ。

ついに決心すると、彼はタクシーを拾って、采女町の麴町アパートへ急いだ。もう七時半だった。明智は幸い在宅して、すぐにフラットの客間へ通してくれた。

武彦は説明はあと廻しにして、新聞包みをひらき、錠前つき日記帳を、明智の前にさし出した。

「大河原夫人の日記帳です。非常に重大な事が書いてあるのです。この辺からおわりまで読んでください」

と五月五日のところをひらいた。

「ずいぶん長いね。僕が読むあいだ退屈だろう。そのへんの本でも読んでいたまえ」

明智はそう言って、アームチェアに楽な姿勢になり、日記帳を読みはじめた。

武彦は本など読む気になれず、日記の頁に眼を走らせている明智の表情を、じっと見つめていた。そこへ、探偵助手の小林少年がコーヒーを運んできた。武彦はこの可愛らしい少年と仲よしだったが、今夜は明智の邪魔になってはいけないと思ったので、ニッコリうなずいてみせただけで、物は言わなかった。小林の方でも、この事件は知っているので、明智の膝の上にひらかれた日記帳を、強い好奇心で、しばらく眺めていたが、何もいわないで、そのまま部屋を出て行った。

日記の中途ごろから、明智はモジャモジャ頭に、右手の指を突っこんで、しきりにかきまわしはじめた。「名探偵の昂奮」である。武彦は、このことを本で読んでいたが、見るのは今がはじめてだった。日頃はやさしく笑っているような眼が、異様に鋭く輝いていた。その眼光は驚きと同時に、ふしぎな歓喜を現わしているように見えた。

明智は三十分ほどで日記帳を読み終った。それから、テーブルの上にあったメモの紙と鉛筆をとって、日記のところどころを、急いで写し取っていたが、それがすむと、元のニコニコ顔になって、武彦に話しかけた。

「この日記帳の金具がまがっているところをみると、君は鍵なしで、これをひらいたんだね。つまり由美子さんにはないしょで、盗み出して、読んだわけだね」

「そうです」

「どうして、この日記帳があることがわかったの？」

武彦は、先日不意に由美子の部屋に入ったとき、彼女があわてて日記帳を隠したことを話した。すると、明智の眼がまたキラッと輝いて、指が頭に行った。彼の胸中に何がひらめいたのであろうか。

「これは、もとの引出しの中へ、戻しておく方がいい。ほんとうは、そんなことする必要はないんだ。しかし、そうしておくのが、われわれの礼儀というものだよ」

この明智の謎のような言葉には、あとになって考えてみると、非常に重要な意味が含まれていた。しかし、武彦には、そこまで考える力がなかった。「必要がない」とか「われわれの礼儀」とかいう言葉の意味は、よくわからなかったけれど、それを聞き返すよりも、こわれた錠前をどうすればいいのかという事で頭が一杯だった。

「これは、まがっているけれど、ちぎれた個所はないのだから、もとのように直しておけばいいのだよ。僕がやってみるから、見ててごらん」

明智はすぐに武彦の表情を読みとって、それに答えた。そして、隣の書斎へはいって、小さな万能大工箱を持ってきた。その箱の中には豆鋸《まめのこぎり》、豆金槌、豆金敷《かなしき》、切り出し、ドリル、ヤットコ、ペンチなどが一切そろっていた。明智はそれを取り出すと、テーブルの上で、錺屋《かざりや》職人のような仕事をはじめた。

名探偵の細長い指は、驚くほど器用に動いた。ヤットコでグイグイと曲がりを直したり、金敷の上で豆金槌をトントンいわせたりしているうちに、日記帳の錠前の部分の金具は、いつの間にか、元の姿に戻っていた。

「これでいいよ。よく見ればわかるが、わかっても、さしつかえないのだ。コッソリ直して、元の場所へ戻しておくという、われわれの礼儀さえつくせばいいのだよ」

またわからないことを言って、ちゃんと錠のはまった日記帳を、武彦の手に渡した。

「で、このまま戻して、知らん顔をしているのですか。僕は何もしないでもいいのですか」

武彦は困惑の表情で、心配そうにたずねる。

「これを読まなかった気持になるんだね。君にはむずかしいかもしれないが、つとめてそうするんだ。そして、一切を僕にまかせておけばいいんだよ。僕は警視庁には何も知らせない。これからは僕自身でやる。確証をつかまなければならないからだ。由美子さんの推理は実に見事だが、結局推察にすぎない。確証が何もないのだよ。僕はまだ体力がある。久しぶりでスリルを味わってみたいね」

明智は何か冒険をやる気なのであろうか。

「じゃあ、僕はこの日記帳を、今晩、奥さんの机の引出しに戻して、何も知らないふうをしているのですね。うまくできるかしら」

「できるだけお芝居をやるんだね。由美子さんとの関係もなにげなくつづけていたほうがいい」

武彦は赤くなった。事の重大さに、どこかへ隠れていた羞恥心が、やっと戻ってきたのだ。

明智のアパートを辞して、大河原邸に帰ったのは九時半ごろであった。それから主人夫妻が寝室に入るのを待ってソッと夫人の居間に忍びこみ、日記帳を元の引出しへ戻しておいた。

翌二十日は何事もなく過ぎ去り、二十一日の午後のことである。武彦の部屋へ、由美子夫人がはいってきた。こんなことはめったにないのだが、武彦がきのうから夫人を避けるようにしているものだから、ほかの部屋で出会う機会がなく、主人が武彦を連れないで外出したのを幸い、夫人のほうから出向いてきたのである。

夫人は静かにドアをしめ、武彦のデスクの横まで近づいて、じっと彼を見おろした。

「旦那さまは、きょうはお帰りがおそいのよ」

そこで言葉を切って、思わせぶりにだまっていた。やっぱり美しかった。そのからだを知りつくしている今は、彼女の顔に、以前とはちがった麻酔的な美しさを感じた。その美しい顔の前に、彼はわれを忘れ、まったく無抵抗の状態になって行った。

「ですから、いちど、外でお会いしたいの。ね、わかるでしょう」

夫人は気づいていない様子だが、あの日記帳を読んでしまった武彦には、この「外で」という言葉に、複雑な連想がともなった。彼の慾情に、ドロドロした嫉妬の油が注がれ、それゆえに、一層甘美な予想が、彼の心臓を痛いほどくすぐった。

「夕方の五時に、市ケ谷《いちがや》駅の前で待っててください。あたし、ちょうど五時に車でそこを通りかかるから、あなたはその車にのればいいのよ。そして、あるところへ行くの。わかって?」

武彦はむろんそれを承知した。

その夕方五時少し前、武彦は市ケ谷駅の正面に立って、前の大通りを注視していた。あたりはもううす暗く、街灯の光が目立ちはじめていた。

ちょうど五時に一台のタクシーが、彼のすぐ目の前にとまった。ドアがひらいて、由美子夫人が手まねきしていた。彼はその車に飛びこんで行った。

由美子は普通の外出着を着ていた。姫田との場合のような変装はしていなかった。二人はクッションにならぶと、すぐ左手と右手を握り合わせていた。

「どこへ行くんですか」

「いまにわかるわ。すばらしいところよ」

車は元の麹町区へはいって行った。一番町《いちばんちよう》から六番町まであるあの一角である。五、六分も走ると「ここで止めて」と由美子が声をかけた。車は、一方は大きな屋敷の塀つづき、一方は雑草の生えた原っぱのようなところに止まっていた。そこへ降りると、由美子は車を返してしまった。

元の麹町区内には、地主が手ばなさないために、まだ戦災のまま空き地になっている個所が幾つかある。ここもその一つであろう、五百坪もあるかと思われる広い地面が、雑草に覆われ、そのまんなかに、こわれた煉瓦《れんが》建ての一部が廃墟《はいきよ》のように残っている。

「こちらよ」

由美子が先にたってその原っぱへはいって行く。鉄条網のような垣がめぐらしてあるのだが、その一部がちぎれて、いくらでも出入りできるようになっている。

もう、あたりはまっ暗だった。冬のことだから、草はみな枯れているので、膝を没するというわけではなかったが、それでも、暗やみの草原《くさはら》を歩くのは、薄気味がわるかった。大河原夫人ともあろう人が、こんな変な場所の案内に通じているのは、いかにも奇怪であった。それにしても、いったいこの草原の中の、どこへ連れて行こうというのだろう。

「あの煉瓦の下に防空壕《ぼうくうごう》があるのよ。コンクリートの防空壕で、相当広いの。わたし、このあいだ、ここを通りかかったときに、ちゃんと見つけておいたのよ」

この美しい人は、なんという冒険夫人、猟奇夫人であろう。絶えず東京市中を巡廻して、奇妙な逢引き場所を探しまわってでもいるようではないか。

原っぱのまん中まで辿《たど》りつくと、夜目にも、草の中にポッカリと口をひらいている、まっ黒な穴が見えた。

「ここよ。わたし懐中電灯を用意してきたから、大丈夫。あなた怖いの？」

怖くはないけれども、うす気味がわるかった。それに、こういう奇抜すぎる場所は、武彦の趣味ではなかった。しかしそこに立っているのは、あの美しい由美子夫人なのだ。この陰惨な背景に、この美しい人。明治時代の浮世絵師の画題にこういうのがあった。いや、それよりも、鏡花《きょうか》の世界かもしれない。

武彦の中の猟奇心が、それらの連想から、だんだんこの不思議な逢引き場所に興味を感じてきた。異様な慾情が湧き上がってきた。

「遠くから見られるといけないから、中にはいるまで、懐中電灯はつけないでおくわ」

二人は手をとって、黒い穴のコンクリートの階段を降りて行った。階段には土や草がかぶさっていて、足がすべった。用心しながら降りて行ったが、もう二、三段というところで、とうとう武彦が尻餅をついてしまった。「あらっ」といって、抱きとめようとした由美子も、いっしょに倒れた。

倒れたまま、二人は抱き合っていた。由美子の柔かい両腕が、武彦の背中を、死にものぐるいで締めつけていた。武彦も彼女のしなやかなからだを、力いっぱい抱きしめ、いつのまにか、闇の中で、唇と唇とが合わさっていた。由美子のいつもの香気が、武彦を夢中にした。鼻からのせわしい呼吸が、お互の顔の産毛に吹きつけて、そのあたりの皮膚を甘ったるくくすぐった。

防空壕の中心部は上下左右をコンクリートで固めた三畳敷きぐらいの部屋になっていた。高台で排水がよいためかコンクリートの床はカラッと乾いていて、予想したようなジメジメした感じは少しもなかった。きょうは十二月にしては暖かい日だったが、地下壕の中は普通の屋内よりも、もっと暖かだった。

庄司武彦は、そのコンクリート部屋の中での数十分、殆んど想像を絶した不思議な愛慾を経験した。日頃から大胆不敵な由美子が更らに相貌を一転して、神秘なる夢の世界の妖女と化したかと見えた。二人は現代を遠く遊離して、古代伝説の架空世界に遊び、暗黒洞窟中の原始男女に立ち返ったかのごとくであった。

中心部にはいるとき、一度懐中電灯をつけたけれども、すぐに消してしまった。曲折したコンクリートの壁で、外光と音響を隔絶された小天地、黒ビロードに包まれたような黒暗々《こくあんあん》の中の数十分は、武彦にとって、ほとんど一つの生涯に匹敵した。彼はそこで生れ、そこで死んだかのごとくに、想像を絶した愛慾の神秘を経験した。

その暗黒の中では、由美子は白くて滑《なめら》かな一匹の巨大な蛇であった。その蛇は全身から不思議な香気をはなって、彼のからだに纏《まと》いつき、これを包み、これを締めつけ、血行もとまり、意識も失うかと思われるほどであった。

グッタリとなって、そこに横たわった一糸まとわぬ武彦のからだに、何かしら細い、鋭い鞭のようなものが、グイグイと喰い入っていた。両手はうしろにねじまげられ、両足は足首と膝のところで、鋭い痛みを感じた。

紐ではなくて、グニャグニャする、細い針金のようなものであった。それが両手両足にグルグルまきついて、身動きするたびに、深く肉に喰い入ってくるように思われた。

武彦は息も絶え絶えに疲れはてていたので、それをなかば意識しながら、抵抗しなかった。抵抗する気など少しもなかった。

半意識のなかで、由美子の体温と匂いとが彼のそばを離れて、どこかへ出て行くように感じた。暗黒の中でも、空気のかすかな動きで、それがわかった。自分を身動きもできないように縛っておいて立ち去ってしまうのかと思ったが、ふしぎになんの不安も感じなかった。

じきに体温と匂いとが帰ってきた。あとで考えると、そのとき由美子は、防空壕の両方の出入口のそとまで行って、そのへんに誰もいないことを確かめてきたのであった。

うしろから、体温とスベスベした肌ざわりと匂いとが密着してきた。柔かい腕が彼の頸に巻きついてきた。包まれるこころよさを味わう感覚は、まだいくらか残っていたが、両手首と両足の喰い入るような鋭い圧迫感が、その邪魔をしていた。それを取りのけてもらいたいと思った。

「僕を縛ったんでしょう。なぜ縛ったの？」

眠いような声で尋ねた。

「縛るのが楽しいからよ。わたしが解いて上げなければ、あなた自身では絶対に解けないでしょう。それが楽しいのよ」

「なぜ？」

「なぜでも」

しばらくして、

「僕、もう疲れちゃった。ここを出たい」

「出られやしないわ……永久に」

武彦はボンヤリした頭で、なんだか変だなと思った。しかし、その意味を捉えることはできなかった。

「永久に？」

「そうよ」

「どうして？」

「あなたを永久に、わたしのものにするためによ」

「どうして？」

「こうするのよ」

柔かい腕が、グーッと武彦の喉をしめつけてきた。息ができなくなった。その刺戟で彼はやっと正気に返った。そして、いよいよ不可解なわけのわからぬものを感じた。やっと腕がゆるめられたので、物を言うことができた。

「これを解いてください。早くここを出たい」

「出られないのよ……自分では解けないでしょう。わたしに抵抗することもできないでしょう。その針金、どんなのかわかって？銅の針金よ。あれとおんなじ銅の針金よ」

武彦はもう完全に思考力を取りもどしていた。えたいの知れぬ恐怖を感じていた。だから、「あれとおんなじ」という意味はすぐにわかった。神南荘の村越の部屋の窓に細工をして、密室を作ったあの銅の針金と同じなのだ。だが由美子はなぜそんなことを言うのだろう。どんな意味が隠されているのだろう。武彦には、まだそこまでは理解できなかった。

由美子の低いくすぐるような声が、耳のそばでささやかれていた。

「あの日記帳、明智さんに見せたのでしょう。見せたはずだわ。ね、そうでしょう」

武彦はギョッとした。もう驚く力が戻っていた。まっ暗で相手の顔は見えないけれども、由美子がいつもの由美子でないような気がした。彼女は一個の妖物《ようぶつ》であった。おれは、今、恐ろしい夢を見ているのかもしれないと思った。

「見せたわね」

物が言えなかった。僅かに肯《うなず》いてみせた。由美子の腕が顎の下に巻きついているので、彼女にもそれがわかったはずだ。

「それでいいのよ。あなたはきっと、そうするだろうと思った。それでいいのよ」

ささやきながら、また彼女の腕に力が入ってきた。頭がズキンズキンして、息が苦しくなった。だが、武彦は抵抗しなかった。手足を縛られているので、抵抗しようとしてもできなかったばかりではない。抵抗する気がなかった。殺されてもいいと思っていた。殺されれば嬉しいとさえ思った。

するとと、由美子は腕をゆるめて、あの匂いのある口で、暖かい息で、こちらの頰の産毛をそよがせながらささやいた。

「死んでもかまわない？」

武彦はまた、何も言わないで頷《うなず》いた。

「なんて可愛いいんでしょう。だから、あなたを生かしておきたくないわ。たべてしまいたいわ。すっかり、わたしのものにしてしまいたいわ」

武彦は、この言葉を甘い音楽のように、ウットリとして聞いていた。

「魚見崎の崖の上では、わたし満足できなかった。神南荘でもよ。今夜はちがうわ。たっぷり時間があったわ……こうすると、あなた嬉しい？」

そして、三度目に柔かい腕が締まってきた。その息苦しさの中で、武彦は愕然とした。

「魚見崎」「神南荘」とはいったいなんの意味だ。あなたはそこで何をしたのだ。しかし、もう口を利くことができなかった。頭の中にゴウゴウと、津波のような恐ろしい音が響きはじめた。瞼の中に、万華鏡のような五色《ごしき》の花が、言葉を絶した美しさで、ひらいては消えて行った。

幻戯

由美子はあらわな腕で、愛人の頸をしめつけていた。突起した喉仏が腕の肉に喰い入っていた。男の顎の剃ったばかりの短いひげが、チクチク皮膚を刺した。男の顔が充血してふくれ上がっているのがよくわかった。そこから彼の懐かしい体臭が一《ひ》ときわはげしく発散していた。由美子の胸と腹は、男の背中と、うしろ手に縛られた彼の両腕を、ピッタリ押しつけていた。

そのとき、彼女は自分の背中に、もう一つの異様な肌ざわりを感じた。ビロードのように滑らかで暖かい肌ざわりだった。そして、そこに別の体臭があった。

由美子は彼女自身の快楽に熱中していたので、その意味を理解する余裕がなかった。彼女の背中のふしぎな感触は、武彦のからだとの接触の反射ではないかと考えていた。だが、その暖かいビロードは、別の意志を持っているもののように、勝手な動き方をした。

暖かいビロードの腕が、由美子の頸に巻きつき、もう一つの同じような腕が、武彦の頸をしめている彼女の腕を、グーッとほどいて行った。ビロードの腕には鉄の力があった。

由美子は慄然《りつぜん》とした。彼女のうしろに、もう一人の人間が横たわっていることがわかったからだ。そのものののビロードのからだは、彼女の背中からお尻にかけてピッタリと密着していた。

一応は抵抗しようとしたが、まったくむだなことがわかった。滑らかなビロードの皮膚を持つ鉄の腕は、彼女を子供のように、自由自在に扱った。由美子はいつのまにか、武彦のからだから引きはなされて、コンクリートの床におさえつけられていた。

「あなたは誰です?」

由美子は絶望的な低い声で尋ねた。もしかしたら、主人の大河原義明ではないかと、ふと思ったからだ。

「そういう姿を見られるのは恥かしいでしょう。ここにあなたの服があります。僕が懐中電灯をつける前に、これでからだをお隠しなさい」

主人ではなかった。しかし、どこか聞き覚えのある声だった。

「あなたは誰です?」

コンクリートの床に坐って、投げよせられた衣類で、からだを覆いながら、もう一度尋ねた。

すると、パッと懐中電灯が点じられた。光は壕の天井に向けられていた。くら闇に慣れた眼には、それでも明かるすぎるほどだった。

天井からの淡い反射光の中に、頭から足の先までまっ黒な人間が立っていた。ピッタリと肉体の曲線をそのまま出した黒ビロードの上衣《うわぎ》、ズボン、黒い手袋、黒い靴、ピッタリ頭部を包んで、眼と口に三つの穴があいているビロードの覆面。スラッと背の高い曲芸師のような男だった。

「わかりますか、僕はあなたの乗った自動車を運転してきたのです。あなたが降りると、自動車を近くの町にとめておいて、運転手の服をぬぎ、この姿になって防空壕へはいってきた。あなたはさっき両方の出入口へ行って、誰もいないことを確かめましたね。あのとき、僕はそこの壁の外側のすみっこに、平べったくなって隠れていたのですよ。僕のからだがまっ黒だし、僕は忍術の名人だから、あなたは少しも気がつかなかった。だから、僕は最初から、すっかり聴いていたのです。暗くて見ることはできなかったけれど、聴くことは、すっかり聴いたのです。僕にとっては、非常な苦痛だった。それをあなたに話すのさえ不快です。あなたも恥かしいし、僕も恥かしいのです。しかし、これは人の命を救うための、止《や》むを得ざる悪です。探偵の仕事のうちで、いちばん苦しい部分です」

由美子にはもう相手の名がわかっていた。そこに立っている不思議な男は明智小五郎だった。この人は安楽椅子探偵かと思っていたのに、五十にもなって、こんな変装をしたり、冒険をやったりするのかと、異様な感じがした。意表を突かれた思いだった。さっきのビロードの腕の鉄の力が、まざまざと頸筋や腕に残っていた。明智という人が、一方では、腕力の優れた冒険児だということを、聞かぬではなかった。しかし、これほど思いきった実行家だとは知らなかった。そこに誤算があった。運転手に化けるなんて稚気が、よくもこの人に残っていたものだ。

　黒ビロードのスラッとした姿が偉大に見えた。この人を過小評価したことを悔んだ。この人を欺こうとした女の浅智恵が恥かしかった。由美子は血がにじむほど唇を噛《か》みしめて、相手のまっ黒なスラッとした姿を見つめながら、その姿を美しいと思った。力でも智恵でも、遠く及ばない人物に見えた。

「僕は明智です。おわかりでしょう。僕はあなたと、一度ゆっくり話したいと思っていた。今やっとその機会がきたのです。普通の意味では、ここは長話に適当な場所ではありません。しかし、われわれの場合は、この地獄のようなくら闇の中がふさわしいのです。そう思いませんか……庄司君、そうしていちゃあ、苦しいだろう。ともかく、その針金を解いてあげよう」

　明智ははだかでころがっている武彦の両手両足から、針金をといて、床に投げ出してあった服を、着せかけてやった。そうしながらも、由美子からは寸時も眼をはなさなかった。この女は自殺するかもしれないと思った。どこかに毒薬を隠しているかもしれないと思った。だが、そういうけぶりは少しもなかった。何かふてぶてしく落ちつきはらっているようにさえ見えた。

「どうして、わたしが外出することがわかりましたの？　そしてタクシーを拾うことが」

由美子はもう心をきめていた。とっさに最悪の場合を計算してしまったので、かえって落ちつきを取り戻していた。せめて、名探偵との会話を、できるだけ長引かそうとさえ思った。こういう際でも、この優れた男性と話しているのは楽しかった。彼女はずっと前から、明智を愛していたのかもしれない。

「あの日記を見たからですよ。あなたは、あの日記を僕に読ませるために、庄司君に盗み出させた。技巧を用いて盗み出すように仕向けた。だが、それがあなたの誤算だったのです。僕に見せてはいけなかった。もっとほかの人に見せるべきだった。そうすれば、あなたの計画はうまく成就したかもしれないのですよ」

「わかりましたわ。女の猿智恵だったことがわかりましたわ」

「あの日記を読ませられたので、僕は近いうちに、第四、第五の殺人が起こることを察したのです。それで、久しぶりに、冒険をやってみる決心をしたのです。僕はあなたの邸内に忍びこんで、夜も昼も、大河原さんとあなたの行動を見守っていました。そういうことには、若い頃から慣れているのです。昔の忍術の応用ですね。変装もします。女中さんなどを手なずけることもします。あらゆる手を用いて敏捷《びんしょう》に立ちまわるのです。そして、お二人の動静を詳しく観察していたのです。

きょうお昼すぎ、あなたは庄司君の部屋へ行って、市ケ谷駅で待ち合わせするように打ち合わせをした。あのとき、僕は窓のそとで、すっかり聴いていたのですよ。庭番の弥七爺《やしち》さんを手なずけて、庭師の手間取りに化けて、入りこんでいたのです。

　あなたが自家用車を使わないことはわかっている。ハイヤーも雇わない。見知らぬ流しタクシーを拾うにちがいないと思ったので、タクシーを借り受け、運転手に化けて、大通りに待っていた。ほかにもタクシーが通りかかるので、僕の車に乗ってくれるかどうかわからない。しかし、必らず乗せる自信があったのです。

　カード奇術にフォースというテクニックがある。カードを裏返しにして、扇型にひらいて、見物の前に出し、どれでも好きなのを一枚抜いてくれと言って、実はこちらの思うカードを抜かせる技術です。この技術はいろいろな場合に使えますが、幾台かのタクシーの中から、自分の車を選ばせる場合にも、充分利用できるのです。車の外形、運転手の服装、車の位置などを、乗る人の心理に合わせるのです。場合によっては、車を敏捷に移動させなければなりません。相手にそれと気づかれないで、しかも相手の眼にふれるようにしなければなりません。相手がそれ以上に用心深くて、わざといちばん気の向かないような車を選ぶ場合は別ですが、あなたはそれほど用心深くなかった。僕の技術にかかってしまったのです」

　床に立てた懐中電灯が、鼠色のコンクリートの天井を照らしていた。三人はそのじょうご型の光のそとにいたけれども、反射光でお互の顔を充分見わけることができた。明智のまっ黒な姿は、もう頭部を包んだ覆面を取って、骨ばった面長の白い顔と、半白のモジャモジャ頭を見せて、そこに腰をおろしていた。黒ビロードに包まれた足が、非常に長く見えた。由美子は、どうにか服を身につけて、やはり腰をおろしていた。武彦も、ズボンをはき、上衣をはおって、不安な表情でしゃがんでいた。明智がしゃべりつづける。

「庄司君、君は今、殺されようとしていた。君は殺されてもいいと思っていたかもしれないが、僕はすてておくわけには行かなかった。君がなぜ殺されなければならないのか僕にはわからない。あの日記帳を見たからかもしれない。表面上はそういう動機もありうる。由美子さんが、夫である大河原さんの秘密を保つためだ。しかし、あの日記を読んだのは君だけじゃない。僕も読んでいる。君だけを殺しても、防ぎ切れるものではない。

由美子さん、僕はあの日記を見たときに、凡てを悟ったのです。むろん最初から、あなたには強い疑いを持っていました。いつかお宅を訪問して、こちらの手の内だけを見せて、何もお尋ねしないで帰ったことがありますね。あのとき僕は話しながら、大河原さんとあなたの表情を、こまかく観察したのです。そして、もし二人のうちのどちらかが犯人だとすれば、大河原さんではなくて、あなただという感じを強く受けたのです。

同時に、あの訪問は、犯人に急いで次の手を打たせる誘いの手段でもあった。二つの大きなトリックが、もうわかっているのだという、一種の威嚇だったのです。それは予想した通りの効果がありました。あなたは急いであの日記を書かなければならなかった。

そして、それを隠すようなふうをして、実は庄司君に見せびらかしたのです。

あの日記は実によくできていた。あなたの智恵に圧倒されるほどでした。しかも、それは凡て事実なのです。架空のおとぎ話ではなくて、現実に行なわれたことなのです。三人の男がほんとうに殺されている。そして、犯人は少しも疑われないような、実に複雑な手のこんだトリックが使われている。一見これは男性の頭脳にふさわしい計画です。女性にはとうてい考え出せないように思われる。だから、僕は一度は大河原さんを疑った。そのためにあの訪問をしたのですが、大河原さんの性格をよく観察すると、どうも違うなという感じを受けた。

大河原さんは探偵小説の愛好者であり、犯罪史の研究家であり、素人奇術の大家です。今度の犯罪のトリックは、そういう人にこそ最もふさわしいように見えます。しかしよく考えてみると、実はふさわしくないのです。大河原さんは、これらの愛読なり研究なりを、単に慰みとしてやっておられた。それを現実生活に持ちこむということは、ほとんどあり得ないのです。お話をしてみてよくわかったのですが、大河原さんは常識円満な純然たる現実家です。それなればこそ探偵小説や犯罪史の慰みが必要だったのです。

あのとき、僕はあなたのほうも、よく観察したのですが、あなたのちょっとした言葉、笑い方、手の動きなどに、なにかしら異常なものを感じた。僕のように多くの犯罪に関係のある人間に接してきたものには、それがわかるのです。大河原さんは少しも僕を怖《おそ》れていなかったが、あなたは僕を怖れていた。巧みにさりげないふうを装っておられた。女はお芝居がうまいものです。しかし、その奥に烈しい恐怖が隠されていることを、僕は見のがさなかった。

　あの日記を読んで、僕は感嘆しました。トリックそのものが綿密で巧妙なばかりでなく、大河原さんだけに強い動機があり、その都度大河原さんのアリバイが成立しないようにたくまれている。二重の智恵が必要だったのです。あなたはそれをやってのけた。あの日記を読んだものは、誰も大河原さんの有罪を疑わないでしょう。大河原さんには妻を奪われた復讐という十二分の動機があるからです。これに反して、あなたにはなんの動機も想像できない。だからあなたは少しも疑われることがないのだ。

　日記の文章によると、姫田君の場合のあなたの推理の出発点は、お二人で双眼鏡を覗いているとき、大河原さんがハンカチを窓のそとへ落とされたことでした。あれを大河原さんが故意に落としたとすれば、あなたの推理は正しいのですが、僕はもっと別の場合もあり得ると考えたのです。大河原さんが双眼鏡の玉を拭いて、袂へ入れようとしたとき、すぐそばに立っていたあなたが、ソッとハンカチに指をかけて、大河原さんの手から辷《すべ》りおちるようにしたらどうでしょう。大河原さんはきっと、自分の過ちで落としたと思うでしょう。あなたが指を動かして、わざと落とさせるなんて、普通の場合にはありえないことですからね。

もし、ハンカチを故意に落としたのが、あなただったとすると、犯人の推定が逆転します。犯人は大河原さんでなくて、あなたなのです。僕はそれを出発点にして、あの日記を綿密に読んで、一つ一つあてはめてみました。すると、あれらの犯行は、あなたにも充分あてはまることが、わかってきたのです。

魚見崎から人形を落とす工作は、大河原さんでなくて、あなたが村越君にやらせたとしても、少しも不自然ではありません。姫田君は村越君の恋敵でした。あれほどあなたに溺れきっていた村越君のことだから、あなたと共謀で姫田君をなきものにするという相談を受けたら、喜んで応じたことでしょう。あなたという人は、男性に対して、それほどの力を持っているのです。さっき、この庄司君が、喜んであなたに殺されようとしたのでも、それはわかるではありませんか。

あなたは、あの日双眼鏡を覗く前、ずっとうちにいたので、アリバイがあるとおっしゃるでしょう。大河原さんはゴルフ場から一人で自動車を運転して帰ったのだから、魚見崎に立ち寄って、姫田君をつき落とすこともできたが、あなたはうちにいたのだから、そんなことはできなかったというのでしょう。そのアリバイはピアノでしたね。庄司君がずっとそれを聴いていた。庄司君が証人です。しかし、そのあいだ、誰もあなたの二階の部屋へ、はいったものはない。ドアはおそらく鍵がかけてあったのでしょう。僕は熱海の別荘にもテープレコーダーがおいてあることを聞き出しました。大型のテープを使えば、誰もいなくても、一時間近くピアノを聴かせるのはわけもないことです。今度の犯罪には、テープレコーダーというものが、ずいぶんうまく利用されているわけですね。

あなたは、あらかじめ用意しておいた御主人の洋服を着、例の鼠色のオーバーに、鼠色のソフトをかぶって、二階の窓から屋根づたいに裏庭に降り、裏庭の奥にある柴折戸《しおりど》から抜け出した。そして、林の中の間道を歩いて魚見崎へ行った。姫田君はあなたと逢引きする約束を守って、一本松の下に待っていた。そこで、あなたはおそらく、彼を愛撫したのです。そういう大胆不敵な、ドキドキする冒険が、楽しくてたまらなかったのです。ね、そうでしょう」

由美子は明智の顔をじっと見つめて、その話に聴き入っていた。そして、この恥かしい質問にも、ためらうことなく、頷いてみせた。

「愛撫が終って、突き落としたのです。姫田君はまったく予期していなかったので、隙だらけだったのでしょう。やすやすと目的を果たすことができたのです。そして、あなたは、間道を飛んで帰り、出るときと同じ方法で、二階の部屋にはいると、変装をとき、レコーダーを止めて、今度はほんとうにピアノを弾き出したのです。それから、大河原さんが帰られ、双眼鏡をのぞき、人形落としという順序だった。

村越君の場合も、むろん、御主人よりはあなたを犯人と考えた方が、よく当てはまります。都合のよい神南荘へ移転させたのも、あなたです。ピストルを手に入れさせたのも、あなたです。村越君はあなたの頼みならば、どんなに不合理なことでも、すぐに応じたでしょう。

大河原さんはあの日七時ごろ書斎に引っこもられた。七時半に、あなたはお茶を持って行かれた。それからあと、客間でラジオを聴くまで、大河原さんのアリバイがない。しかし、これは大河原さんだけではありません。あなた自身にも、そのあいだアリバイはないのです。自分の部屋にいたとおっしゃるけれど、窓から出入りすることは、大河原さんの場合と同じに、まったく自由だったのですからね。

それから、神南荘で村越君と一緒に二十分間の放送を聴いた。あの時も、あなたはヴァイオリンの美しい音色を伴奏にして、村越君を愛撫していたのでしょう。ヴァイオリンの放送というものが、アリバイと、愛撫の伴奏と、二重の利用価値を持っていたのではありませんか。そして、ヴァイオリンが終り、九時の時報を聴くと、愛撫が殺人に一転した。あなたは、突然、村越君の胸を目がけてピストルを発射したのだ。

そのあとは日記に書いてある通りです。ただ大河原さんをあなたに入れ替えればいいのです。幾つかの時計をおくらせることなども、むろん、あなたにもやすやすとできることでした。日記にはあの晩の詳しい時間表が書いてありましたね。あれは犯人であるあなた自身が、この殺人を計画するときに、何度も何度も書き直して作った時間表です。

だから、それを日記に書き入れるのは、わけもないことだった。

第三の殺人、讃岐という画家の場合も、同じことです。あなたは村越君を通じて、あの男の動静を知っていた。村越君をやる一日前ですから、何か理由を作って、村越君に誘い出しの役を勤めさせることもできたわけです。時間は大河原さんが柳橋の宴会から帰られるずっと前だったと思う。千住大橋のそばの工場裏の川っ縁《ぷち》は、日が暮れれば、もう人通りがないような淋しい場所だから、夜のふけるのを待つまでもなかったのです。

僕はこういうふうに一つ一つの場合を検討して、犯人をあなただと考えても、すっかり当てはまることを確かめた。しかしそれはまだ可能性にすぎないのです。確証を掴まなければならない。それに、もしあなたが犯人だとすると、まだ殺人がつづくのではないかと考えた。それを防がなければならない。そこで、僕はさっきも言ったように、久しぶりの冒険をやってみる気になったのです。

そして、今、その確証を掴んだ。あなたは庄司君を殺そうとした。そのとき、謎のような言い方ではあったが、あなたはいろいろ重要なことを口走った。死んで行く者に何を聞かせても、さしつかえないと思ったのでしょう。しかし、僕が壁の向こうで、それをすっかり聞いてしまった。そして、あなたを犯人だとする僕の判断が間違っていなかったことを、確かめたのです。

しかし、まだ一人危険にさらされている人物がある。それはあなたの御主人の大河原さんです。僕がそういう不安を感じたのは、やはりあの日記からだ。あなたは庄司君を利用して、僕に日記を読ませた。あなたは、浅はかにも、僕があの日記をそのまま信じると思ったからだ。あなたは犯行については、ずいぶん緻密な構想を立てた。だが、よく考えてみると、その中には一脈の稚気が流れている。実際上の必要を超えて、トリックそのものを楽しんでいるようなところがある。日記帳の場合も同じですよ。あなた自身その着想に幻惑された。そして、僕があの日記の内容をそのままに受けとるものと妄信してしまった。トリックにおぼれたのです。

だが、あれを僕に見せることには、非常な危険を含んでいる。僕に見せるということは警察に見せるのも同じだと考えなければならない。すると、大河原さんは尋問を受け、あなたと対決させられることになるでしょう。そうすればわけなく真相がわかってしまう。夫婦でなければわからない微細な点にはいって行けば、拵《こしら》えもののトリックなど、たちまち覆えってしまいます。だから、僕は恐れたのです。あなたはそれを知らぬはずはない。その危険を知りながら僕に日記帳を見せたのはなぜか。答えはたった一つしかない。あなたは取り調べを受けない前に、大河原さんを殺してしまう決心をしたのだ。そうとしか考えられなかった。僕はそれを恐れたのです。

日記帳で、大河原さんが犯人であることを証明した。一方、その証明を覆えされないために大河原さんをなきものにしなければならない。この二条件を満たす方法は、やはり一つしかないのです。つまり、大河原さんは自殺しなくてはならないのです。そうすれば日記帳が生きてくる。こういうふうにあなたに犯行を悟られ、それがほかに漏れたとすれば、大河原さんのような立場の人は、自殺を選んだとしても少しも不自然ではない。そして、大河原さんが自殺してしまえば、あなたは永久に安全なばかりでなく、大河原家の莫大《ばくだい》な資産を自分のものにすることができる。なんという都合のよい計算でしょう。

だが、ほうっておいては、犯人でない大河原さんは自殺するはずがない。自殺をさせなければならぬ。つまり自殺と見せかけた他殺を敢行しなければならぬ。あなたはそれをやるつもりだったにちがいない。そして、庄司君の殺人の罪までも、大河原さんにかずけてしまうつもりだったにちがいない。庄司君はあなたと愛し合ったのだから、大河原さんの方に充分動機があるわけですからね。僕は庄司君のことより、大河原さんが心配だった。それで変装までして、お宅へ忍びこんでいたのです。そして、今夜のことにも間に合ったわけです」

由美子は一とことも物をいわないで、絶えまなく動く明智の恰好のよい唇を見つめて、陶然として聴き入っていた。彼女はすべてを肯定し、これほどまでに彼女の心中を見抜いている明智の叡智《えいち》を畏敬し、その人物に心酔し、彼に烈しい愛情を感じているかにさえ見えた。

「大河原さんは、きょうは自分で車を運転して出かけられた。あなたはその機会をのがさなかったのです。夜は宴会があることもわかっていました。だから、その帰り途《みち》で、この防空壕に立ちよって、庄司君を殺害したという想定が成り立ち、大河原さんはアリバイを証明することができないでしょう。庄司君の絶命の時間と、大河原さんの帰りの時間と、まったく一致することはあり得ないけれども、あすかあさって、死体が発見されたとき、死期の判定が正確にできるわけではないのだから、一時間ぐらいの時間の差を見破られる心配はない。その上に、この防空壕の中へ、大河原さんの小さな持ち物でも残しておけば、申し分ないわけです。

しかし、この場合も、大河原さんが訊問《じんもん》されては具合が悪い。ほんとうの犯人ではないのだから、どういう申しひらきがないとも限らぬからです。だから、その前に自殺させなければならない。その方法はもうあなたの胸中にあるのでしょう。僕にはそれを推察することはできないけれども、最も簡単な方法は毒殺ですね。あなたが毎晩御主人の書斎へ運ぶ紅茶の中に、毒薬を入れておけばよいのです。そして、御主人の息が絶えたのを見定めて、あの日記帳の錠前をナイフでこじあけ、大河原さんの犯行をしるした頁をひらいて、死体のそばの机の上に投げ出しておけばいいのです。それが大河原さんの無言の告白として、自殺の説明になるのですからね。つまり、大河原さんが、あの日記帳に気づいて、錠前をこわして盗み読んだ上、もうのがれる道がないと悟って、自殺したと見せかけるわけです。由美子さん、僕が今までお話しした中に、どこか訂正する個所はありませんか」

由美子は、眼はウットリと明智の顔を見つめたまま、幼児のようにコックリと頷いた。そして、どういう意味なのか、かすかに笑ってみせた。

武彦も、飛び出した眼で、明智を見つめていた。何を考えていいのか、なんと言っていいのか、まるで見当もつかなかった。だが、由美子への愛情は少しも変わっていなかった。彼の胸中には不思議な想念が去来していた。明智を殺して、由美子と二人で遠い国へ逃げ出したいとも思った。それよりも、由美子と抱き合って死んでしまいたいとも思った。しかしそんなことを実行に移す気力など、あろうはずもないのだ。

「由美子さん、あなたの考え出したトリックには稚気があった。それは大河原さんの探偵趣味と手品趣味の感化を受け、あのおびただしい蔵書を耽読《たんどく》した人でなくては考え出せないような稚気に満ちていた」

明智がしゃべりつづける。

「しかし、古来の犯罪者に、もし叡智があったとすれば、それはいつも愚かなる叡智だった。犯罪者の稚気と言ってもよかった。だから、そういう愚かなる叡智として、あなたの考え出したトリックはすばらしい。これほど歯ごたえのあるトリックに出くわしたのは、僕としても珍らしいくらいです。

犯人自身が双眼鏡で自分の犯行を見ている。同じラジオの放送を、四十五分たってから、別の場所で聞く。二つともまったく不可能なことだ。だから犯人は絶対に安全だと、あなたは考えた。そればかりではない。あなたには少しも動機がなくて、大河原さんだけに強い動機があった。そしてどの殺人も、大河原さんがやったと考えても、不自然がないように仕組まれていた。二重三重のトリックが構成されていたのです。僕はあなたの愚かなる叡智に脱帽する。僕は今『幻戯《げんぎ》』というシナの言葉を思い出した。あなたは幻戯を編み出したのだ。あなたは世にも優れた幻術師なのだ。

あなたには少しも動機がなかった。村越君の場合は、共犯者だから、秘密の漏れるのを恐れて殺したのだと、言えないことはないが、村越君の性格として、秘密を漏らすはずはなかった。だから、この場合も殆んど無動機と言っていい。あなたは動機のない殺人を、つづけさまにやったことになる。この点だけが、僕にはまだわからないのです。兜《かぶと》をぬいで、あなたに尋ねたいのです。

僕は長い探偵生活のあいだに、無動機連続殺人という、こんな異様な事件に出会ったことは一度もない。あなたは異常な性格を持っているのかもしれない。しかし、あなたはむろん狂人ではない。まだ誰も考えなかった不思議な動機が、あなたの身内に隠されているのではないか。由美子さん、僕はそれが聞きたいのです。あなたの偽らぬ告白が聞きたいのです」

化《け》人《にん》

十年間、空襲を忘れた防空壕は、土蔵や地下室とはまったくちがって、何か自然の洞窟のような感じであった。その床に仰向きに置かれた懐中電灯のじょうご型の光が、コンクリートの天井を照らし、その淡い反射光の中に、三人の男女が、普通の室内では見られないような異様な姿で、しゃがんだり、うずくまったりしていた。

由美子は明智の指摘を素直にうけいれて、少しも抗弁しようとはしなかった。美しき野獣はこの名探偵を恋するもののような嬌羞《きようしゆう》を示して、なまめかしくだまりこんでいた。

「三つの殺人と二つの殺人未遂。貴族の姫君として育ち、大貴族の奥方として、充ち足りた生活をしていたあなたが、どうして、そんなだいそれたことをする気になったのか、僕はあなたの口から、その動機を聞きたいのです。ここは妙な場所です。しかし、かえって、そういう話にふさわしい場所かもしれません」

じょうご型の光の幕を隔てて明智の顔と由美子の顔とがおぼろげに相対していた。由美子はじっと明智の顔を見つめてだまっていた。美しい蠟《ろう》人形のように身動きさえしなかった。

防空壕の中は寒くはなかった。少しも空気が動かないので、何かおさえつけられるような息苦しさが感じられた。ジーンと耳鳴りがしていた。

「三人じゃありませんわ」

長い沈黙のあとで由美子がポツリと言った。明智にはすぐその意味がわかった。しかしだまっていると、由美子が追い討ちをするようにつづけた。

「七人……か、もっとだわ」

友だちの数でもかぞえているようなおだやかな口調だったが、それは途方もない意味を含んでいた。穴ぐらの暗やみの中にふさわしいこの世のほかの話題であった。

明智の表情は変わらなかったが、わきから聴いていた庄司武彦はやっとおぼろげにその意味を悟って、恐怖にうちのめされた。防空壕につれこまれてからの一切の出来事は、みんな悪夢ではないのかと思った。

そこにうずくまっている由美子が草双紙《くさぞうし》の悪女……妲己《だっき》のお百《ひゃく》、大蛇《うわばみ》お由《よし》などの架空の女妖に見えはじめた。黒装束の明智さえ、架空の英雄のように思われてきた。

「明智さんには聞いていただきたいと思っていました。お話ししますわ」

由美子はいずまいをなおして、明智の顔をじっと見つめた。武彦は、これほどなまめかしい由美子を見たことがなかった。その美しさは、もはや人間界のものではないように思われた。

ピッタリと身についた黒装束の明智は、腕組みをして、由美子を見ていた。なにも言わなかった。由美子は架空のおとぎ話でも物語るように、静かに話しはじめた。

「どうしてだかはわたしにもわかりません。本人にさえわからないのですから、明智さんがおわかりにならないのは、無理もありませんわ。わたしは、普通の人間とは、ちがっているのです。ちがっているのを、そうでないように見せかけるために、今まで勉強してきたようなものです。仮面をかぶる勉強なのよ。

六つぐらいのとき、母からひどく叱られたことがあります。父はそのころからもう、あまりうちにはいなかったのです。父とはときたまにしか会わないような家庭でした。母はやさしい人でした。乱行《らんぎょう》の父にも、少しもさからわない、歯がゆいほど、おとなしい人でした。そのやさしい母が、恐ろしい眼をして、ふるえ上がるような声で、わたしを叱ったのです。そのころまだ若かった乳母の『とみ』が、母の執念ぶかい怒りから、やっと、わたしを助け出してくれました。

わたしがウグイスを殺したからです。そのウグイスは紫の房のついたきれいな籠の中に飼ってありました。わたしのウグイスだったのです。まだ仲のよい友だちもなかったころなので、わたしはその美しいウグイスを、世界中でいちばん愛していました。可愛くて可愛くてたまらなかったのです。籠の蓋をあけて、手を入れて、撫《な》でてやりました。頭やくちばしや、背中を舐《な》めてやりました。しまいには、籠から出して、両手で持って、頭やくソッとからだを握ってやりました。するとウグイスはわたしの手の中から、スッとにげて、座敷の中をバタバタと飛びまわりました。わたしは大声で『とみ』を呼びました。それから書生などがきて、やっとウグイスをつかまえてくれました。そんなことが二、三度もあったのです。

そして、その次には、とうとうウグイスを殺してしまいました。ウグイスって、大きく見えていますが、握ると子供の手にも、はいってしまうのです。手の中で、暖かい柔かいからだが、ピクピクと脈うっているのです。あんまり可愛いので、グーッと握りしめて、いつまでも握りしめていて、とうとう殺してしまったのです。それを母に見つけられて、びっくりするほど叱られました。

わたしは悪いことをしたなんて、少しもおもっていないのに、まるで天地がひっくり返るような叱られかたをしたのです。おとなって、どうしてこんなことを叱るのだろうと、不思議でたまりませんでした。わたしは『殺す』ということを、よく知らなかったのです。殺すことが、この世の最大の悪事だなんて、むろん、夢にも知らなかったのです……そして、今でも、殺すことが、どうして悪事なのか、ほんとうに、わかっていないのですよ。みんながそう言うから、そうだろうと思っているだけです。わたしはみんなとはちがっているのです。みんなの言うことを、心から理解することができないのです。

母がそれほどわたしを叱ったのには、わけがありました。わたしは、もっと小さいじぶんから、きれいな虫なんかを殺すくせがあって、みんなと同じ母は、それを非常に悪いことと考えていたからです。そんなくせが、だんだんひどくなっては大変だと思ったのでしょう。それで、まだ物心もつかない子供だけれど、うんと叱って、懲りさせようとしたのでしょう。

わたし、幼いころは虫愛《むしめ》ずる姫君でしたのよ。虫ってきれいで、可愛いのですもの。そして、可愛いと思うと、殺したくなるのです。美しい御馳走《ごちそう》をたべたくなるのと、おんなじじゃないのかしら。たべるというのは愛することでしょう。だから、殺すというのは愛することじゃないのかしら。おとなの人は虫を殺すと、残酷だ、可哀そうだと言いますのね。でも、幼いわたしには、その残酷ということがわからなかった。おとなには残酷なことが、わたしには愛情の極致のように考えられたのです。ですから、わたしは普通の人間とちがいますの。

ウグイスの事件で『殺す』ということが、おとなの世界では、最大の悪事だということがわかりました。しかし、それでわたしは『殺す』ことをやめたのではありません。おとなたちに知られないように、殺すことを覚えたのです。わたしは、それからも、いろいろな小さい動物を愛しました。そして、可愛くてたまらなくなると、殺さないではいられなかったのです。たとえば可愛い三毛猫の『たま』でした。三月《みつき》ほども、可愛がりに可愛がったあとで、とうとう、たまらなくなって、頸をしめて殺してしまいました。

わたしの十歳ごろのことです。でも、おとなに知られては大変ですから、わたしはソッと庭の奥の方へ埋ずめて、知らん顔をしていました。広い庭で、森のように木が茂っていましたから、埋ずめた場所を、誰も気がつかなかったのです。乳母の『とみ』も、少しも知らなかったのです。

十二歳のころに、はじめて人間を殺しました。よくうちへ遊びにくる、同年配の男の子で、その子が誰よりも好きで、可愛くてたまらなかったからです。わたしはその子と、庭の木の茂みの中で、恋愛ごっこをしました。そのころは、もうおとなの世界では、愛慾も一種の悪事になっていることを知ってましたので、おとなたちに知られないように、茂みの中を選んだのです。その子が遊びにくるたびに、庭へ連れ出して、恋愛ごっこをしました。そして、それがたびかさなるうちに、あんまり可愛いので、とうとう殺してしまいました。ほんとうは猫の『たま』と同じように、頸をしめたかったのです。でも、相手が男の子だから、わたしの方がまけてしまいます。それで、智恵を働かせて、庭の池へつきおとしたのです。そのころのわたしのうちには庭に大きな池があって、ある場所は、子供の背が立たないくらい深かったのです。

その子が池の中でもがいているのを、少し見てから、お部屋に帰って、知らん顔をしていました。普通は、こういうときに後悔するのでしょう？　でも、わたしは後悔しないのです。嬉しいのです。愛情の極点まで行ってしまったという、充ち足りた感じなのです。眠くなるような満足感なのです。その男の子は、誰も知らないうちに、誤って池に落ちたものと考えられ、みんなを悲しませましたが、仲よしのわたしに、疑いなどかかるはずはありませんでした。

これが最初で、わたしは大河原にくるまでに、四人の男の子や青年を殺していました。むろん、年をとるにつれて、人間社会では、殺人というものが、どんなひどい罪悪だかということが、よくわかってきました。でも、それはわたし自身が、ほんとうにわかったのではありません。法律や道徳という申し合わせが、そうなっているということを、はっきり知ったというにすぎないのです。つまり、人を殺せば、どんなに世間からつまはじきをされ、どういう刑罰に処せられるかということがわかったのです。ですから、それが怖さに、できるなら人を殺したくないと思いました。でも、感情が高まってきたときには、どうすることもできないのです。こういう普通でない性格を、精神病と言うようですわね。だから、わたしは精神病なのでしょう。しかし、わたし自身は病気だなんて考えていません。人間の大多数の性格や習慣が正しくて、それとちがったごく少数のものの性格は病気だときめてしまうことが、わたしにはまだよくわからないのです。正しいって、いったい、どういうことなのでしょうか。多数決なのでしょうか。

こんなこと、生れてから一度も、人に話したことありません。明智さんだから、お話しする気になったのです。でも、わたしの人殺しが見つからなかったら、決して話さなかったでしょう。あなたがそれを見破ったから、話すのです……ほんとうは、わたし、あなたに見破ってほしかったのです。どんなに、あなたに会いたかったでしょう。そして、わたしの真実を見破ってほしかったでしょう。もしかしたら、わたし、あなたが見破るように仕向けたのではないでしょうか。自分ではわからなかったけれど、心の底の方で、それを熱望していたのではないでしょうか。

その四人のひとりひとりの関係や、殺し方をお話ししているひまはありません。みんな死ぬほど好きだったのです。そして、殺し方は、あの池につきおとした子供と似たりよったりのものでした。兇器《きょうき》を使ったり、毒殺したりしたことは、一度もありません。そういう方法が危険なことを、よく知っていたからです。ほんとうは、いつも頸がしめたいのです。できるなら、あのウグイスのように、抱きしめて殺したいのです。わたし、子供のころ翻訳の探偵小説を読んだことがあります。アフリカの蛮地に、アマゾンの子孫のような女の軍隊があるのです。その女たちは一面に刺《とげ》の生えた鉄の鎧《よろい》を着ていて、敵と組み討ちをして、抱きしめるのです。鎧の刺が敵のからだじゅうにささって、死んでしまうのです。わたし、それを読んだとき、どんなにその女兵士を羨んだことでしょう。愛人を、そうして抱きしめたいと思ったのです。

わたしの言うことなら、なんでも聞く少年に、海岸の高い岩の上からダイヴィングをさせて、殺したこともあります。わたしは、その下の海の中には、ゴツゴツした岩がたくさんあって、飛びこめば、きっとそれにぶつかることを知っていたのです。

ほんとうの恋愛をするようになってからは、或る青年と山登りをして、やっぱり断崖から谷底におとして殺しました。そのとき、わたしは谷崎さんの『恐ろしき戯曲』のまねをしたのです。残酷だとおっしゃるでしょう？　でも、わたしには、さっきも言ったとおり、残酷ということがわからないのです。世間で残酷と言っているのは、わたしにとっては、愛情の極致なのです」

そのとき、天井に向かってじょうご型にひらいている懐中電灯の光の中に、サッと黒いものが現われ、ハタハタとはばたいて、由美子の膝の上に落ちたかとおもうと、突然、壕の中一ぱいに、恐ろしい悲鳴が響きわたった。

静止していた空気が、おそろしく揺れて、由美子はスックと立ちあがっていた。

「庄司さん、庄司さん、はやく、あれを殺して！」

狂気のような叫び声であった。

明智が懐中電灯をとって、由美子の膝から払いおとされたものを照らしてみると、それは壕の天井のクモの巣にでもかかっていたのであろう、干涸《ひから》びたカマキリの死骸にすぎなかった。武彦はポケットから鼻紙を出し、その死骸を包みこんで、由美子の眼につかぬ壕の隅っこへ、投げすてた。

武彦は、ちょうどあの時と同じだと思った。彼が大河原家に住みこむようになって間もなく、座敷の縁側に望遠鏡を据えて、庭の虫を見ていたとき、由美子が今と同じように、カマキリにおびえたことがあった。

その話は、明智も武彦から聞いたことがある。由美子の日記にも書いてあった。

「由美子さん、あなたはそんなにカマキリが怖いのですか」

明智が異様に静かな調子で尋ねた。由美子は返事をする気力もなく、そこに突っ立ったまま、ふるえていた。

「クモだとか、ムカデだとか、ヘビなんかは怖くないのですか。カマキリだけが怖いのですか」

由美子の頷くのがみえた。

「そうですわ。カマキリだけが……」

彼女は、やっと元の場所にうずくまった。

「そのわけが、自分でわかっていますか」

由美子は答えなかった。

「あなたは、幼いときに、それを見たのだ。或いは本で読んだのだ。そして、カマキリが、あなたの同類だということが、だんだんわかってきた。わかるにつれて、極度の嫌悪を感じた。嫌悪が恐怖に変わって行った。性的な意味の同類を見ることは、どんな怪物を見るよりも恐ろしいのです……あなたはそのことを知っているのですか」

由美子はまだ答えなかった。

「もし、あなたが自覚していなければ、あなたの潜在意識だけが知っているのでしょう。そういう場合は恐怖が一段と強くなる。クモにも同じ行為があるのです。だが、あなたはそれを知らなかったかもしれない。だから、クモは怖くないのでしょう」

明智はじっと由美子の顔を見ていた。由美子の方でも、恐れのために、倍も大きくなった妖怪じみた眼で、明智を見返していた。

「あなたにはまだ、僕の言う意味が、わからないようにみえますね。実際に見たか、本で読んだか、いずれにしても、その知識を、あなたは心の底の闇の中にとじこめて、出られないようにしてしまったのです。それほど極端な嫌悪を感じたのです。その秘密が、カマキリを見ると、化けもののような恐怖となって、現われてくるのです。カマキリは性交中に、雌が鎌首をもたげて、うしろの雄を、たべてしまう。雄は甘んじてたべられるのです」

明智は終りの方を言い切らないで、口をつぐんでしまった。また壕内の空気が、異様に動揺したからだ。由美子が両手を耳に当てて、だだっ子のように、左右に首をふっていた。首ばかりでなく、からだ全体が激しく律動して、おこりにでも罹《かか》っているようにみえた。

「僕の話が怖いのですか。聞きたくないのですか。聞きたくないのは、僕の言うことが当たっているからですね。この動機は一種のラスト・マーダーでしょう。あなたは、いつでも、その場で相手の頸をしめたいのです。ウグイスや猫の場合のように、衝動的にしめ殺したくなるのです。それを、あなたは理性で延期した。延期はするが決して思いきらない。複雑な計画をめぐらして、自分が罪に問われない用意を充分した上で、いつかは必らず目的を達する。ラスト・マーダーと、計画的理智とが組み合わされた犯罪者の例は、いくらもあります。しかし、あなたのような不思議な組み合わせは、どこの国の犯罪史にもないでしょう。こういう異常心理をなんと名づけていいか、僕にはわかりません。

あなたは殺人が愛慾の極致だと言う。極愛するが故に相手を殺すのだという。カマキリやクモの愛人殺害は、愛するが故ではないかもしれません。しかし、愛人に限って、愛慾の極点に於《お》いて食い殺すという外形は似ています。『たべてしまいたい』という愛情の言葉がありますね。これは万人に、カマキリ性ラスト・マーダーの軽微な慾望が、潜在することを語っているのかもしれません。あなたの場合は、その慾望が異常な巨人に成長したのだ。あなたはカマキリのお化けだ。

僕は思い当たることがある。あの白い羽根の寓意《ぐうい》です。あれは文字通り白羽の矢だったのですね。深山に棲《す》む怪獣が、村の美しい娘を要求する。その娘の家の屋根に白羽の矢が立つ。村人が娘を白木の櫃《ひつ》に入れて、山中の社殿の前に置いて帰る。深夜怪獣が現われて、その柩を破り、娘を食い殺してしまう。あの寓意ですね。あなたは美しい女の怪獣だった。犠牲者は、娘ではなくて若い男たちだった。虫も殺さぬような顔をしたあなたに、この恐ろしいユーモアがあろうとは、僕はただもう驚くばかりです。

あなたは自殺をする気はないのですね……僕はそれをいちばんおそれた。最初から、あなたの挙動を注意深く見ていた。自尊心が強く、社会的地位の高い犯罪者は、いざという時の用意に常に毒薬を隠し持っているものです。あなたも毒薬をどこかに隠しているのではないかと、それを最も心配したが、あなたはそういう性格ではないということが、わかってきた。

あなたには、普通の意味の名誉心とか自尊心とかいうものが欠けているように見える。大河原家の名誉なんてことは、ほとんど考えていないのですね。そうでしょう。男女の関係でも、潔癖という感情を忘れてしまっている。次々と相手を変えることを、なんとも思っていない。あなたは宗教とか道徳とかいうものを超越している。いや、宗教以前、道徳以前なのだ。野生の動物のように、ただ肉慾におぼれるばかりで、恋愛というものを解しないようにみえる。そのくせ、理智だけは異常に発達している。驚くべきかしこさだ。なんという不思議な性格だろう。あなたは一世紀に一人の人間かもしれない。僕もほんとうには理解できないのだ。理解できないから、こんなに理窟を並べているのだ。僕うわっつらを撫でているのだ。

あなたは自殺なんかしないで、平然として法廷に出るだろう。法廷というものに興味を感じてさえいるかもしれない。現に、こうして、あなたの罪をあばいている僕に、少しも敵意を感じていない。なんという性格だ。あなたは僕を愛してさえいる。あなたが僕を見つめているその美しい眼に、動物の愛慾が宿っている。そうでしょう。僕はその眼が恐ろしいのだ」

さすがの明智もしどろもどろであった。冷汗を流しながら、しゃべりつづけた。それほど、この美しい殺人鬼には、蠱惑《こわく》の力があった。

「その通りですわ。あなたを愛していますわ」

由美子は当然のように、あどけない顔で、それを言った。

「それでいて、もしあなたがピストルを持っていたら、いま僕を撃つかもしれない。あなたはそういう人だ。あなたは安全なのだ。あなたは、なによりもその安全を願っている。二人を殺してしまえば、あなたの秘密を知っているのは、僕と庄司君だけだ。二人を殺してしまえば、あなたは安全なのだ。あなたは、なによりもその安全を願っている。庄司君は喜んであなたのために死ぬでもあろう。しかし、僕は正気を失っていない。庄司君とあなたと、二人でかかってきても、僕を負かすことはできない。また僕は、あなたの美貌と情愛にほだされて、ひそかにあなたを許すこともしない。僕はそういうことはできない性格なのです」

かしこい由美子は、明智の口から聞かなくても、とっくにそれを知っているようにみえた。

「あなたを殺せるとは思いません。また、逃げられるとも思いません。あなたのおっしゃったことは、みんな、みんな、ほんとうです。あなたは、わたしの心の中にはいって、わたし自身でさえ知らないような深いところまで、見届けてくださったのです。もうだれにも言うことはありません。でも、もし折りがあったら、わたしの幼いときからの事を、もっと、もっと詳しく、あなたにだけは、聞いていただきたいと思います。でも、今はそういう折りではないようです。あとはただ、あなたのお指図に従うばかりです」

庄司武彦は、この二人のやりとりを、悪夢の中のように聴いていた。屈服した由美子をさえぎって、明智に敵対する気力など、あろうはずもなかった。

明智は勝者の立場にあったけれども、快感は少しもなかった。これで大団円にするのは何か残りおしいようで、甚だしく躊躇を感じた。由美子の不思議な性格と、その美貌と、その愛慾の告白に、うしろ髪を引かれる思いであった。しかし、それをおさえて立ち上がった。

彼は足ばやに壕の入口へ出て行った。そして、奇妙な節で、鋭い口笛を吹いた。すると、闇の中にハタハタと足音がして、小さい人影が近づいてきた。

「小林君か」

「先生ですか」

「すぐに簑浦君に電話してくれたまえ。犯人を捕えたからと言って。ここの場所をよく教えるんだよ」

「わかりました」

小さい人影は、またハタハタと、闇の中へ遠ざかって行った。

壕の中へ帰ってみると、由美子も武彦も元のままの姿勢で、人形のように動かないでいた。

「二十分もすれば、警察の人たちがやってきます……大河原さんに知らせようかと思ったが、それはやめました。由美子さん、あなたは大河原さんに会いたいですか」

「あの人はきっと悲しむでしょう。もっとのばしたほうがいいと思いますわ。でも、わたし、大河原は尊敬しています。明智さんと同じぐらい尊敬しています。そして、愛しています」

由美子は、今に逮捕される人とは思えないほど、おちついていた。これが七人の男を殺し、さらに、二人の男――その一人は彼女が敬愛すると言う大河原氏その人なのだ――を殺そうとした大罪人であろうか。この若くて、美しくて、しとやかな女性が。

「僕はわからない。あなたという人がわからない。あなたのような人に会ったのは、僕はまったくはじめてです」

明智は正直に告白した。

それきり、明智もだまりこんでしまった。聞きたいことはいくらもあるが、今は聞く気になれなかった。五分間ほど、誰も物を言わなかった。

「誰かを待っているのは所在ないものですわね。トランプがあるといいのに。こういうときの時間つぶしは、トランプ遊びに限るのよ」

由美子はのんきらしくつぶやいた。それは虚勢でもお芝居でもなく、無邪気に、ほんとうの気持を口にしているように見えた。

コラム「化人幻戯」から「月と手袋」まで

「化人幻戯」の次に起きた事件は「黄金豹《おうごんひょう》」で、一九五〇年初春の三十六日間に発生した。この作品中では「名探偵明智小五郎の事務所は、一年ほどまえから千代田区に新らしくたった麴町アパートという高級アパートに、移っていました」とある。「兇器」（一九四九年六月十五～二十八日発生）で、明智と小林少年が麴町アパートに引っ越したことが初めて言及されているので、「黄金豹」が起きたのはその翌年、一九五〇年の春のことだったと推定できる。

「黄金豹」のアイデアは、二十面相とは関係のない戦前に明智が解決した事件「人間豹」（『明智小五郎事件簿』戦前編第八巻、一九三〇～三一年発生）を参考にして生まれたものだろう。ちなみに戦前の一九三六年には実際に上野動物園から黒豹が脱走して大騒ぎになったが、もちろん「人間豹」事件の発生推定年代も、さらには乱歩が小説を発表した一九三四年も、それより前だった。しかし戦後の二十面相には、もちろん黒豹脱走事件も記憶に鮮明に残っていただろうし、東京都民もその恐怖は忘れていなかった。だから「黄金豹」の変装も、なおさら効果が上がったのだろう。

月と手袋

1950年2月～5、6月

1

シナリオ・ライター北村克彦《きたむらかつひこ》は、股《また》野重郎《のじゅうろう》を訪ねるために、その門前に近づいていた。

東の空に、工場の建物の黒い影の上に、化けもののような巨大な赤い月が出ていた。歩くにしたがって、この月が移動し、まるで彼を尾行しているように見えた。克彦はそのときの巨大な赤い月を、あの凶事の前兆として、いつまでも忘れることができなかった。

二月の寒い夜であった。まだ七時をすぎたばかりなのに、その町は寝しずまったように静かで、人通りもなかった。道に沿って細いどぶ川が流れていた。川の向こうには何かの工場の長い塀がつづいていた。その工場の煙突とすれすれに、巨大な赤い月が、彼の足並みと調子をあわせて、ゆっくりと移動していた。

こちら側には閑静な住宅のコンクリート塀や生垣がつづいていた。そのなかの低いコンクリート塀にかこまれた二階建ての木造洋館が、彼の目ざす股野の家であった。石の門柱の上に、丸い電灯がボンヤリついていた。門からポーチまで十メートルほどあった。二階の正面の窓にあかりが見えていた。股野の書斎である。黄色いカーテンで隠されていたが、太いべっこう縁の目がねをかけ、ベレ帽に茶色のジャンパーを着た、いやみな股野が、そこにいることが想像された。克彦はそれを思うと、急にいや気がさして、引き返したくなった。

(あいつに会えば、きょうは喧嘩《けんか》になるかもしれない)

股野重郎は元男爵を売りものにしている一種の高利貸しであった。戦争が終ったとき一応財産をなくしたが、土地と株券が少しばかり残っていたのが、値上がりして相当の額になった。それを元手に遊んで暮らすことを考えた。元貴族にも似合わない利口ものだった。日東《につとう》映画会社の社長と知りあいなのを幸いに、映画界へ首を突っこんできた。高級映画ゴロであった。そして映画人のスキャンダルをあさり、それを種に金儲《かねもう》けをすることを考えた。痩せ型の貴族貴族した青白い顔に似合わぬ、凄腕《すごうで》を持っていた。弱点を握った相手でなければ金を貸さなかった。それで充分の顧客があった。公正証書も担保物も不要だった。相手の公表を憚《はばか》る弱点を唯一の武器として、しかし、月五分以上の利息はむさぼらなかった。彼の資産はみるみるふえて行った。

北村克彦も股野の金を借りたことがある。しかし半年前に元利ともきれいに払ってしまった。だから股野に会うことを躊躇《ちゆうちよ》する理由はそれではなかった。

股野重郎の細君のあけみは、もと少女歌劇女優の夕空《ゆうぞら》あけみであった。男役でちょっと売り出していたのを、日東映画に引き抜かれて入社したが、出る映画も出る映画も不成功に終り、腐りきって、身のふりかたを思案していたとき、股野に拾われて結婚した。元男爵と財産に目がくれたのである。シナリオ・ライターの克彦は、日東映画時代の知り合いであったが、あけみが三年前股野と結婚してからも、時たまの交際をつづけていた。それが、半年ほど前に、妙なきっかけから、愛し合うようになって、今では股野の目を盗んで、しばしば忍び会う仲になっていた。

抜け目のない股野が、それを感づかぬはずはない。だが彼はなぜか素知らぬふりをしていた。時たま厭味《いやみ》のようなことを言わぬではなかったが、正面から責めたことはない。細君のあけみに対しても同じ態度をとっていた。

（しかし、今夜は破裂しそうだ。是非話したいことがあるからといって、おれを呼びつけた。二人をならべておいて、痛烈にやっつけるつもりかもしれない）

表面は晩餐《ばんさん》の招待だったが、三人顔を合わせて食事をするのは、猶更《なおさら》たまらないと思ったので、用事にかこつけて食事をすませてから、やってきたのである。できるなら、あけみを遠ざけて、股野だけと話したかった。

二階の窓あかりを見ると、急に帰りたくなったが、そしてそのとき帰りさえすれば、あんなことは起こらなかったのであろうが、克彦は、折角決心して出かけてきたのだから、一寸《すん》のばしにしても仕方がない、ともかく話をつけてしまおうと考えた。そして、薄暗いポーチに立って、ベルを押した。

中からドアをあけたのは、いつもの女中ではなくて、あけみだった。派手な格子縞《こうしじま》のスカートに、燃えるような緑色のセーターを着ていた。小柄で、すんなりしていて、三十歳にしては三つ四つも若く見えた。彼女の魅力の短い上唇を、ニッと曲げて微笑したが、眼《め》に不安の色がただよっていた。

「ねえやはどうしたの?」

「あなたが食事にこないとわかったものだから、夕方から泊まりがけで、うちへ帰らせたの。今夜は二人きりよ」

「彼は二階? いよいよあのことを切り出すつもりかな」

「わからない。でも、正直に言っちゃうほうがいいわ。そして、かたをつけるのよ」

「ウン、僕もそう思う」

せまいホールにはいると、階段の上に股野がたちはだかって、こちらを見おろしていた。

「やあ、おそくなって」

「待っていたよ。さあ、あがりたまえ」

二階の書斎にはムンムンするほどストーヴが燃えていた。天井を煙突の這《は》っている石炭ストーヴだ。寒がり屋の股野は、これでなくては冬がすごせないと言っていた。

一方の壁にはめこみの小金庫がある。イギリスものらしい古風な飾り棚がある。一方のすみに畳一畳もある事務机、まん中には客用の丸テーブル、ソファー、アームチェア、いずれも由緒ありげな時代ものだが、これらは皆、元金ではなくて利息の代りに取り上げた家具類である。

克彦が入口の長椅子にオーバーをおいて、椅子にかけると、股野は飾り棚からウィスキーの瓶とグラスを出して、丸テーブルの上においた。高利貸しらしくもないジョニー・ウォーカーの黒である。これもむろん利息代りにせしめたものであろう。

股野は二つのグラスにそれをつぎ、克彦が一《ひ》と口やるうちに、彼はグイとあおって、二杯目をついだ。

「直接法で行こう。わかっているだろうね、きょうの用件は?」

股野はいつもの通り、太いべっこう縁の目がねをかけ、黒のズボンに茶色のジャンパーを着て、詩人めいた長髪に紺のベレ帽をかむっていた。室内でもぬがない習慣である。

映画界に出入りするようになってから、高利貸しのくせに、そんな服装をするようになっていた。四十二歳というのだが、時とすると、三十五歳の克彦と同年ぐらいに見えることもあり、また五十を越した老年に見えることもある。年齢ばかりではない、彼はあらゆる点で奥底のしれない、無気味な性格であった。

ひげの薄いたちで、いやにツルツルした顔をしている。色は青白くて、眉がうすく、眼は細く、鼻が長く、貴族面《づら》と言えば貴族面だが、貴族にしても、ひどく陰険な貴族である。

「おれは、前々から知っていた。知ってはいたが、確証をつかむまで、だまっていたんだ。その確証をおとといの晩つかんだ。君のアパートだ。窓のカーテンに一センチほど隙間があった。注意しないといけない。一センチだって眼をあてての ぞくのには充分すぎるんだからね。おれはあのとき窓のそとから見ていたんだ。だが、おれはその場で飛びこむようなまねはしない。歯をくいしばって我慢をした。そして、今夜話をつけることにしたんだ」

彼は三杯目のウィスキーをあおっていた。

「申しわけない。僕らは甘んじて君の処分を受けようと思っている」

克彦は頭をさげるほかなかった。

「いい覚悟だ。それじゃ、おれの条件を話そう。今後あけみには一切交渉を断つこと。口を利いてもいけない。手紙をよこしてもいけない。これが第一の条件だ。わかったかい。第二は、おれに慰藉料《いしやりよう》を出すことだ。その額は五百万円。一時には払えないだろうから、毎年百万円ずつ五年間だ。百万円だっていま君が持っているとは思わないが、会社から前借することはできる。君はそれだけの力を持っている。そして、仕事に精を出し、一方で生活を切りつめれば、それぐらいのことはできる。君の身分に応じた金額だ。第一回の百万円は一週間のうちに都合してもらいたい。わかったね」

股野はそういって、薄い唇をキューッとまげて、吊《つ》りあがった唇の隅で、冷酷に笑った。

「待ってくれ。百万円なんて、僕にはとてもできない。まして五百万円なんて、思いもよらないことだ。せめてその半額にしてくれ。それでも僕には大変なことだ。食うものも食わないで、働かなけりゃならない。だが、やってみる。半額にしてくれ」

「だめだ。そういう相談には応じられない。あらゆる角度から考えて、これが正しいときめた額だ。いやなら訴訟をする。そして、君の過去の秘密を洗いざらい暴露してやる。映画界にいたたまれないようにしてやる。それでもいいのかね。それじゃあ困るだろう。困るなら、おれの要求する金額を払うほかはないね」

股野は四杯目のウィスキーを、グッとほして、唇をペタペタいわせながら、傲然としてそらうそぶく。

克彦にとって、問題は、しかし、金のことではなかった。あけみと交渉を断つという

第一条件には、どう考えても堪《た》えられそうになかった。彼らはお互に命がけで愛し合っていた。だが、正当の夫である股野に、あけみを譲れとは言えなかった。それを言い得ない社会の掟《おきて》というものに、ギリギリと歯ぎしりするほどの苦痛があった。彼はふと、それに対抗するものは「死」のほかにはないとさえ感じた。

「君はあけみさんをどうするのだ。あけみさんまで罰する気か」

「それは君の知ったことじゃない。あれもこらしめる。おれの思うようにこらしめる」

「ねえ、君の条件は全部容《い》れる。あの人を苦しめることだけはやめてくれ。罪はおれにあるんだ」

「エヘヘヘ、つまらないことを言うもんじゃない。そういう君の犠牲的愛情は、おれの嫉妬を、よけい燃えたたせるばかりじゃないか」

「それじゃあ、おれはどうすればいいんだ。おれはあけみさんを愛している。君には申しわけない。申しわけないが、この愛情はどうすることもできないんだ」

「フフン、よくもおれの前でほざいたな。それじゃあ、おれの第三の条件を言ってやる。それはきさまに肉体の制裁を加えることだ」

股野は椅子から立ちあがっていた。たださえ青白い顔に、眼は赤く血走っていた。アッと思うまに、克彦はクラクラと目まいがして、椅子からすべり落ちていた。頰に烈《はげ》しい平手打ちをくったのだ。

「なにをするかっ」

　夢中で相手にむしゃぶりついて行った。今度は股野の方が不意をうたれて、タジタジとなり、二人は組み合ったまま、床にころがった。お互に相手の鼻と言わず眼と言わず摑《つか》み合った。最初は克彦が上になっていたが、股野が巧みに位置を転倒して、針金のような強靭《きようじん》な腕でのどをしめつけてきた。とっさに「おれを殺す気だな」という考えがひらめいた。

「そんなら、おれも殺すぞっ」

　克彦は、両手に靴を持って、泣きわめきながら、いじめっ子に向かって行く幼児のようになって、めちゃくちゃな力をふりしぼった。いつのまにか上になっていた。のどをおさえようとすると、股野は夢中でそれを避けて、クルッとうつむきになった。

（ばかめ、その方が一層しめやすいぞっ）

　相手の背中にかさなり合って、すばやく右腕を頸《くび》の下に入れた。そして、相手の頸を、思いきり自分の胸にしめつけた。一所懸命に可愛《かわい》がっているかたちだ。筋ばった細い頸だった。鶏をしめているような感じがした。

　相手は全身でもがいていた。もうこちらの腕に手をかけることさえできなかった。青い顔が紫色に変わって、ふしくれ立っていた。

　何か女のかんだかい声がしたように思った。耳の隅でそれを聞いたけれども、そんなことに気をとられているひまはなかった。彼の右腕は鋼鉄の固さになって、器械のように、ジリッジリッと締めつけて行った。ゴキンという音がした。喉仏のつぶれた音だろう。

無我夢中ではあったが、心の底の底では人殺しを意識していた。「こいつさえ死ねば、何もかもよくなる」ということを打算していた。どんなふうによくなるかはわからなかった。しかし、おそらくよくなることは、まちがいないと感じていた。

相手はもうグッタリと動かなくなっているのに、不必要に長く締めつけていた。鶏のように相手の頸の骨が折れてしまった手ざわりを意識しながら、もっともっとと、頑強に締めつけていた。

耳の中に自分の動悸《どうき》だけが津波のようにとどろいていた。そのほかの物音は何も聞こえなかった。部屋の中がいやにシーンと静まり返っているように感じられた。しかし、誰かがうしろに立っていた。見も聞きもしないけれども、さっきから、誰かがそこにじっと立っているのが、わかっていた。

首をまわすのに、おそろしく骨がおれた。頸の筋がこむら返りのようになって、動かないのだ。やっと三センチほど首をまわすと、眼の隅にその人の姿がはいった。そこに青ざめたあけみが立っていた。彼女の眼が飛び出すほど見ひらかれていた。人間の眼がこんなに見ひらかれたのを、彼は今まで一度も見たことがなかった。

あけみは魂のない蠟《ろう》人形のように見えた。ほしかたまったように立っていた。ほしかたまったまま、スーッと横に倒れて行きそうであった。

「あけみ」

言ったつもりだが、声にならなかった。舌が石のようにコロコロして、すべらなかった。口の中に一滴の水分もなかった。手まねをしようとすると、手も動かなかった。股野の首を捲《ま》いた腕が鋳物のように、無感覚になっていた。

斬り合いをした武士の手が刀の柄《つか》から離れないのを、指を一本ずつひらいてやって、やっと離させる芝居を見たことがある。あれと同じだなと思った。しびれがきれたときのやり方で、血を通《か》よわせればいいのだと思った。肩の力を抜いて、腕を振るようにした。血が指先までめぐって行くのがわかった。やっと相手の頸にくっついていた腕がほぐれた。無感覚のまま、ともかく相手のからだから離れることができた。

躄《いざり》が這うようにして、丸テーブルのそばまで行った。そして、まだしびれている手を、やっとのばして、飲みのこしのウィスキー・グラスをつかみ、あおむきになった口へ持っていって、たらしこんだ。舌が焼けるように感じたが、それが誘い水になって、少しばかり唾液が湧いた。

あけみがフラフラと、こちらに近よってきた。声は出さなかったけれど、口があたしにもというように動いた。克彦はいくらかからだの自由を取り戻していたので、丸テーブルにつかまって立ちあがり、ウィスキー瓶をつかんで、グラスに注ぎ、それを口へ持っていってやった。金色のウィスキーが、ポトポトとこぼれた。あけみは自分の手を持ちそえて、それを飲んだ。

「死んだのね」

「ウン、死んじまった」

二人とも、やっとかすれた声が出た。

2

克彦は股野の頸の骨が折れてしまったと信じていた。だから人工呼吸で生き返らそうなどとは、毛頭考えなかった。

十分ほど、彼はアームチェアにもたれこんで、じっとしていた。絞首台の幻影が、遠くからパーッと近づいて、眼界一ぱいにひろがり、また遠くから近づいてきた。あらゆる想念が、目まぐるしく彼の脳中をひらめき過ぎた。その中で、どうしたらこの難局をのがれることができるかという、自己防衛の線がだんだん太く鮮明になり、ほかの一切の想念を駆逐して行った。

（ここで、おれは電気計算機のように、冷静に、緻密にならなければいけない。股野が死んだことは、もっけの幸いではないか。あけみは牢獄《ろうごく》からのがれて自由の身となるのだ。おれは彼女を独占できる。その上、股野の莫大《ばくだい》な財産があけみのものになる。だが、おれは殺人者だ。このまま手を拱《こまね》いていれば、牢屋にぶちこまれる。激情の結果の殺人だから、まさか死刑になることはあるまいが、しかし一生が台なしだ。自首するのとのがれるのと、その差いくばくであろう。しかも、のがれる道がないではない。おれはそれを日頃から考えぬいておいたではないか）

克彦はあけみを愛し股野を憎み出してから、空想の中では、千度も股野を殺していた。あらゆる殺し方と、その罪をのがれるあらゆる手段を、緻密に、緻密に、毛筋ほどの隙間もなく空想していた。今、その空想の中の一つを実行すればよいのである。

（時間が大切だ。十分間に凡《すべ》ての準備を完了しなければ）

彼は腕時計を見た。こわれてはいなかった。七時四十五分だ。飾り棚の上の置時計を見た。七時四十七分だ。

あけみは彼の横の床に、うつぶせになったまま身動きもしないでいた。彼はそのそばによって、上半身を抱きおこした。あけみはいきなりしがみついてきた。十センチの近さで、お互の顔を見、眼をのぞき合った。克彦の考えを、あけみも察していることがわかった。ふたりの眼は互いに悪事をうなずき合った。

「あけみ、鉄の意志を持つんだ。ふたりで一《ひ》と幕の芝居をやるんだ。冷静な登場人物になるんだ。君にやれるか」

あけみは、あなたのためなら、どんなことでも、というように深くうなずいてみせた。

「今夜は明かるい月夜だ。今から三、四十分たって、この前の通りを、誰かが通りかかってくれなければ……おお、おれは冷静だぞ。こんなことを思い出すなんて。あけみ、この前をパトロールの警官が通るのは、あれはたしか八時よりあとだったね。いつか、君がそのことを話したじゃないか」

「八時半ごろよ、毎晩」

あけみは、いぶかしげな表情で答えた。

「うまい。四十分以上の余裕がある。どんな通行人よりも、パトロールは最上だ。それまでにやることが山のようにある。一つでも忘れてはいけないぞ……女中は大丈夫あすまで帰らないね。月は曇っていないね……」

彼は窓のところへ飛んで行って、黄色いカーテンのすきまから空を見た。一点の雲もない。満月に近い月が、ちょうど窓の正面に皎々《こうこう》と輝いている。

(なんという幸運だ。この月、パトロール、女中の不在。まるで計画したようじゃないか。あとは、あけみさえうまくやってくれりゃいいんだ。それも大丈夫。あれは舞台度胸は申し分がない。それに男役には慣れている。おれは人殺しをまったく忘れて、舞台監督になるんだ。この際、恐怖は最大の敵だぞ。恐れちゃいけない。忘れてしまうんだ。

あすこに倒れているやつは人形だと思え）

克彦は強いて狂躁《きょうそう》を装った。そして軽快に、敏捷《びんしょう》に、緻密に立ちまわることに、意力を集中しようとした。

「あけみ、僕らが幸福になるか、不幸のどん底におちいるか、それは今から一時間ほどのあいだの、君と僕との冷静にかかっている。殊に君の演戯《えんぎ》が必要だ。命がけの大役だよ。君には大丈夫それがやれる。わけもないことだ。怖がりさえしなければいいのだ。舞台に立ったときのように、ほかの一切のことを忘れてしまうんだ。わかったね」

「きっとできるわ。あなたが教えてさえくれれば」

あけみはまだワナワナふるえていたけれど、強い決意を見せて言った。ふたりの気持がこんなにピッタリ一つになったことは一度もなかった。

克彦は股野の死体のそばにしゃがんで、念のために心臓にさわってみた。むろん動いているはずはない。そんなことをしないでも、生体と死体とは一と目でわかる。その顔に現われている死相と、無生物のようなからだの感じでわかる。

紺色のベレ帽が、死体のそばに落ちていた。まずそれを拾った。太いべっこう縁の目がねは、折れもしないで、青ざめた額にひっかかっていた。それをソッとはずした。

（だが、このジャンパーをぬがせて、また着せるのは大変だぞ）

「あけみ、これと同じ色のジャンパーがもう一着ないか。着がえがあるだろう」

「あるわ」

「どこに？」

「となりの寝室のタンスの引出し」

「よし、それを持ってくるんだ。いや、まだある。白い手袋が必要だ。革ではいけない。ほんとうは軍手がいいんだが、ないだろうね」

「あるわ。股野が戦時中に、畑仕事をするのに買ったんですって。新らしいのがたくさん残ってるわ。台所の引出しよ」

「よし、それをもってくるんだ。まだある。長い丈夫な紐《ひも》が二本ほしい。遠くから持ってきちゃいけない。隣の寝室に何かないか」

「さあ、あれば洋服ダンスの中だわ。でも丈夫な紐って……ア、股野のレーンコートのベルトがはずせるわ。それから……ネクタイではだめ？」

「もっと長い丈夫なものだ」

「そうね。ア、股野のガウンのベルトがある。あれならネクタイの倍も長くて丈夫だわ」

「よし、それを持ってくるんだ。それから……ウン、そうだ。おれはいつか、ちゃんと考えておいたんだ。君のうちには、何かの草で造った箒《ほうき》のような形の洋服ブラシがあったね。おれは見たことがある。あれが、入用だ。あるか」

「あるわ。洋服ダンスのそばに、かけてあるわ」

「いいか、忘れちゃいけないぞ。全部そろえるんだ。もう一度言う。軍手、ベルトが二本、箒型のブラシ、ジャンパー、そして、ここにベレ帽と目がねがある。それで全部か？　いや待て、そうだ、ネクタイでいい。洋服ダンスから柔かいネクタイを三本抜いてくるんだ。それからあとは、洋服ダンスの鍵と、この書斎の入口、隣の寝室の入口、二つの部屋のあいだのドアと、三つのドアの鍵、それと、玄関のドアの鍵が入用だ」

「軍手、ジャンパー、ブラシ、ベルト二本、ネクタイ三本、鍵が三つ」あけみは指を折ってかぞえた。「この部屋と、隣の部屋と、境のドアとはみんな同じ鍵だから、そのほかに洋服ダンスと、玄関のと、鍵は三つだわ」

「よしその通り。ア、ちょっと待った。三つの鍵はいつもどこに置いてあるんだ」

「洋服ダンスの鍵なんて、かけたことないから、把手《とって》にぶらさがってるわ。玄関と部屋の鍵は股野のズボンのポケットと、下のあたしの部屋の小ダンスの引出しに一つずつ」

「それじゃあ、股野のポケットのを使おう。これは僕がとり出す。君はほかの品を全部集めるんだ。時間がない。大急ぎだっ」

あけみはもうふるえていなかった。舞台監督のさしずのままに動く俳優になりきっていた。彼女は所要の品々を集めるために、隣の寝室へ飛びこんで行った。

克彦は死体のそばに行って、ズボンの両方のポケットをさぐった。そして、わけなく二つの鍵を見つけた。別に気味わるくも感じなかった。死体はまだ温かかった。石炭ストーヴの熱気で、部屋は暑すぎるくらいなのだから、今から三、四十分たっても、死体はまだ温かいだろうと考えた。

所要の品々がそろった。克彦はそれを丸テーブルの上に並べて点検したあとで、箒型のブラシと軍手の片方を手に持って、妙なことをはじめた。箒の先をひとつまみずつにわけ、それを軍手の指の中へおしこんで行くのだ。見るまに箒を芯にした一本の手ができ上がった。

「もうわかっただろう。君が股野の替玉になって一人芝居をやるのだ。股野は長髪だから、君の頭でいい。少しうしろへ掻《か》き上げておけばいい。そして、ベレ帽をかむり、目がねをかけるんだ。それで鼻から上はでき上がる。鼻から下は、ホラ、この軍手で、こういうぐあいに隠すんだ。つまり、誰かが、うしろから君の口をおさえて、声を立てさせまいとしている恰好《かっこう》だ。君はその軍手を引きはなそうと自分の手をかけている気持で、実はこの箒の根もとを持って、口の前に支えていればいいのだ」

これらは、克彦が空想殺人の中で、たびたび考えて、繰り返し検算しておいたことだ。細かい点まで、手にとるようにわかっている。

「それから、そのセーターの上からジャンパーを着るんだ。下はそのままでいい。あの窓をあけて、上半身を見せればすむのだ。軍手の男が君のうしろから抱きついている。

君は窓から上半身をのり出して、軍手でおさえられた手を、引きはなしながら、助けてくれと叫ぶのだ。そういう場合だから、ただしゃがれた男の声でさえあればいい。この部屋の電灯を消して、僕とパトロールの警官とが門の前に現われるのを待って、演戯をはじめるんだ。もしパトロールがこないようだったら、誰でもいい、通りがかりの人と一緒に門までやってくる。君は窓のカーテンのすきまからのぞいて、僕の姿が見えるのを待ってればいいのだ。そして、二声三声叫んでおいて、軍手の男にうしろへひっぱられる形で、窓から姿を消してしまうのだ。二階の窓から門までは十メートル以上はなれている。いかに明かるいと言っても月の光だ。細かいことはわかりゃしない。それに、僕がうまく相手を誘導するから、万に一つもしくじる心配はない。わかったね」

あけみは、克彦の興奮した顔、自信ありげな熱弁に見とれているうちに、彼の計画の全貌が、おぼろげにわかってきた。

「わかったわ。そうして、あなたのアリバイを作るのね。股野が殺されたときに、あなたはまだ門をはいろうとしていたのだということを、証人に見せるのね。だから、その証人にはパトロールのおまわりさんが一番いいというわけね。そうすると、あたしはここにいたことになるけれど、かよわい女だからどうにもできなかった……あら、それじゃあ、あたしは犯人を見たことになるのね。どんな男だったと聞かれたら……」

「覆面の強盗だ」

「どんな覆面？　服装は？」

「黒い服を着ていた。こまかいことはわからなかったというんだ。覆面は眼だけでなく、顔全体の隠れるやつだ。ヴェールのように、黒い布を鳥打帽からさげていたと言うんだ。両手に軍手をはめていたのはもちろんだ。だから指紋は一つも残っていない」

「わかった。あとは出まかせにやればいいのね。でも、あたし自身が犯人だと疑われることはないの？　かよわい女だから、股野に勝てるはずがないっていう理窟？　それで大丈夫かしら」

「それには、このベルトとネクタイと鍵だ。時間がないから一度しか言わない。よく聞いてるんだよ。僕が今にそとへ出て行くから、そのときすぐに、この部屋の入口のドアに鍵をかける。それから、窓の演戯をすましたら、君はこれだけのことを大急ぎでやるんだ。箒型ブラシから軍手をはずし、一対《つい》ちゃんとそろえて、一応となりのタンスの引出しへしまう。あとでゆっくり台所の元の引出しへ返しておけばいい。ジャンパーも元のところへしまう。ブラシも元の釘《くぎ》へかける。それから君はこのネクタイとベルトを持って、となりの寝室へはいり、中から鍵をかける。寝室から廊下へ出るドアにも鍵をかける。そうしておけば、どちらかのドアを破らなければはいれないのだから、ゆっくり仕事ができるわけだ。鍵の始末は、そうだね、寝室のどこかの小引出しにでも入れておくんだね。

書斎と寝室との三つのドアには、あとで犯人が鍵をかけて行ったことになるんだから、もし小引出しの鍵が見つかったら、同じ鍵が三つあったことにするんだ。だが、もっといいのは、君の部屋の小ダンスの合鍵を、あとでどこかへ隠してしまうんだね。そうすれば鍵は二つあったことになる。

寝室へはいったら、このネクタイのうちの二本を丸めて自分の口の中へ押しこむのだ。そして、もう一本のネクタイでその上をしばり、頭のうしろで固く結ぶ。つまり猿ぐつわだね。それから、君は洋服ダンスの中へはいるのだ。かけてある服を、どちらかへよせれば、人間一人、足をまげて、もたれかかるぐらいの余地はあるだろう……大いそぎでためしてごらん」

二人は隣の寝室へはいって行って、大型の洋服ダンスのとびらをひらいた。やってみるまでもなく、大丈夫はいれる。すぐに丸テーブルの前に引き返した。

「さて、洋服ダンスの中へはいったら、両足をそろえて、足首にこのガウンのベルトをグルグルに巻きつけ、その端を固く結ぶ。それから、観音びらきのとびらを、中からしめる。その次がちょっとむずかしい。これは縄抜け奇術を逆にやるようなものだからね。しかし、だれにでもできることだ……君、両手をグッと握って、前に出してごらん。そうそう。この両手の手首のところを、僕がレーンコートのベルトでしばる。手品師なら、いくら強くしばってもいいのだが、君は素人《しろうと》だから、わざとゆるくしばっておく」

克彦はそう言いながら、あけみの両の手首に、グルグルとベルトを巻きつけ、しばりあげた。

「さあ、これでいい。手のひらを平らにして、片方ずつ抜いてごらん。ゆるくしばったのだから、わけなく抜ける。ほらね。するとベルトが輪になったまま残るね。これを洋服ダンスの中へ持ってはいるのだ。そして、足首をゆわえたあとで、このベルトの輪を自分のうしろのタンスの底に置いて、うしろに手をのばし、さっきのやり方で、片方ずつ、この輪の中に手首を入れる。つまり、うしろ手にしばられたとみせかけるのだ。なかなかむずかしいけれども、時間をかけてゆっくりやれば、大丈夫できるんだよ……ここでちょっと練習してごらん」

あけみは必死になって、それを試みた。部屋の隅の壁にもたれて、うしろにベルトの輪を置き、からだをねじって、右手を入れるときには、右の方に輪をよせ、左手を入れるときには、左によせて、眼の隅でそれを見ながらやるようにした。もともとゆるい輪だから、思ったほど苦労もしないで、両手を入れることができた。

「だが、両手を入れただけではいけない。握りこぶしを作るんだ。そして、手首のところでギュッとねじる。そうそう、そうするとバンドが手首に喰《く》い入って、固くゆわえてあるように見える上に、そうしてねじっていれば、自然に充血して、その辺がふくれあがり、今度はもうほんとうに抜けなくなる。これは縄抜け術とはちがうが、僕らの今の場合はそうする方がいいのだ。あとは、君が洋服ダンスにとじこめられていることがわかったときに、誰かが解いてくれるんだからね。

この仕事はあわてないでもいい。ゆっくりやれる。僕がここを出ると、君が入口のドアに鍵をかけ、それから、あとで寝室のドアにも鍵をかけるんだから、窓の演戯を見て、すぐに駈《か》けつけても、ドアを破る時間がある。そして、死体を発見すれば、そこで手間どるから、寝室へはいってくるのは、ずっとあとになる。だから自分をしばるのはゆっくりでいい。しかしまったく気づかれなくても困るから、誰かが寝室へはいってきたら、君は洋服ダンスの中で、あばれて音を立てるんだ。そして注意を引くんだ。わかったね。念のために、今まで僕が言ったことを、忘れないように、もう一度君の口で言ってごらん。一つでもまちがったら大変だからね」

そこで、あけみは、この複雑な演戯の順序を、正確に復誦《ふくしょう》して見せた。さすがに俳優である。少しのまちがいもなかった。

「うまい。それでいい。ぬかりなくやるんだよ。それからここに残った玄関の鍵と洋服ダンスの鍵は、僕がポケットに入れてそとに出る。それはこういうわけだ。君は犯人のために洋服ダンスにとじこめられた。だから、犯人は洋服ダンスにも鍵をかけて行ったはずだ。しかし、君は中にはいっているんだから、自分で鍵をかけることはできない。それで僕が持って出て、今度誰かと一緒にはいってきたとき、相手のすきをうかがって、洋服ダンスに鍵をかけておく、という順序だ。それから、玄関に鍵をかけておく意味は言うまでもない。僕たちがあとでこのうちにはいる時間をおくらせるためだ」

「まあ、そこまで！　あなたの頭は恐ろしく緻密なのね。それで、あたしが洋服ダンスにとじこめられる意味は？」

「わかってるじゃないか。犯人は股野にだけ恨みをもっていたんだ。美しい細君まで殺す気はない。覆面で顔は見られていないから、殺すには及ばないのだ。しかし逃げる時間がほしい。君を自由にしておけば、すぐに警察に電話をかけるだろう。また、叫び声をたてて近所の人に知らせるだろう。犯人はそれでは困るのだ。そこで、猿ぐつわをはめて、とじこめておく。そうしておけば、あすの朝までは、誰にも気づかれないですむという計算なのだ。

と同時に、われわれの方から言えば、君を洋服ダンスにとじこめる意味は、君も被害者の一人であって、決して犯人の仲間ではないということを証明するためだ。わかったかい」

あけみは深くうなずいて、畏敬のまなざしで恋人の上気した顔を見上げた。克彦はあわただしく腕時計を見た。八時十五分だ。

「これで演戯の方はすんだ。だが、もう一つやる事がある。君はあすこの金庫のひらき方を知っているね」

「股野はあたしにさえないしょにしていたけれど、自然にわかったの。ひらきましょうか」

「ウン、早くやってくれ」

克彦はあけみが金庫をひらいているあいだに、ストーヴの前に立って、石炭をなげこみ、灰おとしの把手をガチャガチャいわせていた。

「その中に借用証書の束があるはずだ」

「ええ、あるわ。それから現金も」

「どれほど?」

「十万円の束が一つと、あと少し」

「貯金通帳や株券なんかはそのままにして、証文の束と現金だけ、ここへ持ってくるんだ。金庫はあけっぱなしにしておく方がいい」

あけみがそれを持ってくると、克彦は証文の束をバラバラと繰ってみた。ゆっくり調べているひまのないのが残念だ。彼の知人の名も幾人かあった。全体では大した金額だ。

「それ、どうなさるの?」

「ストーヴで焼いてしまうのさ。現金もいっしょだ」

「人助けね」

「ウン、犯人が人助けのために、証文を全部焼いて行ったと思わせるのだ。むろん犯人自身の証文もこの中にあるというわけだよ。股野は担保もとらなかったし、公正証書も作らなかったので、この証文さえなくしてしまえば、一応返済の責任はなくなるのだ。しかし、帳簿が残っている。帳簿を見れば、債務者がわかる。そこで警察は、帳簿の債務者を虱《しらみ》つぶしに調べることになる。しかし、永久に犯人はあがらない。というわけさ。証文を焼いた犯人が現金を見れば、残してはおかないだろう。それが自然だ。しかし、僕らが持っていては危ない。股野のことだからどこかへ紙幣の番号を控えていなかったとはきめられない。だから、現金もここで焼いてしまうのだ。まず先に紙幣を焼こう」

貴重な三分間を費し、紙幣は灰になるまで監視し、それを更らにこなごなにしてから、証文の束を投げ入れた。あとはあけみに任せておいて、克彦は入口の長椅子においてあったオーバーを着、そのポケットにあった手袋をはめ、ハンカチを出して、丸テーブルの上のウィスキーの瓶とグラスの指紋をふきとって、元の飾り棚に納め、丸テーブルの表面、ストーヴの火掻き棒、金庫やドアの把手など、指紋の残っていそうな個所《かしょ》を入念にふきとった。そして、洋服ダンスの鍵をポケットに入れると、

「じゃあすぐに用意をはじめるんだよ。ぬかりなくね」

言いのこして、入口を出ようとすると、あけみが息をはずませて追いすがってきた。

「うまく行けばいいけれど、そうでなかったら、これきりね」

両手が肩にかかり、涙でふくれた眼が、近づいてきた。可愛らしい唇が、いじらしく

すすり泣いていた。ふたりは唇を合わせて、長いあいだ、しっかりと抱きあっていた。情死の直前の接吻《せっぷん》という観念が、チラと克彦の頭をかすめた。

あけみが中からドアにカチッと鍵をかける音を聞いて、階段へ急いだ。もう手袋をはめているから、何にさわっても構わない。玄関のドアに中から鍵をかけた。それから台所でコップをさがしてつづけざまに水を飲んだ。そして、玄関の鍵はそこの戸棚の中へ入れておいた。

台所のそとの地面は、天気つづきでよく乾いていた。その上、敷石があるのだから、足跡は大丈夫だ。コンクリート塀についている勝手口の戸を、二センチほどひらいたままにして、狭い裏通りに出た。そとの石ころ道もよく乾いていた。

3

真昼のような月の光だ。人に見られてはいけない。あたりに気をくばりながら、グルッと廻《まわ》って表通りに出た。誰にも会わなかった。どこの窓からも覗《のぞ》いているものはなかった。表のどぶ川沿いの道路は、月の光で遠くまで見通せる。どこにも人影はなかった。腕時計を見ると、八時二十分だ。八時半にはまだ充分余裕がある。

どぶ川が月の光をうけて、キラキラと銀色に光っていた。海の底のような静けさだ。

向こうに立っている何かの木の丸い葉もチカチカと光っていた。こちら側の生垣のナツメの葉もチカチカと光っていた。

(なんて美しいんだろう。まるでおとぎ話の国のようだ)

こんなくだらない街角を、これほど美しく感じたのは、はじめての経験だった。

彼は口笛を吹き出した。偽装のためではない。なぜか自然に、そういう気持になった。口笛の余韻が、月にかすむように、空へ消えて行った。

(だが待てよ。もう一度検算してみなければ……)

克彦はたちまち現実に返って、不安におののいた。

(窓からの叫び声を聞いて、玄関に駈けつけ、うちの中にはいるまでの時間が重大だぞ。そのあいだに仮想犯人はいろいろのことをやらなければならない。あとから考えて、その時間がなかったという計算になっては大変だ。危ない危ない。犯罪者の手抜かりというやつだな。エーと、よく考えてみなければ……

仮想犯人は、股野が窓から助けを求めた直後に、彼をしめ殺してしまうだろうか。いや、そうじゃない。金庫をひらかせなければならない。そうでないと証文を焼くことができない。だが、ひらかせるのはわけもないことだ。頸に廻した手を締めたりゆるめたりして、脅迫すればよい。殺されるよりは金庫をひらく方がましだから、股野は金庫をひらく。ひらかせておいて、すぐしめ殺すのだ。そして、死骸はそこに捨てて、証文をとり出し、ストーヴに投げこみ、現金はポケットに入れる。仮想犯人はそうするにちがいない。これを一分か二分でやらなければいけない。あけみが主人の叫び声を聞きつけて、上がってくるにちがいないからだ。いや、その前にもう一つやることがある。洋服ダンスを物色して、ベルトやネクタイを取り出すことだ。仮想犯人はそこに洋服ダンスがあることを知っていたとすればいい。そうすれば紐類を探すとき、まず洋服ダンスをあけてみるのはごく自然だ。だが、そんなことがまっ暗な中でできるか？　寝室にも窓からの月あかりがある。ちょっと暗すぎるかな？　犯人は懐中電灯を持っていたことにしてもいい。そして、ベルトとネクタイを用意して、あけみを待っている。これも一分間にやらなければいけない。そのときはもう、あけみは書斎にはいっているかもしれない。いずれにしても、あけみをとらえて、すぐ猿ぐつわをはめ、声を立てないようにしておいて、手足をしばる。そして、洋服ダンスにとじこめる。これを二分か三分にやらなければいけない。ずいぶんきわどい芸当だが、やってやれないことはなかろう。合わせて四分か五分、仮想犯人のために、これだけの余裕は見てやらなければならぬ。それより早く玄関のドアを破ってはいけないのだ。つまり、仮想犯人が裏口から逃げ出してしまってから、ドアを破るという段取りにする必要がある。その手加減が、一ばんむずかしいところだ……よし、なんとかやってみよう）

克彦は目まぐるしく頭を回転させて、とっさのあいだに、これだけのことを考えた。

この寒さに、全身ビッショリの冷汗であった。

それからまだ暫《しばら》くあいだがあった。待ちかねていると、やっとコツコツという靴音がきこえてきた。普通の通行者の歩きかたではない。いよいよ今夜の演戯のクライマックスがきた。

ふり返ると、果たしてパトロールの警官であった。二人連れではない。この辺は一人で巡廻するのであろう。

克彦は歩き出した。二十歩もあるくと、股野家の門であった。門のそとに立って、二階の窓を見た。窓の押し上げ戸が音を立ててひらかれた。室内はまっ暗だ。カーテンをかき分けるようにして、人の顔がのぞいた。ベレ帽、太いべっこう縁の目がね、白い大きな手袋、茶色のジャンパー。

白い手袋がうしろから彼の口を覆っていた。苦しそうにもがいている。そして、おさえられた手袋のすきまから、

「助けてくれ……」

という、しゃがれ声の悲鳴がほとばしった。

克彦はハッとして立ちすくんでいる恰好をした。うしろから、駈け出してくる靴音が聞こえた。パトロールの警官にも、低い塀ごしにあれが見えたのだ。

「助けて……」

もう一度悲鳴が。しかし、その声は途中でおさえられた。そして、窓の人影は、白い手袋に引き戻されるように、室内の闇に消えてしまった。あとには、月の光を受けたカーテンが、ユラユラとゆれているばかりだ。

「あなたは？」

警官は門内に駈けこもうとして、そこに突っ立っている克彦に不審を抱いた。美少年と言ってもよい若い警官だった。

「ここは僕の友人の家です。いま訪ねてきたところです。僕は映画に関係している北村克彦というものです」

「じゃあ、いま窓から叫んだ人を御存知ですか」

「今のは僕の友人らしいです。股野重郎という元男爵ですよ」

「じゃあ、はいってみましょう。どうも、ただごとではないですよ」

(よしよし、これで一分ばかり稼げたぞ。仮想犯人はもう証文をストーヴに投げ入れて、洋服ダンスに向かっている時分だ)

克彦と美少年の警官とは前後してポーチに駈けつけた。ドアを押してもひらかないので、ベルを押しつづけたが、なんの答えもない。

「妙ですね、家族は誰もいないのでしょうか」

「さあ、主人と細君と女中の三人暮らしですが、主人だけというのはおかしい。細君も女中もあまり外出しないほうですから」

(又、一分はたった。ボツボツ裏口へ廻ることにしてもいいな)

「仕方がない。裏口へ廻ってみましょう。裏口もしまっていたら、窓からでもはいるんですね」

「あなた裏口への道を知ってますか」

「知ってます。こちらです。もっとも、あいだに板塀の仕切りがあって、そこの戸をひらかなければなりませんがね」

板塀の戸はしまっていた。警官はその戸を押し試みて、ちょっと考えていたが、なにか自信ありげな口調になって、

「この板戸を破るのはわけないですが、裏口もしまっていたら、手間がかかって仕方がない。それよりも、玄関へ戻って、ドアをひらきましょう」

と言って、もうそのほうへ走り出していた。

「玄関のドアを破るのですか」

「いや、破る必要はありません。見ててごらんなさい」

警官はポーチに戻ると、ポケットから黒い針金のようなものを取り出した。そして、その先を少し曲げてドアの鍵穴に入れ、カチカチやってみて、また引き出しては曲げ方を変え、それを何度も繰り返している。

（オヤオヤ、これは錠前破りの手だな。近頃は警官もこんなことをやるのかしら。それにしてもありがたいぞ。板塀まで行って帰ってきて、先生がコチコチやっているうちに、もう二分以上過ぎてしまった。これで五分間は持ちこたえたわけだ。針金で錠がはずれるまでには、まだ一、二分はかかるだろうて）

だが、一分もたたないうちに、カチッと音がして、錠がはずれ、ドアがひらいた。その時は急いでいるので、そのまま屋内に踏みこんだが、ずっとあとになって、この美少年の警官は、錠前破りについて、こんなふうに説明した。

「僕は探偵小説を愛読してますが、中から鍵のかかっているドアを、急いでひらく場合には、警官が体当たりでドアを破るのが定法のようになっていますね。しかし今の警官はそんな野蛮なまねをしなくていいのですよ。針金一本で錠前をはずすという手は、もとは錠前破りの盗賊が考え出したことです。しかし、賊が発明したからといって、警察がこれを利用して悪いという道理はありません。近年はわれわれのような新米警官でも、針金でドアをひらく技術を教えられているんですよ。このほうが体当たりで破るよりも、かえって早いのですからね」

さて、二人はまっ暗なホールに踏みこんだが、シーンと静まり返って、人のけはいもない。

「もしもし、だれかいませんか」

「股野君、奥さん、ねえやもいないのか」

二人が声をそろえてどなっても、なんの反応もなかった。

「誰もいないのでしょうか」

「構いません、二階へ上がってみましょう。ぐずぐずしている場合じゃありません」

（また今のまに、一分ほど経過したぞ。もういくらせき立てても大丈夫だ）

ふたりは階段を駈け上がって、書斎のドアの前に立った。

「さっきの窓はこの部屋ですよ。主人の書斎です」

克彦は言いながら、ドアの把手を廻した。

「だめだ。鍵がかかっている」

「ほかに入口は？」

「隣の寝室からもはいれます。あのドアです」

今度は警官が把手を廻してみた。やっぱり鍵がかかっている。

「オーイ、股野君、そこにいるのか。股野君、股野君……」

答えはない。

「仕方がない。また錠前破りですね」

「やってみましょう」

警官は例の針金を取り出して、鍵穴をいじくっていたが、前よりも早く錠がはずれて、ドアがひらいた。

　ふたりはすぐに室内に踏みこんで行ったが、まっ暗ではどうにもならぬ。克彦は心覚えの壁をさぐってスイッチをおした。

　電灯がつくと、ふたりの目の前に、茶色のジャンパーを着た、長髪の男が倒れていた。

「アッ、股野君だ。このうちの主人です」

　克彦が叫んで、そのそばにかけよった。

「さわってはいけません」

　警官はそう注意しておいて、自分もじっと股野の顔を覗きこんでいたが、

「死んでいますね。頸にひどい傷がついている。扼殺《やくさつ》でしょう……電話は？　このうちには電話があったはずですね」

　克彦が事務机の上を指さすと、警官は飛んで行って受話器を取った。

　電話をかけ終ると、ふたりで二階と一階との全部の部屋を探し廻ったが、夫人も女中も不在であることがわかった。

「犯人は多分、われわれと入れちがいに、裏口から逃げたのでしょうが、もう追っかけても間に合いません。それよりも現状の保存が大切です」

　警官はそう言って、再び二階へ引きかえした。書斎の隣の寝室は、両方のドアに鍵がかかっていたので、そこで手間どることをおそれて、あとまわしにしておいたのだった。

警官はまた例の針金をポケットからとり出して、まず廊下のドアをひらいた。そして、寝室にはいると、ベッドの下など覗いていたが、すぐに、書斎との境のドアに取りかかった。

克彦はそのすきに、さりげなく洋服ダンスの前に近づき、ポケットの鍵で、うしろ手に錠をおろし、その鍵は洋服ダンスと壁とのすきまへ投げこんでおいた。むこう向きになって錠前破りに夢中になっている警官は、少しもそれに気づかなかった。

やっと書斎との境のドアがひらいた。警官はホッとして、死体のある書斎へはいろうとしたが、そのとき、どこかでガタガタと音がした。

「オヤ、いま変な音がしましたね」

警官が克彦の顔を見た。克彦は洋服ダンスを見つめていた。またガタガタと音がして、洋服ダンスがかすかにゆれた。

彼はツカツカと洋服ダンスの前に近づいて、とびらに手をかけた。ひらかない。

若い警官の顔がサッと緊張した。

「だれだっ、そこにいるのはだれだっ」

中からは答えがなくて、ガタガタいう音は一層はげしくなる。

警官は腰のピストルを抜き出して、右手に構えた。そして、こんどはもう針金を使わないで、左手で力まかせに扉を引いた。観音びらきだから、鍵がかかっていても、ひどく引っぱれば、はずれてしまう。パッと扉がひらいた。そして、そこから大きな物体がゴロゴロと、ころがり出してきた。

「アッ、あけみさん」

克彦がほんとうにびっくりしたような声で叫んだ。

「だれです、この人は」

「股野君の奥さんですよ」

警官はピストルをサックに納め、そこにしゃがんで、あけみの猿ぐつわをはずし、口の中のネクタイを引き出してやった。

そのあいだに、克彦はうしろ手にしばられた手首を調べてみた。うまくやったぞ。ベルトが手首の肉に喰い入って、自分でしばったという疑いの余地はまったくなかった。これなら大丈夫だと、克彦はわざと足首のベルトを解くほうにまわり、手首のほうは警官にまかせた。

すっかりベルトを解くと、あけみのからだを二人で吊って、そこのベッドに寝かせた。

「水を、水を」

あけみが、哀れな声で渇《かつ》を訴えたので、克彦は台所へ駈けおりて、コップに水を持ってきた。彼女はほんとうに喉がかわいていたのだから、真に迫って、ガツガツと一息《ひ》にそれを飲みほした。

あけみが少しおちつくのを待って、若い警官は手帳を取り出し、一と通り彼女の陳述を書きとったが、あけみの演戯は申し分がなかった。

きょうは夕方から女中を自宅に帰したので、彼女は、主人とふたりのおそい夕食のあとかたづけのために、台所にいた。主人の書斎で何か物音がした、叫び声がきこえたように思った。様子を見るために二階にあがって、書斎のドアをひらくと、中はまっ暗で、ただならぬけはいが感じられた。壁のスイッチを押そうとして、手をのばしたとき、いきなり、うしろから組みつかれ、口の中へ絹のきれのようなものを押しこまれ、物も言えなくなってしまった。

それから、そこへ押しころがされ、両手をうしろにまわして、しばられ、両足もしばられたが、そのあいだに、窓からの月あかりで犯人の姿が、おぼろげに見えた。黒っぽい背広を着ていたように思う。背が非常に高いとか、低いとか、ひどく瘦せているとか、太っているとかいう印象はなかった。つまり、からだにはこれという特徴がなかった。顔はまったく見えなかった。黒っぽい鳥打帽をかぶり、ヴェールのように黒い布を顔の前に垂らしていた。まったく口をきかなかったので、声の特徴もわからない。

主人の股野が、うつぶせに倒れているのも、月あかりで見た。殺されているのか、気を失っているのかわからなかったが、覆面の男にやられたことはまちがいないと思った。金庫のとびらがあいているのも、チラと見た。だから強盗かと思ったが、どうも普通の強盗ではないような感じを受けた。

それから、犯人はしばりあげたあけみを抱いて、寝室の洋服ダンスの中に入れ、そとから鍵をかけた。そして、そのまま立ち去ったらしく思われる。犯人はまったく無言で、敏捷に働いたので、最初猿ぐつわをはめられてから、洋服ダンスにとじこめられるまで、三分とかかっていないであろう。

あけみは話の途中から、ベッドの上に起き上がって、思い出し、思い出し、大体そういう意味のことを話した。彼女はその役になり切っていた。話しぶりも真に迫っていた。彼女は大胆にも、主人の股野重郎には愛情を感じていないことをすら、言外ににおわせた。

美少年の警官は、この美しい夫人が、夫の無残な死にざまを見たら、どんなに歎《なげ》くだろうと、オロオロしているように見えたが、あけみは、まるでお義理のように、警官にたすけられて、夫のなきがらのそばへ行った。そして、一応は涙をこぼしたけれど、死体にとりすがって泣きわめくようなことはしなかった。

いつの間にか九時半をすぎていた。そのころから股野家は俄《にわ》かに騒がしくなった。所轄警察や警視庁などから、多勢の人々が、次々とやってきたからである。

あけみは、捜査一課長や警察署長の前で、同じことをたびたび繰り返さなければならなかった。彼女の話しぶりは、繰り返すごとに、少しも危険のない枝葉をつけ加えながら、いよいよ巧みになっていった。克彦さえ、その演戯力にはあきれ返るほどであった。

克彦自身もいろいろ質問を受けた。彼は今夜のことだけは別にして、すべて正直に答えた。あけみを愛していることを悟られても構わないという態度をとった。遠方からの殺人目撃者という、不動のアリバイが、それほど彼を大胆にしたのだが、それだけに、彼の話しぶりには少しの不自然もなかった。

鑑識課員は、股野の死因が、強力なる腕による扼殺であること、ドアの把手その他室内の滑《なめら》かなものの表面が、布ようのものでふきとってあること、一応指紋は採集したけれども、犯人の指紋はおそらく発見されないだろうということ、表口にも裏口にも、顕著な足跡は発見されなかったことなどを報告した。

鑑識課員はまた、ストーヴで紙束が焼かれたらしいことも見のがさなかった。そして、あけみの証言によって、それが借用証書の束であることが判明して、現金十数万円が金庫の中から紛失していることも明きらかとなった。それに関連して、股野の事務机の引出しから、貸金の帳簿が押収せられた。

捜査官たちは、何も言わなかったけれども、捜査が股野の現在の債務者の方向に進められることは、容易に推察された。おそらく貸金帳簿に記入されている人々が、シラミつぶしに調べられることであろう。

股野は両親も兄弟もなく、孤独な守銭奴だったから、こういう際に電報で呼び寄せるような親しい親戚もなかった。うちとけた友人も少なく、強いて言えば克彦などが最も親しいあいだがらであった。

あけみの両親は新潟にいたが、彼女の姉が東京の三共《さんきよう》製薬の社員に嫁していたので、さしあたって、その夫妻を電話で呼びよせた。そんなことをしているうちに、夜がふけてしまったので、克彦もその晩は股野家に泊まることになった。

翌日は日東映画の社長をはじめ股野の友人たちが多勢やってきて手伝ってくれたが、一番事情に通じているのは克彦だったから、中心になって立ち働かないわけにはいかなかった。そして、事件から三日目に、股野重郎の葬儀は無事に終った。

克彦もあけみも、この難場《なんば》を事なく切り抜けた。死者の家族が、葬儀の忙しさにまぎれて、その悲しみを一時忘れているように、犯罪者の恐怖も、まぎれ忘れていることができるもののようであった。一つは彼らに十二分の自信があったためでもあるが、もう一つは、こういう犯罪を敢《あえ》てする者の、一種の不感症的性格から、彼らはなんらおびえることもなく、その数日を過ごすことができた。

4

それから一ヵ月あまりが過ぎ去った。はじめのあいだは、あけみの家へも、克彦のアパートへも、警察の人がたびたびやってきて、うるさい受け答えをしなければならなかったが、それも当座のあいだで、このごろでは忘れたように、事件関係の出入りがなくなってしまった。

克彦は十日ほど前から、アパートを引きはらって、あけみの家に同居していた。愛し合うふたりにとって、これはごく自然の成りゆきである。知人たちも、別にそれを怪しまなかった。克彦にしては、もしおれが殺人者なら、こうはできないだろうという逆手の潔白証明でもあった。

彼の殺人は、考えてみれば、正当防衛と言えないこともなかった。相手に殺されそうになったから殺したのだ。したがって、計画殺人に比べて、精神上の苦痛は遥《はる》かに少なかった。そのせいか、ふたりとも、夜の悪夢に悩まされるようなことも、まったくなかった。正当防衛を表沙汰にすれば、もっと気が楽であったろう。しかし、そうしては、あけみとの恋愛が破れてしまう。現在のような思う壺《つぼ》の状態は、絶対にこなかったにちがいない。それがつらさに、あれほどの苦労をして、アリバイ作りのトリックを実行したのだ。

彼らは幸福であった。前からの女中一人を使っての新世帯《しんじょたい》。邪魔するものは誰もなかった。股野の財産は少しの面倒もなく、あけみが相続した。股野のような守銭奴でないふたりには、思うままの贅沢《ぜいたく》もできた。

(世の中って、なんて甘いもんだろう。おれの智恵《ちえ》が警察に勝ったんだ。そのほか誰一人疑うものもない。つまり世の中全体に勝ったんだ。これこそ「完全犯罪」ではないだろうか。今になって考えてみると、おれは実にうまい智恵を絞ったもんだな。殺人者自身が、遠くから殺人の場面を目撃する。こんなトリックは探偵作家だって考え出せないだろう。いや、ないこともない。「皇帝の嗅煙草入《かぎたばこいれ》」とかいう小説があった。おれは読んだことがある。しかし、あれは口でごまかすだけだ。聴き手は病気で寝ている。それにありもしない出来事を、今見ているように話して聞かせるだけのことだ。実際には、あんな都合のいいことができるはずはない。「どれどれ」と言って、ベッドから起きてきて覗かれたら、おしまいじゃないか。だが、残念ながら、おれの名トリックは世間に見せびらかすことができない。小説にもシナリオにも、似たような筋さえ書くことができない。昔から、最上最美のものは、世に現われないというのは、ここのことだて）

もう大丈夫だと安心すると、思いあがりの気持が、だんだん強くなってきた。彼の心から、もしもという危惧が、殆《ほと》んど跡かたもなく薄らいで行った。

そんな或《あ》る日、つまり事件から一ヵ月あまりたった或る日、この事件を担当していた警視庁の花田《はなだ》警部が、久しぶりでヒョッコリ訪ねてきた。花田は平《ひら》刑事から叩《たた》きあげて、今は捜査一課に重要な地位を占め、実際の事件を手がけた数では、部内第一といわれていた。

二階の書斎に請《しよう》じ入れると、背広姿の花田警部は、ニコニコして、ジョニー・ウォーカーのグラスを受けた。むろん、あの夜のウィスキーではない。克彦はあれ以来、なぜかジョニー・ウォーカーを愛飲するようになっていた。あけみも心配になるとみえて、その席へやってきた。だが、それは、股野の妻であった彼女として、至極当然のことでもあった。

「やっぱりこの部屋をお使いですか。気味がわるくはありませんか」

花田警部が、ジロジロと部屋の中を見廻して、笑いながら言った。

「別にそうも感じませんね。僕は股野君のように、人をいじめませんから、この部屋にいたって、あんな目に会うこともないでしょうからね」

克彦も微笑していた。

「奥さんもよかったですね。北村さんのようなうしろ楯《だて》ができて、かえってお仕合わせでしょう」

「なくなった主人には悪いのですけれど、あたし、あの人と一緒にいるのが、なんとも言えないほど苦しかったのです。御存知のような憎まれものでしたから」

「ハハハハハ、奥さんはほんとうのことをおっしゃる」警部はほがらかに笑って、「ところで、おふたりは結婚なさるのでしょうね。世間ではそう言っていますよ」

克彦はこんな会話が、どうも普通でないような気がしたので、話題を変えた。

「そういう話は、しばらくお預けにしましょう。それよりも、犯人はまだあがりませんか。あれからずいぶん日がたちましたが」

「それをいわれると、今度は僕が恐縮する番ですよ。いやな言葉ですが、これはもう迷宮入りですね。あらゆる手段をつくしたのですが、結局、容疑者皆無です」

「と言いますと」

「股野さんの帳簿にあった債務者を、全部調べ終ったからです。そして、一人も疑わしい人物がなかったからです。大部分は確実なアリバイがありました。アリバイのない人たちも、あらゆる角度から調べて、全部『白』ときまったのです」

「債務者以外にも、股野君には敵が多かったと思いますが……」

「それもできるだけ調べました。あなたや奥さんからお聞きしたり、そのほかの映画界の人たちから聞いた股野さんの交友関係は、すっかり当たってみました。こちらも容疑者皆無です。こんなきれいな結果は、実に珍らしいのですよ。どこかに奥歯に物のはさまったような感じが残るのが普通です。今度の事件にはそれがまったくありません。実にきれいなものです。不思議なくらいです」

　克彦もあけみもだまっていた。

（さすがは警視庁だな。そんなにきれいに調べあげてしまったのか。こいつは少し用心しなくちゃいけないぞ。あれはおれのやり過ぎだったかな。証文なんか焼かないでおいた方がよかったのじゃないかな。証文を取られていたやつが犯人らしい。しかも、その中に犯人がいないとなると、警察はその奥を考えるだろう。確実に見えるアリバイをつぶすことしか、あとには手がないわけだ。そうすると、おれのアリバイも再検討ということにならぬとも限らないぞ。いや、そんなことはできっこない。なにをビクビクしているんだ。おれは殺人現場から十メートル以上離れていたじゃないか。物理学上の不可能事だ。そしてそれにはパトロール警官という、確実無比の証人があるじゃないか)

「それでね、きょうはもう一度、あなた方に考えていただきたいと思って、やってきたのです。前にお聞きしたほかに、うっかり忘れていたような、股野さんの知人、多少でも恨みをもっていそうな知人はないでしょうか。これは、殊に奥さんに思い出していただきたいのですが」

「さあ、そういう心当たりは、いっこうございませんわ。あたし股野と結婚してから三年にしかなりませんので、それ以前の事は、まったくわからないと言ってもいいのですし……」

あけみはほんとうに、もう思い出す人がない様子であった。

「股野君は、誰にも本心をうちあけない、孤独な秘密好きの性格でしたから、僕だけではない、誰にも深いことはわかっていないと思います。別に日記をつけるではなし、遺言状さえ書いていなかったのですからね」

「そう、そこが僕らの方でも、悩みの種ですよ。こういう場合に、本心をうちあけた友人がないということは、捜査には何よりも困るのです」

花田警部はそこで事件の話をうち切って、雑談にはいった。彼の話は実に面白くて、克彦もあけみも、事件のことなどすっかり忘れて、興にのったほどである。警部も克彦も、ウィスキーのグラスをかさね、だんだん酔《よい》が廻るにつれて、猥談《わいだん》も出るという調子で、あけみも映画人だから、少々の猥談に辟易《へきえき》するたちでもなく、三人とも心から、春のように笑い興じたものである。

花田警部は、その日、三時間以上もなが居をして帰って行ったが、それからというものは、三日に一度、五日に一度、訪ねてくるようになった。

真犯人と警視庁の名探偵とが、親しい友だちとしてつき合うというのは、克彦のような性格にとって、こよなき魅力であった。花田警部の来訪がたびかさなるにつれて、彼らのあいだにはほんとうの親しみが生じてきた。

女中のきよを仲間に入れて、マージャンに興ずることもあった。トランプもやった。もう三月中旬をすぎていたので、暖かい日曜日などには、花田を誘って三人で外出した。そして夜は、新橋《しんばし》あたりのバーのスタンドに、三人が肩をならべて、洋酒に酔うこともあった。

そういう場合に、元女優あけみの美しさと社交術はすばらしかった。酒がまわると、花田警部はあけみにふざけることもあった。ひょっとしたら、彼がこんなにしばしば遊びにくるのは、あけみに惹《ひ》かれているためではないかとさえ思われた。花田はしゃれた背広は着ていたけれど、やっぱり叩き上げた警官の武骨さをごまかすことはできなかった。それに、顎《あご》の張った爼《まないた》のような赤ら顔をしていた。だから、克彦は少しも気にしなかった。名探偵が共犯の女性に惚《ほ》れるなんて、実に楽しいスリルだと思っていた。

克彦と花田のあいだに、探偵小説談がはずむこともあった。

「北村さんは、探偵映画のシナリオを幾つもお書きでしたね。一つ二つ見ていますよ。商売がら僕も探偵小説は好きな方です」

花田はなかなか読書家のようであった。

「犯人を隠す映画はどうもうまく行きませんね。僕の書いたのはその方なんだが、大体失敗でした。やっぱりスリラーがいい。それか倒叙探偵小説ですね。犯人が最初からわかっていて、しかもサスペンスとスリルのあるやつに限ります」

「どうです、股野の事件は映画にはなりませんか」

「そうですね」克彦は、考え考え答えた。あのときの演戯と、仮想犯人の行動とが、こんぐらがりそうになった。いつでも、そこをハッキリ区別して考えていなければいけない。「まあ、しゃべりすぎないことだ。「月に照らされた窓から、被害者が助けを求めるところなんか、絵になりますね。それから、この人が」と、そばのあけみを顧みて「洋服ダンスから出てくるところ。金庫の前の格闘なんかも悪くないですね。しかし、そのほかには材料がまったくありません。もし金を借りているやつが犯人でないとすると、動機さえわからないのですからね。映画にしろと言ったたって無理ですよ」

「窓のところはいい場面になるでしょうね。あなたは自分でごらんになったんだから、余計印象が深いでしょう。月光殺人事件ですかね」

（あぶない、あぶない、窓のことをあまり話していると、何か気づかれるかもしれないぞ。こんな話はしないに限る）

「花田さんも、なかなか詩人ですね。血なまぐさい犯罪捜査の中にも、時には詩があるでしょうね。物の哀れもあるでしょうね」

「物の哀れはふんだんですよ。僕はどうも犯人の気持に同情するたちでしてね。わるいくせです。捜査活動に詩人的感情は大禁物です」

そして、ふたりは声を合わせて笑ったものである。

そんなふうにして、事件から二ヵ月近くもたったころ、ある日、また花田が訪ねてきて、克彦をギョッとさせるような話をした。

「私立探偵の明智小五郎《あけちこごろう》さん、御存知でしょう。僕はもう六、七年も懇意にしているのですが、やっぱりいろいろ教えられるところがありますね。あの人のちょっとしたヒントから、捜査に成功した例も少なくありません。昔は、民間探偵なんかに智恵を借りに行くのは、大警視庁の名折れだといって、うるさかったものですが、この頃では、だいいち僕の方の安井《やすい》捜査一課長が明智さんの親友ですからね。誰も悪くいうものはなくなりましたよ」

これは克彦にとって、まったくの不意うちであった。わきの下から、冷たいものがタラタラと流れた。顔色も変わったかもしれない。

(しっかりしろ。こんなことで顔色を変えちゃあ、折角の苦労が水の泡じゃないか。平気だ、平気だ。明智小五郎であろうと誰であろうと、あのトリックを見破れるやつがあるはずはない。証拠になるような手掛かりは、これぽっちもないんだからな。だが、おれとしたことが、明智小五郎の名を、今まで一度も考えなかったなんて、どうしたことだろう。まるで胴忘《どわす》れしていた。ずっと前から、空想の中で股野を殺すことを研究し出してから、一度も明智の名を思い出さなかった。不思議なくらいだ。おれは明智の手柄話を残らず読んでいる。一時は彼に心酔したことさえある。それを少しも思い出さないなんて、ひょっとしたら、これは「盲点」だぞ。明智の好きな「盲点」にひっかかっているのかもしれないぞ)

「今度の事件についても」花田は話しつづけていた。「明智さんの意見を聞いてみたのです。面白い事件だと言ってますよ。一度現場をごらんになったらどうですかと誘ってみたのですが、見に行かなくても、君の話を詳しく聞けばいいと言われるので、その後も、ときどき明智さんを訪ねて、捜査の経過のほかに、ここのうちの間取りだとか、金庫やストーヴや洋服ダンスの位置だとか、そのほかにこまごました道具のこと、戸じまりのこと、前の道路と門と建物の関係、裏口の模様、それから、あなた方のお話の内容などを、詳細に話して聞かせているのです。そして、明智さんの意見も聞いているのですよ」

克彦は花田の顔をじっと見ていた。そこから何かを読み取ろうとした。花田は妙な顔をしていた。唇の隅に笑いが漂っていたけれども、それは皮肉な微笑とも取れた。全体にとりすました表情であった。

（ハハン、そうだったのか。マージャンをやったのも、トランプをやったのも、酒を飲んだのも、みんな明智小五郎の指図だったのか。そして、おれとあけみがボロを出すのを、待っているんだな。こいつは重大なことになってきたぞ。あけみにも充分言いきかせておかなければいけない。だが、待てよ。おれは自分の智恵に負けているのかもしれないぞ。なんでもないことを、思いすごしているのかもしれないぞ。犯罪者は恐れをいだくことが最大の禁物だ。いつも自分のほうからバラしてしまうのだ。神様のその手にかかっちゃいけない。恐れさえしなければ安全なんだ。おれは少しも後悔していない。股野みたいなやつは殺されるのが当然だ。多くの人が喜んでいる。だから、おれは良心に責められることはまったくないのだ。だから、恐れることもないのだ。なあに平気だ。平気で応対していれば、安全なんだ）

だが、平気で応対するということが、人間である克彦には恐ろしく困難であった。それは神と闘うことであった。

「それで、明智さんは、どんなふうに考えておられるのですか」

彼はごく自然な——と自分では信じている——微笑を浮かべて、さりげなく尋ねた。

「この犯罪は手掛かりが皆無のようだから、物質的証拠ではどうにもなるまいという意見です。心理的捜査のほかはないだろうという意見です」

「で、その相手は？」

「それはたくさんありますよ。一応白くなった連中が全部相手です。とても僕一人の力には及びません。ほかに二人の課のものが、これにかかりきっていますが、心理捜査なんて、まったく慣れていませんからね。むずかしい仕事ですよ」

「警視庁も、次々と大犯罪が起こっているので、忙しいでしょうしね」

「忙しいです。今の人員ではとてもさばききれません。しかし、迷宮入りの事件については、われわれは執念深いのです。全員を動かすことはできませんが、ごく一部のものが、執拗《しつよう》に何本かの筋を、日夜追及しています。われわれの字引きには『諦め』という言葉がないのですよ」

（そうかなあ。そうだとすれば、日本の警視庁も見上げたもんだな。これはうるさいことになってきたぞ。だが、そんなことは花田の誇張だ。新聞記事だけでも、迷宮入りの

事件がたくさんあるじゃあないか。警察なんかに、それほどの万能の力があってたまるものか）

「たいへんですね。しかし面白くもあるでしょうね。犯罪捜査はいわば人間狩りですからね。猟師が傷ついたけものを追っかけているのと同じですからね。或る検事が、おれは生れつきサディストだったから、最適任の検事になったのだと言っていましたが、捜査官も飛びきりのサディズムが味わえるわけですね」

克彦はふと挑戦してみたくなった。意地わるが言ってみたくなった。

「ハハハハハ、あなたはやっぱり文学者だ。そこまで掘りさげられちゃあ、かないませんよ。だが、煎《せん》じつめれば、おっしゃる通りかもしれませんね」

そこでまた、ふたりは声を合わせて笑った。

その夜、ベッドの中で、克彦はあけみに、この事件に明智小五郎が関係していることを話して聞かせた。あけみの顔色が変わった。彼女は克彦の腕の中でふるえていた。ふたりだけになると、お互に弱気が出るのは止《や》むをえないことだった。

彼らは午前三時ごろまでボソボソと話し合っていた。あけみはサメザメと泣き出しさえした。彼女の弱気を見ると、克彦も心細くなった。

「あけみ、ここが一ばんだいじなところだ。平気にならなければいけない。平気でさえいれば、何事も起こらないのだ。ほかの誰でもない自分自身に負けるのだよ。それが一ばん危険だ。絶対に証拠が無いんだからね。お互に弱気にさえならなければ、しのぎ通せるんだ。幸福がつづくんだ。いいか、わかったね」

克彦は口の酸っぱくなるほど、同じことをくり返した。そして、やっとあけみの弱気をひるがえすことができたように思った。

5

それからまた数日後の夜、花田警部が訪ねてきたときには、克彦とあけみの心理に一転機を来たすような恐ろしいことが起こった。彼らにとって、それからあとの十数日は、恐怖と闘争の連続であった。恐怖とはわが心への恐怖であり、闘争とはわが心との闘争であった。

その夜、女中のきよを交えてのマージャンがはじまったが、花田のひとり勝ちがつづき、あまりの一方的勝負に興味がなくなってしまった。九時ごろ勝負を中止して、例のジョニー・ウォーカーが出た。そして酔いが廻ると、花田はあけみをとらえて、ダンスのまねごとをやったりした。あけみも、少し酔っていた。キャッキャッという追っかけっこさえはじまった。花田は逃げまわって、階段を降り、台所にはいっていった。

「いけません。奥さま、花田さんがいけません」

女中のきよが花田に抱きつかれでもしている様子だった。

あけみは階段の中途から、興ざめ顔に引き返してきた。克彦は書斎のソファーにグッタリとなっていた。顔は酔いのためまっ赤だった。あけみはその横に、倒れるように腰かけた。酔っていても、何かしら不安なものがおそいかかってきた。どこか廊下のすみの暗いところに、幽霊が立っているような気がした。股野の幽霊が……こんな奇妙な感じははじめてのことであった。

そこへ、ドタドタと恐ろしい足音をたてて、酔っぱらいの花田が階段をあがってきた。そして、ふたりの前に現われた。きよがキャッキャッと言いながら、そのあとを追ってきた。

「奥さん、手品を見せましょうか。いま下でこのボール紙の菓子箱の蓋と鋏を持ってきたのです。これでもって僕のとっておきの手品をお目にかけまあす」

花田はフラフラしながら、マージャン卓の向こうに立って、さも奇術師らしい恰好をして見せた。

「このボール紙から、いかなるものができ上がりましょうや、お目とめられてご一覧……」

彼はボール紙を左手に鋏を右手にもって落語家の「紙切り」の仕草よろしく、でたらめの口三味線[くちじゃみせん]で拍子をとりながら、ボール紙を五本の指のある手の形に切り抜いていった。

克彦の背中をゾーッと冷たいものが走った。酔いもさめて、急に頭がズキンズキンと痛み出した。あけみはほんとうに幽霊でも見たような顔をしていた。眼が大きくなって、可愛らしい口がポカンとあいていた。

「ハイッ、まずこのような奇妙キテレツなる形に切りとりましてございます。さて、持ちだしましたるは一つの手袋……」

ポケットから、交通巡査のはめるような軍手に似た手袋の片方をとりだし、それを今切りとったボール紙の五本の指にはめていった。

忽ち《たちま》白い人間の手になった。彼はボール紙の端を持って手袋を自分の顔の前で、いろいろに動かしてみせた。それが、まるで、うしろから別人の手が出ているように見えるのだ。

ある瞬間には、事件の夜、あけみがやったのとまったく同じ形になった。もう見てはいられなかった。あけみは悲鳴をあげないのがやっとだった。西洋の女のように気を失うことはなかったが、でも、失神と紙一重《ひとえ》の状態にあった。克彦はもう眼をつぶるより仕方がなかった。

（まずいことをした。こんな男を、心やすく出入りさせたのが失敗のもとだ。これも平気を装う逆手だったが、それがやっぱりいけなかった。しかし、これは警視庁捜査課の智恵じゃないぞ。明智小五郎のさしがねにきまっている。明智の体臭が漂っている。恐ろしいやつだ。あいつはそこまで想像したんだな。だが、むろん単なる想像にすぎない。試しているんだ。この試練にうち勝つかどうかで、おれたちの運命がきまるのだ。なにくそっ、負けるもんか。相手は花田じゃない。目に見えぬ明智のやつだ。さあ、なんでもやってみろ。おれは平気だぞ。証拠のないおどかしなんかに、へこたれるおれじゃないぞ……だが、あけみは？　ああ、あけみは女だ。事は女からバレるのだ……）

彼はとなりのあけみの腕をグッと握った。「しっかりしろ」と勇気づけるために、男の大きな手でグッと握ってやった。

「淑女紳士諸君、ただいまのは、ほんの前芸《まえげい》。これより、やつがれ十八番の本芸に取りかかりまあす。ハイッ」

花田は調子にのって、うきうきと口上を述べた。そして、横で笑いこけている女中のきよを手まねきして、かたわらに立たせ、

「持ちいだしましたるは、レーンコートのベルトにござります」

それはすぐに事件の際に使用した股野のレーンコートのベルトを連想させた。

あけみが克彦の方へ倒れかかってきた。びっくりして顔を見たが、気を失ったのではない。心の緊張のために、からだの力がぬけてしまったのであろう。克彦はその手先をグッと握って、彼女が平静でいてくれることを神に祈った。そして、彼自身は酔いにま

ぎらせて、眼をつむっていた。見ていれば表情が変わるにちがいない。ここで変な表情を見せてはならないのだ。

（ああ、いけない。あけみ、お前はどうして、そんなに眼を見ひらいているのだ。心の中を見すかされてしまうじゃないか。いい子だから、こちらをお向き）

彼は花田にさとられぬように、肩を動かして、ソッとあけみの顔を自分の方に向けさせた。

「さて、みなさま、これなるベルトで、やつがれの手首を括《くく》らせてごらんにいれまあす……さあ、きよちゃん、構わないから、ここを思いきり縛っておくれ。そうそう、三つばかり巻きつけるんだ。そして、はじとはじとを、こまむすびにするんだ」

きよはクスクス笑いながら花田が揃《そろ》えて前に突き出している手首を、ベルトでしばった。

「ごらんの通り、これなる美人が、やつがれの両手を力まかせにしばってくれました。これではどうにもなりません」

彼は手首を抜こうとして、大げさな仕草をして見せた。

どうしても抜けないという身ぶりをして見せた。

「きよちゃん、それでは、僕の胸のポケットからハンカチを出して、僕の手首の上にかけておくれ」

きよが命ぜられた通り、縛った手首の上にハンカチをかぶせた。

「ハイ、この厳重な縄目が一瞬間にとけましたら、お手拍子……」

ハンカチの下で何かモゾモゾやっていたかと思うと、パッと両手を出して見せた。ベルトはきれいに抜けていた。

　克彦は勇気をふるって、パチパチと手を叩いた。かすれた音しか出ないので、何度も叩いているうちに、よく響く音が出だした。彼は少しばかり自信を回復した。あけみにも手を叩けと合図をしたが、彼女は音のない拍手を二、三度するのがやっとだった。

「ただいまお目にかけましたるは、藤田西湖《ふじたせいこ》直伝《じきでん》、甲賀《こうか》流縄抜けの妙術にございまする。これごろうじませ、抜けましたるベルトは、この通り、ちゃんと元の形をたもっておりまする。結び目は少しもゆるんではおりません。さて、みなさま、これのみにてはお慰《なぐさ》みがうすい。次には、今抜けましたる縄にもともと通り、もう一度両手を入れてお目にかけまあす。抜くよりは入れるがむずかしい。首尾よくまいりましたら、御喝采……」

　またハンカチの下でモゾモゾやり、パッと手をあげたときには、最初の通り、両の手首がベルトで厳重にしばられていた。克彦とあけみは、また心にもない拍手をした。こわばった顔で、手先だけをうち合わせた。

「ハハハハハ、どうです。見事なもんでしょう。さあ、これで手品はおしまい。夜もふけたようですから、おいとましますが、お別れにもう一杯」

花田はテーブルの上のグラスに手ずからジョニー・ウォーカーをついで、それを顔の前にささげながら、ヨロヨロとソファーの方へやってくる。同じソファーにかけられたら、あけみがふるえているのを悟られる。相手がこぬ先に、克彦はサッと立ち上がって、自分もテーブルのグラスをとり、ウィスキーをつぎながら、

「さあ、乾杯、乾杯！」

と叫んで、花田の前に立ちはだかり、杯《さかずき》をカチンと合わせた。グッとほして、お互の肩を叩き合う。

「あ、そうそう、明智さんがね。あの日はどうしてあんなに月がさえていたのだろう。偶然の一致だろうか、それとも、と小首をかしげていましたっけ。ハハハハハ、じゃあ、これでおひらきといたしましょう」

トンとグラスをテーブルにおいて、そのまま廊下の外套《がいとう》掛けへ、泳ぐように歩いて行った。

ふたりは花田が帰ったあとで、ウィスキーを何杯もあおった。これ以上の心痛には耐えられなかったからだ。

酒の力を借りてグッスリ寝込んだ。しかし、長くはつづかなかった。真夜中にポッカリと眼をさました。隣のあけみを見ると、青ざめた恐ろしい顔をして、眼ばかり大きく見ひらいて、じっと天井を見つめていた。頬が痩せて病人のように見えた。克彦はいつ

もの勇気づけの言葉をかける気になれなかった。彼のほうも頭が一ぱいだった。

（明智という男は恐ろしいやつだ。恐ろしいやつだ）

そういう文句が、巨大なささやき声となって、彼の頭の中を駈けめぐっていた。

心理的攻撃はそれで終ったわけではない。それからの数日というもの、恐ろしい毒矢が矢つぎばやに、これでもかこれでもかと、ふたりの身辺に飛来した。

その翌日、あけみはうちにいたたまれなくて、渋谷《しぶや》の姉の家を訪問したが、夕方帰ってきたときには、一層痩せおとろえて見えた。

彼女は二階にあがると、書斎にいた克彦の前を無言で通りすぎて、寝室にはいってしまった。克彦はそれを追って、寝室に行き、ベッドに腰かけて両手で顔を覆っている彼女の肩に手をおいた。

「どうしたんだ。なにかあったのか」

「あたし、もう持ちこたえられないかもしれない。ズーッと尾行されてきたの。のぞいてごらんなさい。まだ門の前にウロウロしてるでしょう」

あけみの語調には、なにか捨てばちなものが感じられた。

克彦は寝室の窓のカーテンのすきまから、ソッと前の道路を見た。

「あいつかい？　黒いオーバーを着て、鼠色《ねずみいろ》のソフトをかぶった」

「そうよ。花田さんの部下だわ。気がついたのは渋谷の駅なの。あたしと同じ電車に乗っていて、いっしょに降りたのよ。そして、姉さんのうちまでズーッと。あたし、あすこに三時間もいたでしょう。だからもう大丈夫だろうと思って、姉さんのうちを出ると、いつのまにか、あとからコツコツやってくるの。ウンザリしちゃったわ。こんなふうに毎日尾行されるんじゃ、やりきれないわ」

「神経戦術だよ。証拠は一つもありやしないんだ。こういういやがらせをして、僕たちが尻尾を出すのを待ちかまえているんだ。その手に乗っちゃいけない。相手の戦術なんだからね。こっちさえ平然としてれば、向こうの方で参ってしまうよ」

「あなたはいつもそんなこと言うけれど、うそを隠し通すって、ほんとに苦しいことね。もうたくさんだわ。あたし、多勢の前で、大きな声でわめいてやりたくなった。股野を殺したのは北村克彦です。その共犯者はあたしですって」

(やっぱり女だな。もうヒステリー症状じゃないか。こいつは、ひょっとすると、おれがいくらがんばっても、だめかもしれんぞ)

「ねえ、あけみ、君は女だから、ふっと弱気になることがあるんだ。思い直してくれ、もし僕らが参ってしまったら、ふたりの生涯は台なしなんだぜ。僕だけじゃない、君も共犯として裁判をうける。そして、恐ろしい牢屋に入れられるんだ。そればかりじゃない。たとえ刑期が終っても、金は一文もないし、世間は相手にしてくれない。それを考えたら、どんな我慢でもできるじゃないか。ね、しっかりしてくれ」

「そんなこと、あたしだって知ってるわ。でも、理窟じゃだめ。このいやあな、いやあな、地獄の底へ沈んで行くような気持は、どうにもならないんですもの」

「君はヒステリーだ。睡眠不足だよ。アドルムをのんで、グッスリ寝たまえ。少しでも苦しみを忘れることだよ。僕はウィスキーだ。あの懐かしいジョニー・ウォーカーだ」

しかし、それで終ったわけではない。くる日もくる日も、あけみがちょっとでも外出すると、必《かな》らずうしろから、コツコツとついてきた。うちにいれば、昼も夜も、門のそとに黒い外套の男が立っていた。

「奥さま、へんなやつが、勝手口のそとに、ウロウロしてますよ。いま買いものから帰ったら、そいつがあたしの顔を見てニヤッと笑いました。泥棒じゃないでしょうか」

きよが、息せききって報告した。ああ、そちらにもか。泥棒でないことはわかっていた。

「黒い外套に、鼠色のソフトをかぶった男?」

「いいえ、茶色のオーバーに鳥打帽です。人相のわるいやつです」

(すると、見張りがふたりになったんだな)

あけみはいそいで二階にあがって、カーテンのすきまから、表通りを見た。ここにもいる。どぶ川のふちにもたれて、横目で二階をジロジロ見ている。いつもの黒いオーバーのやつだ。

そして、その夜は、おもて裏の見張りが三人になった。克彦は書斎のアームチェアを窓際によせて、それにかけたまま、カーテンの隙間から覗いていた。暗くてハッキリは見えぬけれど、ひとりは電柱の蔭《かげ》、ひとりは散歩でもしているていで、うしろ手を組んでノソリノソリと、向こうの町角まで歩いては、また戻り、また戻りしていた。

(根気のいいことだ。こちらも根気よくやらなければ。持久戦だぞ)

工場の煙突の上に巨大なまっ赤な月が出ていた。しかしあの夜の満月とちがって、今夜は片割れ月だ。まがまがしい片割れ月だ。(このお化けみたいな赤い月が、おれに人を殺させたんだ。あの夜の月はたしかに凶兆だった。だが、今夜の月は……)なんの凶兆なのであろう。

「キクッ、キクッ」という、いやな声が、寝室の中から聞こえてきた。ああまた泣いている。あけみが小娘のように泣いているのだ。克彦は両手で頭を抱えて、ソファーの中で、からだを二つに折った。キリキリと揉《も》みこむような頭痛をこらえながら。

(まだ負けないぞ。いくらでも攻めてこい。おれは、あくまで、へこたれないぞ)

それから睡眠薬の力で泥のような眠りについたが、朝、眼がさめると、また気力が回復していた。

「オイ、きょうはふたりで散歩に出よう。いい天気だ。動物園へ行ってみようか。そして精養軒《せいようけん》で食事をしようね。うちにとじこもっていたってしようがない。尾行なんか平気だよ。尾行に精養軒をおごってやろう。そして、存分からかってやろう」

女中のきよが、びっくりして見送った。ふたりは銘々に一ばん気に入りの外出着を着て、腕を組まぬばかりにして門を出た。

わざと自動車を避けて、電車に乗ったが、不思議なことに、きょうだけは尾行がつかなかった。動物園にはいったとき、その辺に待ち伏せしているのではないかと、入念に見廻したが、どこにもそれらしい姿はなかった。精養軒の出入りにも、怪しい人影は見えなかった。まだ日が高いからというので、有楽町《ゆうらくちょう》に廻って、シネマスコープを見たが、その道でも、映画館の中でも、尾行者らしい者は、どこにもいなかった。

ふたりにとって、こんなのびのびした楽しい日は、珍らしいことであった。日のくれごろ、上機嫌で家に帰った。家の前にも、いつもの人影はなかった。

(いよいよ尾行や見張りのいやがらせも、これでおしまいかな。ずいぶん烈しい攻撃だったが、おれもよく踏みこたえたものだて)

克彦はうきうきした足どりで玄関をはいった。あけみも初春の外光に、美しく上気して、さも楽しそうに見えた。女中のきよが夕食の用意をして、ふたりを待っていた。

「あの、さっき、花田さんがいらっしゃいました。そして、お書斎の机の上に手紙を書いておいたから、読んでいただくようにって、お帰りになりました」

いつものきよの語調とは、どこかちがっていた。なんだか、いやにオドオドしている。花田と聞くとウンザリした。(まだ幽霊がつきまとっているのか。だが、きょうのはお別れの手紙かもしれないぞ。そうであってくれればいいが）彼は二階へ急いで、その手紙を探した。事務机のまんなかに、克彦の用箋が一枚、キチンと置いてあった。

たちまち、きょう一日の楽しさが消し飛んでしまった。

（明智がやってくる。あの恐ろしい明智がやってくる）

いつのまに上がってきたのか、あけみがうしろから覗いていた。彼女も唇の色をなくしていた。眼が飛び出すほどの大きさになって、喰い入るように用箋を見つめていた。

お留守でしたので書き残します。明智小五郎氏が、是非一度おふたりにお会いして、お話がうかがいたいと申されますので、あす午前十時ごろ、僕が明智さんをお連れします。どうかおふたりとも、ご在宅ください。

花田

北村克彦様

ふたりとも何も言わなかった。物を言うのが恐ろしかった。いよいよこれで解放されたかと思っていたのが、逆に最悪の状態になったのだ。

ふたりは無言のまま、食堂におりて、テーブルについたが、お通夜のような晩餐だった。それに、給仕のきよが、今夜は変にオドオドしているのも気になった。いつものように物を言わなかった。こちらが話しかけると、ビクッとして、おびえた眼をする。ろくに受け応えもできないほどだ。

「どうかしたのかい？　加減でもわるいの？」

「いいえ」

口の中でかすかに答える。そして、叱られた小犬のような眼で、こちらを盗み見る。すべてが不愉快であった。食事もそこそこに、ふたりは二階に上がった。克彦は飾り棚のジョニー・ウォーカーを取り出して、グラスに二杯、グイグイとあおった。寝室にはいって、着替えをすると、あけみはベッドに横たわり、克彦はベッドのはじに腰かけた。今夜はふたりで充分話し合わなければならない。

「あなた、どうしましょう。もうおしまいだわ。あたし、もう精も根もつきはてた」

「おれもウンザリした。だが、まだ負けられない。こうなれば、どこまでも根くらべだ。相手には確証というものが一つもないのだからね。われわれが白状さえしなければ、決して負けることはないんだ」

「だって、花田さんでさえあれでしょう。手袋とバンドの手品を見せつけられたとき、あたし、もうだめだと思った。相手はすっかり知り抜いているんですもの。股野が死んだあとで、あたしが替玉になって、窓から助けてくれと言ったことも、軍手のトリックも、そうして、あなたのアリバイを作ったことも、それから、あたしが自分で自分を縛って、洋服ダンスにとじこめられたように見せかけたことも、何から何まで、すっかりバレてしまっているじゃありませんか。この上、明智さんが乗り込んできたら、ひとたまりもないわ」

「ばかだな。知っているといっても、それは想像にすぎないんだ。なるほど明智の想像力は怖いほどだが、あくまで想像にすぎない。だからこそ、あんな手品なんかで、僕らに神経戦を仕掛けているんだ。ここでへこたれたら、先方の思う壺じゃないか。おれは明智と会うよ。会って堂々と智恵比べをやってみるんだ。蔭にいるから、変に恐ろしく感じるけれど、面と向かったら、あいつだって人間だ。おれは決して尻尾をつかまえられるような、へまはしない」

少し話がとだえたとき、あけみが突然妙な眼つきになった。

「あなた、怖くない？ あたし、その辺になんだかいるような気がする。いつかの晩も、廊下のくらがりに、幽霊が隠れているような気がした。それとおんなじ気持よ」

「また変なことを言い出した。君のヒステリーだよ」

しかし、克彦は、いきなり立って、書斎からウィスキー瓶とグラスを持ってきた。そして、またグイグイとあおった。

「あなた、どうしてあの晩、股野ととっ組みあいなんかしたの？ どうして頸なんかしめたの？ どうして殺してしまったの？ あなたが殺しさえしなければ、こんなことにはならなかったんだわ」

「ばかっ、何を言うのだ。あいつが死んだからこそ、君は金持ちになったんじゃないか。おれとこうしていられるんじゃないか。それに、おれは別に計画して股野を殺したわけじゃない。あいつのほうで、おれの頸をしめてきたから、おれもあいつの頸をしめたばかりだ。もしあいつのほうが力が強かったら、おれが殺されていたんだぜ。だから、正当防衛だ。しかし、それを名乗って出たら、君と一緒になれなかった。君も証人として裁判所に呼び出されただろう。遺産相続だって、できたかどうかわからないぜ。そういうことにならないために、おれがあのトリックを考え出したんじゃないか。そして、お互に幸福になれたんじゃないか。どんなことがあっても、この幸福は守らなければならない。おれはまだ戦うよ。明智小五郎と一騎討ちをやるよ」

そしてまた、彼はウィスキーをグイグイとやった。口では強いことを言っていても、酒にたよらなければ、どうにもならないのだ。

「あなた、ね、今、へんな音がしたでしょう。何かいるんだわ。あたし、怖い」

あけみは、いきなり、克彦の膝にしがみついてきた。

そのとき、廊下の方のドアがスーッとひらいて、ひとりの男がはいってきた。

克彦とあけみは互にひしと抱き合って、彼らの方こそ幽霊ででもあるような、恐ろしい形相になって、その男を見つめた。

「ア、花田さん……」

　すると、男はゆっくりとベッドに近づきながら、

「僕ですよ。花田ですよ。あなた方はお気の毒ですねえ。今ドアのそとで、あなた方のお話を聞きましたが、こういう苦しみをつづけていては、死んでしまいますよ。それよりも、気持を変えて、楽になられたらどうでしょうね」

（じゃあ、こいつは立ち聞きをしていたんだな。すっかり聞かれてしまった。だが、だが、どこに証拠があるんだ。そんなことしゃべらなかったと言えば、おしまいじゃないか）

「君はなんの権利があって、人のうちへ無断ではいってきたんだ。出て行きたまえ。すぐに出て行ってもらおう」

「ひどいことを言いますねえ。僕は君のマージャン友だち、トランプ友だち、そして、呑《の》み仲間じゃありませんか。だまってはいってきたって、そんなに他人行儀に怒られるはずはないのですがねえ。それよりも、北村さん、今いう通り、楽になられてはどうですか」

　花田はニコニコ笑っていた。

「楽になるとは、どういう意味だ」

「つまり、告白をしてしまうんですよ。あなた即《すなわ》ち北村克彦が股野重郎を扼殺した犯人

で、そのにせアリバイを作るために、元の股野夫人あけみさんが、股野さんの替玉になって、窓から顔を見せ、助けを呼ぶというお芝居をやったことをね」

花田はいやに丁寧な言い方をした。

「ばかな、そんなことは君たちの空想にすぎない。僕は白状なんかしないよ」

「ハハハ、なにを言ってるんです。たった今、君とあけみさんとで、白状したばかりじゃありませんか。あれだけしゃべったら、もう取り返しがつきませんよ」

「証拠は？　君が立ち聞きしたというのかい。そんなこと証拠にならないよ。君はうそをいうかもしれないのだからねえ。僕があくまで否定したら、どうするんだ」

「否定はできそうもありませんねえ」

「なんだって？」

「ちょっと、そこをごらんなさい。ベッドの枕の方の壁ですよ。電灯がとりつけてある腕金《うでがね》の根もとですよ」

克彦もあけみも、花田のおちつきはらった語調に、ゾーッとふるえ上がって、そこへ目をやった。電灯の光にさえぎられて、腕金の根もとなど、少しも気がつかなかったが、見ると、そこに妙なものが出っぱっていた。小さな丸い金属製のものだ。

「あなた方のお留守中にね、女中さんを納得させて、この壁に小さな穴をあけたのです。そして、そこからお隣の松平《まつだいら》さんの離れ座敷まで、コードを引っぱったのです。その離れ座敷には、安井捜査一課長をはじめ、警視庁のものが四、五人つめかけているのです。わかりますか。つまり、この壁の小さな金属製のものは、マイクロフォンなのです。そして、お隣の離れ座敷には、テープ・レコーダーが置いてあるのです。ですから、さっきからのおふたりの話は、すっかりテープに記録されたわけですよ。いや、おふたりの話だけではありません。現にこうして話しているわれわれの問答も、みんなテープにはいっています。それで、僕はさっき、後日のために、関係者の名前をハッキリ発音しておいたのですよ」

克彦はここまで聞いたとき、もうすっかり諦めていた。花田の背後にいる明智の恐ろしさが、つくづくわかった。

(おれの負けだ。こうまで準備ができていようとは、夢にも知らなかった。あすの十時に明智が訪問するという置き手紙も、おれたちを不安の絶頂に追いやって、さっきのような会話をさせる手段にすぎなかったのだ。彼らはおれたちがそろって外出する時を、待ちかまえていた。そして、きょうの機会をとらえて、きよを説き伏せ、味方にして、マイクロフォンの細工をやったのだ。きよがオドオドしていたわけがわかった。おれはきよの態度を見て、なぜ疑わなかったのだろう。なぜ警戒しなかったのだろう。だが、ここまでくると、もう人間の力には及ばない。おれがぼんくらなのじゃない。うそを最後までおし通すことなど、人間には不可能なのだ)

「証人は警察のものばかりじゃありません。隣の松平さんの御主人が立ちあっています。それから、女中のきよも、今は、その離れ座敷にいるのです。そして、今夜の会話を記録したテープは、その場で、みんなの立ちあいのもとに、封印をするのです……おわかりになりましたか。これであなたがたは、すっかり楽になったのですよ。もう今までのような苦しみや、いさかいをつづけるには及ばないのですよ」

語り終った花田警部は、いつになく厳粛な顔で、そこに突っ立ったまま、ふたりの様子を見守った。あけみは話のなかばから、ベッドに倒れて泣き入っていた。克彦は腕組みをして、じっとうなだれていたが、花田の言葉が切れるのを待って、顔をあげて、きっとした表情になり、口をひらいた。

「花田さん、僕の負けです。皆さんに余計なご苦労をかけたことをお詫《わ》びします。しかし、最後にひとことだけ、申し上げたいことがあります。あなた方のやり方は、からだの拷問ではありませんが、心の拷問でした。拷問は決してフェアなものではありません。もっと強く言えば、卑怯《ひきょう》な手段です。僕はこのことを、明智さんにお伝え願いたいと思うのです」

それを聞くと、花田はちょっと困ったような顔をして考えていたが、すぐに穏やかな表情に戻った。

「それは多分、君のまちがいですよ。なるほど僕は、いろいろな手段によって、君に心理的な攻撃を加えました。それは止むを得なかったのです。君のトリックがあまりに巧妙であって、物的証拠が一つも挙がらなかった。しかし、そのまま手を引いてしまったのでは、罪あるものを罰し得ないことになります。そこで心理的な手段を用いるほかはなかったのです。しかし、この心理攻撃はいわゆる拷問とはまったく性質がちがいます。拷問というのは、その呵責《かしやく》のつらさに、罪のないものでも、虚偽の自白をする場合の起こり得るような責め方です。肉体上の拷問がこれに当たります。また被疑者を一昼夜も二昼夜も眠らせないで、質問責めにするというたぐいの調べ方、これも拷問です。しかし、今度の場合のやり方は、もし君が犯人でなかったら、少しも痛痒《つうよう》を感じないようなものでした。虚偽の自白を強いるような手段はまったくとられなかったのです。君たちが恐怖を感じ、拷問されているように考えたのは、君たちが犯罪者だったからです。もしそうでなければ、僕があんな手品を見せても、平気でいられたはずです。尾行にしても、身に覚えのないものが、いくら尾行されたからといって、私は人殺しですなどと、告白するはずがないではありませんか。心理攻撃は徳川時代の拷問とはまったくちがったものですよ……わかりましたか」

克彦は深く首を垂れたまま答えなかった。

明智小五郎年代記《クロニクル》　戦後編　II

平山雄一

まずは戦後編第一巻の訂正から。

改めて研究をした結果、第一巻最後に収録した「兇器《きょうき》」（一九四九年六月十五日〜二十八日発生）の前に、「奇面城の秘密」（一九四九年春の四十七〜四十八日間）とならんで、「灰色の巨人」（一九四九年二月二十一日〜四月二十二日）が入ると結論づけました。「宇宙怪人」（一九四八年末〜四九年の三ヶ月間）の次の事件です。お詫《わ》びして訂正いたします。

前巻の最後に収録した「兇器」から、この巻の一作目「化人幻戯《けにんげんぎ》」までの間には、他の事件は発生していないと思われます。

なお、各事件の発生年代推定の説明では作品の内容に言及しますので、先に本編をお読みになってから、この先をお読みください。

「化人幻戯」（『別冊宝石』一九五四年十一月号、『宝石』一九五五年一月から十月号に発表）

まず事件の発生年ですが、姫田《ひめだ》が「二日の連休を利用して、東京からやってきた」とあります。十一月で連休になるとすれば、日曜日と十一月三日の文化の日（明治節）が連続するときのことでしょう。ちなみに一九四七年までは明治天皇の誕生日を記念した明治節でしたが、一九四八年に祝日法が成立して文化の日になりました。しかし日曜日と文化の日が連続するのは、戦後では一九四六年かこの作品が連載中の一九五五年ですから不可能です。一方七月十七日、二十四日、三十一日、八月十四日、二十一日が日曜日になっていて、戦後では一九四九年と一九五五年が当てはまります。一九五五年に日本で公開されたヒッチコックの映画「裏窓」への言及もありますが、事件が起きたのは雑誌発表以前でないと不可能ですから、発生年は一九四九年であると推定されます。作品が再発売されるごとに時代に合わせて加筆をした乱歩ですから、これも連載時の時事ネタを入れて読者にサービスをしたのではないでしょうか。

大河原《おおがわら》元侯爵の蔵書には「江戸川乱歩の随筆評論集六冊が真新らしい本で揃《そろ》えてある」のは、一九四六年の『恐怖の世界』（岩谷文庫）、一九四七年発行の『幻影の城主』（かもめ書房）や『随筆探偵小説』（清流社）は当てはまりますが、あとの三冊は何でしょうか。事件が発生したと推定する一九四九年より後の一九五一年には『幻影城』（岩谷書店）、本作連載開始直前の一九五四年六月には『続・幻影城』（早川書房）、さらに七月には『幻影城』（岩谷書店）の再版が出版されていますから、これらの三冊を合わせた六冊のことだったのでしょうが、この記述は新刊の販売促進のための乱歩の広告だったのでしょう。雑誌『宝石』を切り回したように、編集者としての乱歩は鋭敏かつ有能で、フットワークも軽いです。

この作品は由美子《ゆみこ》の日記があるので、ほぼ経過がわかります。庄司《しょうじ》が秘書として雇われたのが十月五日、熱海《あたみ》の別荘に行ったのが十月三十一日、姫田が殺されたのが十一月三日で、六日に東京に戻ります。十一月下旬に庄司は簑浦《みのうら》刑事に暗号日記について尋ねられ、その後明智《あけち》も庄司に大河原家の人々を調べさせました。十二月十三日に村越《むらこし》が殺害され、画家の讃岐《さぬき》も十五日に溺死体で発見されます。十六日の晩に明智が大河原家を訪れました。十九日に庄司は由美子の日記を盗み見て、明智にその内容を知らせました。十二月二十一日の午後に庄司は殺されかけ、由美子は明智に捕まって事件は解決しました。

よって、「化人幻戯」事件は一九四九年十一月三日に始まり、十二月二十一日に解決しました。

作中で明智は千代田《ちよだ》区采女町《うねめちょう》の麴町《こうじまち》アパートで小林《こばやし》少年と二人暮らしをし、夫人は高原療養所に入っているとあるのは、以前の作品と共通しています。

「月と手袋」（『オール讀物』一九五五年四月号発表）

銀行員でもないのに「十万円の束」を「貴重な三分間」で数えることができたのだか

ら、おそらくこれは百円札千枚ではなく、千円札百枚なのでしょう。千円札は第二次世界大戦中に最初の甲号券が発行されましたが、これはあまり流通しませんでした。一般になじみがあったB号券と呼ばれる聖徳太子《しようとくたいし》の千円札は一九五〇年一月七日から流通を開始しましたので、おそらく作中の札束はこの聖徳太子の札束なのでしょう。つまり事件発生年は一九五〇年以降、雑誌掲載の一九五五年までの間だと推定されます。

また「迷宮入りの事件については、われわれは執念深いのです」という発言もありますが、この時期で「迷宮入りの事件」といえば、一九四九年七月五日に下山定則《しもやまさだのり》国鉄総裁が失踪死亡した下山事件でしょう。同年末には捜査本部が解散、翌五〇年二月号には『文藝春秋』と『改造』の二誌に「下山白書」が掲載されて、大いに話題になりました。事件が発生したのは「二月の寒い夜」ですので、下山事件の関心がさめやらぬ一九五〇年二月に、この事件は発生したのではないでしょうか。

それから一ヶ月後に花田《はなだ》警部が登場し、「三月中旬」の「暖かい日曜日」には北村克彦《きたむらかつひこ》やあけみらと連れ立って外出をするまで、親しくなりました。さらに「事件から二ヵ月近く」、すなわち五月中旬頃に花田の口から明智の名前が言及されます。それから「くる日もくる日も」尾行が続き、花田の明日明智をつれてくるという手紙を見て犯行を口走ってしまい、逮捕されました。なんの確証もないのに容疑者に好意があるように見せかけながらまとわりつき、最終的に犯行を自白させてしまうところなど、のちのテレビドラマ「刑事コロンボ」を連想させます。すると花田警部が言及する「明智小五郎」は、コロンボ警部の言う「うちのかみさん」の役回りといったところなのでしょうか。

乱歩は戦後に本格探偵小説を書こうとさまざまな試みに挑戦しますが、どれもうまくいかずに終わります。しかし本作のような倒叙推理小説をさらに追求していけば、彼が得意な人物造形や描写も生かすことができますし、もっと面白い作品が生み出されたのではないかと思います。ただ、戦後の乱歩の一般向け作品はなぜか評判が悪く、常におだてられていないと落ち込んでしまう乱歩の筆が進むことはありませんでした。一つには少年向け作品ばかり書いていたので、一昔前の作家だというイメージがついていたのかもしれません。また昔の残虐で血みどろな作風から脱却して本格作品を書くのを、読者の先入観が許さなかったのかもしれません。それほど年齢が違わない横溝正史《よこみぞせいし》が本格派として戦後鮮烈な再デビューを飾ったのとは、対照的でした。

「月と手袋」事件は、一九五〇年二月から五月末または六月初めにわたって発生したと考えています。

この事件での明智は、花田警部を通して間接的にしか登場しません。ですから同時期に発生した「黄金豹《おうごんひょう》」と重なっても、問題にはならないでしょう。

＊

前述の下山事件だけでなく、そのほかにも三鷹《みたか》事件や松川《まつかわ》事件といった国鉄関連の大きな事件が起きたり、一九四八年の帝銀事件があったり、一九五一年にはプロレタリア文学作家鹿地亘《かじわたる》が誘拐されたりしていました。これらの事件の背後にはGHQ（連合国軍最高司令官総司令部）の諜報《ちようほう》機関が関与していたのではないかと、推理小説家の松本《まつもと》清張《せいちよう》は『日本の黒い霧』（一九六〇〜六一）で主張しています。当時はまだ日本は独立しておらず、政府も警察も占領軍の顔色をうかがいながら活動せざるをえませんでした。帝銀事件、三鷹事件、松川事件では一応犯人は逮捕されましたが、松川事件では全員無罪になり、帝銀事件や三鷹事件では冤罪《えんざい》ではないかとさまざまな謎が残ったままですし、鹿地亘事件は連合国軍の仕業だということは判明しましたが、当然日本政府は手を出せるわけはありませんでした。松本清張の議論はいささか牽強付会《けんきようふかい》なところ、結論ありきで無理矢理誘導する論の運び方もありますが、鋭い切り口でなるほどと思わせるところもあります。

鹿地亘事件を起こしたキャノン機関というのは、アメリカ軍のジャック・キャノン少佐が一九四九年に組織した連合国軍の秘密諜報機関で、さらにその下には元日本軍の諜報機関に所属していた人々を雇っていたといわれています。当時朝鮮半島では、大韓民国と朝鮮民主主義人民共和国が一九四八年に成立して、お互い睨《にら》み合っている状態でした。そしてついに一九五〇年に朝鮮戦争が始まります。元日本領だった朝鮮半島の情勢を分析するには、元日本軍人の協力が不可欠だったと、連合国軍も判断をしたのです。

キャノン機関の本部は、上野《うえの》の不忍池《しのばずのいけ》近くに現存する旧岩崎《いわさき》邸でした。明智の伝記『明智小五郎回顧談』（平山雄一、ホーム社）では、明智小五郎は戦時中は陸軍の諜報機関の一つ、明智機関を大陸で運営していたことにしましたから、もし戦後の続編を書くとしたら、彼がこの旧岩崎邸を訪れる描写があることでしょう。戦後の少年向け作品に明智があまり登場しなかったのは、もしかしたらGHQから依頼された仕事に取り掛かっていたのかもしれません。よくシャーロック・ホームズは同時代に起きた切り裂きジャック事件をなぜ解決しなかったのだろうと言われ、その不満を解決しようと多くのパロディ作品が書かれていますが、同じように考えていけば、なぜ明智小五郎は帝銀事件や下山事件、三鷹事件、松川事件を捜査しなかったのだろうという疑問も浮かびます。実は表には出ませんでしたが、ちゃんと捜査して解決していたのかもしれません。しかし松本清張のようにGHQ犯人説をとると、明智小五郎もその一味であるという議論も出てきますので、さすがにこれは受け入れ難いですね。もし明智が黒幕だったとしたら、もっと上手にやっていたはずですから、「国鉄三大ミステリー事件」などと大騒ぎになることはなかったでしょう。最も優秀な犯罪者は誰にも知られることがないというのは、モリアーティ教授についてシャーロック・ホームズがワトスン博士に説明した通りです。キャノン機関の本部だった旧岩崎邸は、現在一般公開されていますので、ぜひ一度訪れてみてください。日本離れした立派な洋館です。

また帝銀事件の舞台となった帝国銀行椎名町《しいなまち》支店は、池袋《いけぶくろ》から電車で一駅、椎名町駅の北側にある長崎《ながさき》神社近くの角地にありました。池袋駅に近い立教大学そばにあった江戸川乱歩邸から、徒歩で十五分ほどの近さでした。さらに「地獄の道化師」(『明智小五郎事件簿』戦前編第十二巻)事件に登場する彫刻家の綿貫創人《わたぬきそうじん》が住んでいた豊島《としま》区S町は、戦前に池袋モンパルナスと呼ばれる芸術家向けの貸家が数多く立ち並んだアトリエ村があった椎名町やその周辺のことなのでしょう。池袋から実際に歩いてみると、だらだらと坂をくだった先に広がる住宅街でした。現在は芸術家が集まっていた当時の雰囲気はほとんど感じられませんでした。またこの近くには、手塚治虫《てづかおさむ》ら多くの漫画家が住んだトキワ荘もありました。

次の第三巻に収録される「サーカスの怪人」(一九五二年前半の冬)までに発生した事件として、「かいじん二十めんそう」(一九五〇年の一ヶ月と二日間に発生。『たのしい一年生』一九五九年十一月号から一九六〇年三月号、『たのしい二年生』一九六〇年四月号から十二月号に連載)があります。しかしその翌年の一九五一年は、なぜか一つも事件が発生しません。二十面相はどうしたのでしょうか。実はここに大きな謎が隠されているのですが、それは第三巻のお楽しみとしておきましょう。

解説――乱歩に包み込まれたい

綿矢りさ

おこづかいでしかお金が得られなかったころの読書というのは、当時は読みたい新刊が高すぎて買えないのが不満だったが、今になると貴重な時期だった。本は印刷されれば、現在ではデータになれば、需要がある限りほぼ無限に広がっていくもので、絵の原画やオートクチュールの一点ものとは違う。そのため中身の質に限らずｎｅｗな新刊は高く、逆にものすごい名著であっても作者の死後七十年も経《た》てば著作権さえフリーになってしまう。大人になった今、〝世相を反映した〟〝今年発売されたばかりの〟〝令和の感性〟などのキャッチコピーが躍る単行本につい魅《ひ》かれ、買ったりいただいたりで、そういうものばかり読む。現在の小説家という職業の性質上、今注目されている著書を読む必要性の方が上回っているのも原因の一つだ。

だけど学生のときに古本で百円、図書館や学級文庫の本棚から見つければ無料で読めた、年季の入った名著が、時々むしょうに恋しくなる。ポプラ社の『少年探偵 江戸川乱歩全集』もその一つだ。小学生のころ手に取ったミステリ小説は、大概が難しめの原著を分かりやすく噛《か》みくだいて、漢字にルビをふった児童書版が多く、（これは子ども用に話を簡単にしてあるのか、それとも大人用のままだけど漢字にルビをふっただけなのか）と悩みながら読んでいた。

小学生のときにルビ入りの大きな文字で読んだコナン・ドイルの『まだらのひも』は、トリック解説を読んでもちんぷんかんぷんで、子ども用に易《やさ》しくされすぎたせいで分からなかったのか、それとも自分の頭が追いついてなかったからなのか、未《いま》だに謎だ。

前述の江戸川乱歩全集もてっきり子ども用に直してある児童書版を読んでいたのだと思っていたので、「少年探偵団」シリーズは元から少年少女向けに書かれていたと知ったときは驚いた。〝少年〟探偵団とあるのだから少年少女向けだと気づいても良さそうだが、なんとなく江戸川乱歩ほど有名な作家が子ども向けの本なんか書いてくれないだろう、という思いと、少年少女向けにしては恐《こわ》すぎる表紙と内容が先入観として入ってしまったのだろう。思えば子どものころから江戸川乱歩は混沌《こんとん》とした存在で、江戸川乱歩を知ってからエドガー・アラン・ポーを知った私は（江戸川乱歩は海外だとこんなペンネームで呼ばれてるんだな）と思っていたし、モーリス・ルブランの描いたシリーズにも「ルパンと怪人」があったため、（怪人二十面相の本だ）と勘違いして、ルブランの名前に気づくまでは江戸川乱歩の作品として読んでいた。

小学生のころに江戸川乱歩全集を読んでいたとき、明智小五郎というのは謎の人だった。とても有名な名探偵で、単行本の表紙の絵でもキリリとした端整な顔立ちの彼が描かれていたにもかかわらず、私には彼の全貌が摑《つか》みにくかった。理由を考えるに、彼が対峙《たいじ》する敵キャラの個性が強すぎて、そちらの印象だけがてきめんに残り続けるせいだろう。江戸川乱歩の描く犯罪者、思惑を抱えている側の人間のキャラは相当濃く、その面影は現実の世界にも現れて、子どものころはずいぶん恐怖した。『屋根裏の散歩者』を読んだあと、寝るときは天井から視線が突き刺さってこないか気になって眠れなかったし、『人間椅子』を読んだあとは、いま座ってるソファに人間が内蔵されていたらどうしようと、思わずしゃがんで仔細《しさい》にソファの中身を押して点検した。

本書収録の「化人幻戯」「月と手袋」も読んでいるときは正直、大人向けか子ども向けかはよく分からず、とにかく抜群に読みやすい。大人も子どもも魅きつける、ページをめくるのがやみつきになりそうなストーリー展開の魔力があった。トリックや真犯人は確かに気になるものの、文章に染み出る奇怪さ、コワイけど楽しませるのを忘れないエンターテイメントの要素をちりばめ、根底に漂う淫靡《いんび》と耽美《たんび》が、血の匂いとなり獣性を目覚めさせるから、単純に文章を追うのがクセになる。

「化人幻戯」(漢字四文字の題名の扇情的なセンスがすごい)では、探偵小説好きの元侯爵大河原義明《おおがわらよしあき》の秘書役となった武彦《たけひこ》が、異様な犯罪の渦中に巻き込まれていく。サービス満点な筆致だなと思う理由の一つに、登場人物紹介の分かりやすさがある。プロフイールが詳細に、しかし簡潔に、一気に全部書いてある。しかしどんな黒い内面を抱えているかだけは、書いてない。

堂々とした文章運びで華やかに綴《つづ》られる怪奇な物語は、時代を経ても色あせず、そして何より分かりやすい。サッパリした明快な説明描写のおかげで、子どもでもぐいぐい読み進めることができた。今回読み返してみて、改めてどんどんページをめくらせる牽《けん》引力《いんりょく》に惚《ほ》れ直した。推理力に自信が無くても読める、ありがたい仕様。

とりわけ印象に残ったのは、胎内願望の章だった。武彦が美少年めいた美しさのある由美子《ゆみこ》夫人に全身を包まれたいと強く願う。武彦の好きなタイプというのはいっぷう変わっていて、彼は胎内回帰願望があるため自分を包んでくれるような人を求めている。包容力というのではなく、物理的に身体全体を女体に包み込まれたいという願いがある。しかし、その割には由美子夫人がふっくらした、お母さんみのある、いかにも包容力のありそうな女性とは違うタイプに描かれているのが意外だった。

『人間椅子』でも椅子となって座り主をまるで包み込むような奇怪な人物が現れる。江戸川乱歩は〝すっぽりと暖かくくるまれる〟ことを夢想するのが好きだったのかもしれない。

大事な場面では「異様な印象」「一種異様の感じ」といった言葉がよく出てくる。怪しい人物に働く第六感を示すこの言葉、分かるようで分からない感覚。この異様な印象という言葉自体の異様さが才気走ってるなと思う。出てくるだけで盛り上がる。

探偵の明智小五郎《あけちこごろう》は、当たり前だけど事件発生後にしか登場しない。しかしその満を持して感プラス彼の名前の華と有名度で、オオーッとテンションが上がる。急に明智小五郎のＢＧＭが空耳で聞こえてくる。全部伝聞で本人さえ登場してないのにもうすでにワクワクしてくる。登場してからあとのスター感はさらに際立ち、しかし完全無欠のヒーローというわけではなくどこか人間くさいところもある魅力的な人物としての描写が続く。作中に登場する明智小五郎の容姿が、子どものころの記憶と違ったものだから少し驚いた。端正なスーツ姿の天才肌のイメージでいたから、頭がモジャモジャの青年だとは思っていなかった。蓬髪《ほうはつ》のイメージは同じく探偵の金田一耕助《きんだいちこうすけ》の方が濃い。なぜこのような記憶違いが起こったのか。不思議に思い、「明智小五郎」をＧｏｏｇｌｅで画像検索すると、ドラマ化された明智役の俳優は、確かに昔の記憶通りの、スーツをスマートに着こなすキリリとした髪型の直毛の青年だった。

「月と手袋」は「化人幻戯」に比べると短くアッサリと終わる作品だけど、短い分印象的なシーンがいくつもテンポ良く続き、夜寝る前なんかに布団のなかでワクワクしながら読むのに最適だった。

間男の克彦《かつひこ》が股野《またの》の頸《くび》を絞める場面がいやにリアルで、文章なのに映像さながらに人殺しの場面が活写されている。躍動感のある文章を読んでいると、小学生のころに教室の学級文庫の棚にあった少年少女向けの江戸川乱歩全集をなぜ自分があんなにもワクワクして読んでいたのか、その感触が甦《よみがえ》ってきた。子どものころ読んだときと感触が違ったのは、所々出てくる東京の地名だ。日本橋や上野、有楽町といった場所の詳細を子どものころは知らなかったから印象が薄かったけれど、いまはその辺りの地理の距離感が大体だけど頭に入っていて、登場人物たちが案外狭い範囲の都内を動き回っているのが想像できた。

冬の描写が印象的な作品で、ストーブのムンムンする暖気が立ち込める部屋での殺人、トリックのため愛人にセーターやオーバーをたくさん着込ませる犯人、外に出ると一転して海の底のような静けさに浸った街角を、満月が真昼のように明るく照らし出す。犯人目線で物語が進むので、暑いぐらいに暖まった部屋と寒い外の温度差、後戻りできない過ちをこの手で犯してしまった後悔を、まるで自分自身が体験しているように思えてくる。

本作収録の両作品とも、間男と人妻、その夫が登場する。殺人が起こる前から不倫の情事の罪悪感が間男につきまとい、この三角関係から生ずる嫉妬のうねりも大きい。この役割を与えられた三人のすべてに殺人の動機がありそうに見え、あとは実行するかしないかという鬼気迫った雰囲気なので、犯人が誰かを当てるのが非常に難しい。

現実の殺人事件を詳しく知る前に江戸川乱歩の作品に触れていた私は、本物の殺人も全部とは言わないまでもそのいくつかは、復讐《ふくしゅう》を企てた犯人が練りに練ったトリックを使う密室殺人が含まれているのだろうと思っていた。しかし日常で目にする殺人のニュースは残忍で救いも無く、直情的な上に動機もむちゃくちゃ。記事を読んでいるだけで悲しくて気力を奪われていく。江戸川乱歩の描く殺人事件は、現実社会のもっとも濃い恐怖の闇を包み込み、不思議な魔術で魅惑のエンターテイメントに豹変《ひょうへん》させてくれる。

（わたや・りさ　作家）

編集協力＝平山雄一

（ひらやま・ゆういち）探偵小説研究家、翻訳家。一九六三年生まれ。東京医科歯科大学大学院修了、歯学博士。日本推理作家協会会員。著書に『江戸川乱歩小説キーワード辞典』（東京書籍）、『明智小五郎回顧談』（ホーム社）、翻訳にロバート・バー『ウジェーヌ・ヴァルモンの勝利』（国書刊行会）、バロネス・オルツィ『隅の老人・完全版』、アーサー・モリスン『マーチン・ヒューイット・完全版』（ともに作品社）など。

企画協力＝平井憲太郎

（ひらい・けんたろう）祖父は江戸川乱歩。一九五〇年生まれ。立教大学を卒業後、鉄道模型月刊誌「とれいん」を株式会社エリエイより創刊。現在、同社代表取締役。

〈読者の皆様へ〉

『明智小五郎事件簿　戦後編』（全4巻）は講談社文庫版『江戸川乱歩推理文庫』（全65巻、一九八七〜八九）を底本に編集いたしました。本文中には、今日の人権意識に照らせば不適切と思われる表現や用語が多々含まれておりますが、故人である作家独自の世界観や作品が発表された時代性を重視し、また乱歩作品が古典的に評価されてきたという観点から、原文のままといたしました。これらの表現にみられるような差別や偏見が過去にあったことを真摯に受け止め、今日そして未来における人権問題を考える一助としたいと存じます。

なお、底本の明らかな誤植および誤記は改め、ルビについては適宜付加および削除を施しました。

集英社　文庫編集部

集英社文庫

明智小五郎事件簿《あけちこごろうじけんぼ》　戦後編《せんごへん》 II

「化人幻戯《けにんげんぎ》」「月《つき》と手袋《てぶくろ》」

2022年1月25日　第1刷　　定価はカバーに表示してあります。

著　者　江戸川乱歩《えどがわらんぽ》

発行者　徳永　真

発行所　株式会社　集英社

東京都千代田区一ツ橋2-5-10　〒101-8050

電話　【編集部】03-3230-6095

【読者係】03-3230-6080

【販売部】03-3230-6393（書店専用）

印　刷　株式会社広済堂ネクスト

製　本　株式会社広済堂ネクスト

フォーマットデザイン　アリヤマデザインストア　　マークデザイン　居山浩二

Printed in Japan

ISBN978-4-08-744347-9 C0193